古典文學研究輯刊

三 編

曾 永 義 主編

第18冊

《西遊記》及其三本續書研究（下）

翁 小 芬 著

國家圖書館出版品預行編目資料

《西遊記》及其三本續書研究（下）／翁小芬 著—初版—新
北市：花木蘭文化出版社，2011〔民100〕
目 2+172 面；19×26 公分
（古典文學研究輯刊　三編；第18 冊）
ISBN：978-986-254-560-7（精裝）
1. 西遊記 2. 研究考訂
820.8　　　　　　　　　　　　　　　　100015010

ISBN-978-986-254-560-7

9 789862 545607

古典文學研究輯刊
三 編　第十八冊　　　　　　ISBN：978-986-254-560-7

《西遊記》及其三本續書研究（下）

作　　者　翁小芬
主　　編　曾永義
總 編 輯　杜潔祥
出　　版　花木蘭文化出版社
發 行 所　花木蘭文化出版社
發 行 人　高小娟
聯絡地址　新北市永和區中正路五九五號七樓
　　　　　電話：02-2923-1455／傳真：02-2923-1452
網　　址　http://www.huamulan.tw 信箱 sut81518@ms59.hinet.net
印　　刷　普羅文化出版廣告事業
初　　版　2011 年 9 月
定　　價　三編 30 冊（精裝）新台幣 48,000 元　　　　　版權所有·請勿翻印

《西遊記》及其三本續書研究（下）

翁小芬　著

目次

第六章 《西遊記》及其三本續書的寫作藝術

歷年來學界對《西遊記》與《西遊補》的寫作藝術評價較高;《後西遊記》次之;而《續西遊記》歷來的評價並不高。

對於藝術特色的評論,吳聖昔於《西遊新解》中以「傳奇性」、「詼諧性」和「哲理性」概括《西遊記》的藝術特徵。〔註1〕李劍國、陳洪認為《西遊記》融合了「奇幻之趣」、「童眞之趣」、「義理之趣」、「諧謔之趣」和「反諷之趣」,達到渾融圓通之境。〔註2〕魯迅則對《西遊補》的寫作手法極為讚賞,言《西遊補》「其造事遣辭,則豐贍多姿,恍忽善幻,奇特之處,時足驚人,間以俳諧,亦常俊絕,殊非同時作手所敢望也。」〔註3〕王增斌、田同旭認為《西遊補》具有「善用象徵」、「筆調詼諧諷刺」、「想像豐富」、「造境新奇」、「語言生動」、「文筆輕鬆活潑」的藝術特徵。〔註4〕而《後西遊記》及《續西遊記》,劉廷璣曾於《在園雜志》中言:「如《西遊記》乃有《後西遊記》、《續西遊記》,《後西遊記》雖不能媲美於前,然嬉笑怒罵,皆成文章;若《續西遊》則誠狗尾矣。」〔註5〕

雖然書評家主張《後西遊記》不如《西遊記》與《西遊補》二書,亦認

〔註1〕 吳聖昔:《西遊新解》(北京:中國文聯出版公司,1989),第1版。

〔註2〕 李劍國、陳洪:《中國小說通史》(明代卷)(北京:高等教育出版社,2007年6月),頁1054。

〔註3〕 魯迅:《中國小說史略》(釋評本),頁149。

〔註4〕 王增斌、田同旭:《中國古代小說通論綜解》,頁425。

〔註5〕 原載於《在園雜志》,此見王定璋:《白話小說:從群體流傳到作家創造的社會圖卷》所引(桂林:廣西師範大學出版社,1999年7月),頁189。

為《續西遊記》有如狗尾續貂之作，然而筆者認為，若能從另一觀點闡發，或許可扭轉清代以來的負面的評價，正如鄭振鐸對《續西遊記》的觀感，言其：「全脫《西遊記》的窠臼，別展二境。」〔註6〕

本章對於《西遊記》、《續西遊記》、《西遊補》、《後西遊記》精湛的寫作藝術，針對形式與內容進行論述，形式上為「修辭技法豐富圓熟」，內容上為「角色多樣琳瑯滿目」、「奇幻想像超現實性」、「形象生動詼諧幽默」，說明如下。

第一節　修辭技法豐富圓熟

茲針對《西遊記》、《續西遊記》、《西遊補》及《後西遊記》的修辭技法進行論述，期能對此四部小說的寫作藝術有進一步的瞭解，以扭轉以往的負面印象。

一、擬　人

「擬人」是比擬的一種修辭法，即「把物當作人來描寫，使物『人格化』，賦予外在的客觀事物以人的言行和思想情感。按人的音容笑貌來描寫事物，增強作品的形象性和可感性。」〔註7〕

《西遊記》、《續西遊記》、《西遊補》及《後西遊記》運用了擬人的手法，將許多動物、植物或非生物，都賦予其人性化的特性。如《西遊記》中的孫悟空不僅是一位能騰雲駕霧的齊天大聖，亦是一隻能與師兄學言語禮貌、講經論道、習字焚香、掃地鋤園、養花修樹、尋柴燃火、挑水運漿、抓耳撓腮、眉花眼笑、手舞足蹈的「猴」（第一回）。豬八戒不僅是天蓬元帥，亦是一隻貪吃好色、笨頭笨腦的「豬」。其他如「黑熊」、「黃鼠」、「青獅」亦屬人格化的動物。另外，東海龍王敖廣、南海龍王敖欽、西海龍王敖閏、北海龍王敖

〔註6〕原見鄭振鐸：《清初到中葉的長篇小說的發展》，此見歐陽健：《中國神怪小說通史》所引（南京：江蘇教育出版社，1997年8月），頁456。

〔註7〕李初喬：《寫作大辭典》（上海：漢語大詞典出版社，2003年8月），頁469。所謂「比擬」，是為了表達的需要，故意把物當作人，把人當作物，把甲物當乙物，把抽象的概念當作人或物來描寫。此可以使描寫的事物和抒發的情感更加生動具體，給人以鮮明的形象和異乎尋常感受。它可以把感情和理性結合起來，提高表達的效果。不過，在運用比擬手法時，要有真實的情感，並善於抓住事物的特徵，準確運用動詞，才能達到預期的效果。

順，他們是「龍」，卻具有人的特性，其能接待潛水來東海王宮的美猴王，提供他天河鎮底的神針鐵，送他藕絲步雲履及鎖子黃金甲，又能幫他解危救急。黑魚怪和鮎魚被孫悟空用戒刀割下耳朵和下唇，慌得躲入水中，使得一群黿龜鱉蝦蟹魚精前來關切，此黑魚怪和鮎魚疼痛如同人一般，掩著嘴，搖頭擺尾；侮著嘴，跌腳搥胸（第六十三回）。又七個獅子精大戰行者、八戒和沙僧，這十位都是動物，他們執著武器，邊喊叫邊戰鬥，相互較勁耍狠，十足地人性化（第九十回）。山牛精、水牛精、黃牛精也各持兵器，走出門，搖旗擂鼓，披掛整齊吆喝著，其旁邊的妖精，也都是些牛頭鬼怪（第九十一回）。水晶宮中之龜鱉黿鯁鮊鱲鯉蝦蟹等兵卒大戰犀牛精，兵卒們各執槍刀齊聲吶喊，老龍王又傳號令，叫卒將們兵分多路，就像現實生活中的戰鬥一般（第九十二回）。以上這些，都是《西遊記》動物擬人之例。

而《續西遊記》的擬人化亦十分成功，〈讀西遊補雜記〉中就言：「《續西遊》摹擬逼真」，〔註8〕如第六回，玄陰池中積聚了無數青蛙，其中一「老蛙」如人一般，能與人言語、有情緒，亦有幻化之術。當他在路間遇過客車轍時，他不僅悻悻不讓，且會怒氣當前，忿怒而立地逼退過客，似有戰鬥之狀；他又能與越王勾踐應對，連越王也不敢招惹他，反而讚美他。其他如第十五回中的「蚖妖」、「虺妖」；第二十二回中的「虎威魔」、「獅吼魔」、「狐妖」，都能如人般對話。又第二十二回中的「喜鵲」，能將書信一口撕開；「狐妖」將書信遺失，哭哭啼啼地怕被魔王嗔責。第四十四回中的「玉龍馬」，能將兩耳豎起，似有聽說之狀；且聽完人語後，能點頭會意，並細轉心中念頭。於第四十五回中，「玉龍馬」尚能說人語，表現出氣忿知情緒。又第四十七回中的「狐妖」，母狐似婆子樣，喪著臉，蹶著嘴，惡狠狠得罵著妖魔；公狐似漢子樣，吞著聲，忍著氣，笑嘻嘻的，只陪不是，就像是一對爭吵的夫妻一般。

《西遊補》中的猴行者，更是全書的靈魂角色，其思想、言談、動作都與人無異，尤其是他在幽冥帝府審判秦檜的情節，憤怒之情溢於言表，動作命令皆生動逼真，成功運用擬人筆法來書寫。

《後西遊記》，如第十七、十八回，解脫大王手下的三十六坑和七十二塹等眾將妖，以及十惡大王、六賊等妖魔，亦都是動物擬人化的角色，這些妖

〔註8〕 〈讀西遊補雜記〉，參見朱一玄、劉毓忱編：《《西遊記》資料匯編》，頁398，此據汪原放校點：《西遊補》（上海：古典文學出版社，1957），書中之〈讀西遊補雜記〉。

魔「掩嘴嘻笑、攢眉黯愁、氣憤揮拳、怒目叫罵、讚譽依偎、直逞驕矜、面赤慚悔、無言若怒」，形象多樣生動。即使是妖魔的手下，亦有擬人的情緒表現，如蛇丈八先鋒之手下眾小妖聽到小行者到來，都顯得膽小、力怯和心慌，東張西望地亂竄逃跑。除此，其他蝦蟹小將亦能如人一般，生動真實，如第三回，小石猴持金箍棒來到水晶宮，朝老龍王劈頭打來，一群鯉將蝦兵蟹卒連忙分開水路，嚇得屁滾尿流，往前奔馳。

除了動物擬人之外，《西遊補》中亦有山峰擬人的書寫，如第十三回，「擬古太昆池」四面有一百座翠圍峰，這些「峰」有仰面如看天者；有俯如飲水者；有如奔者；有如眠者；有如嘯作聲者；有對面如儒者坐者；有如飛者；有如鬼神鼓舞者；有如牛如馬如羊者，形像皆生動逼真。又《續西遊記》第六十五回中，不僅「牆壁」會說話，連「瓶壺碗盞」也都能述人語，這是非生物擬人之例。

二、誇　飾

「誇飾」又稱鋪張、誇張、甚言、倍寫或增語。就字義來說，「誇」是指誇張，「飾」是指修飾。「誇飾」的定義雖然各家不同，然內容實大同小異。陳望道言：「說話上張皇鋪飾過於客觀的事實。」黃慶萱言：「文中誇張鋪飾，超過了客觀事實。」董季棠言：「說話、作文時，過分地鋪排張揚，誇大誇飾，離開客觀的事實很遠；但聽者、讀者卻又不會懷疑它的真實性，而認為『理所當然』。」王勤言：「為了取得某種表達效果，用主觀的眼光對客觀的人或事物，故意作擴大或縮小的渲染、描述。」《寫作大辭典》載：「在客觀現實基礎上，運用語言技巧，借助於想像，將所描繪對象的某些特點作『言過其實』的擴大或縮小，以便鮮明突出地反映事物的某些特徵（性質、狀態、數量或程度等），以增強語言的表達效果。」故「誇飾」具有強調或突出客觀事物的本質，是一種誇張修飾的修辭法。主要目的在於引起讀者的注意，滿足其好奇心。〔註9〕

《西遊記》、《續西遊記》、《西遊補》及《後西遊記》的誇張寫作，除了可從角色的對話與動作中凸顯出來之外，最特別的，是描繪了許多法術變化

〔註 9〕關於誇飾的定義與作用，見陳正治：《修辭學》（台北：五南圖書有限公司，2001），初版，頁 132～133。李初喬：《寫作大辭典》（上海：漢語大詞典出版社，2003 年 8 月），頁 469～470。

場面，讓小說充滿了豐富的想像力和幻想性。如《西遊記》中，孫悟空手持的如意金箍棒有二丈多長，斗來粗細，但在變化當中，可小至鷯鷯蚊蟲、繡花針兒，大可長到萬丈，上抵三十三天，下至十八層地獄（第三回）。且能七十二變，其一個筋斗可至「十萬八千里」（第七回）。駕觔斗雲時，他點個頭，即可經「三千里」，扭個腰，就可越「八百餘里」（第二十一回）。其雙眼，於白日常可看見「千里路」上的吉凶，此皆爲誇張的描寫。八戒對於食色的描繪亦誇張凸出，如第五十四回，西梁女王欲招贅唐僧爲夫，八戒欽羨地挺嘴言：「留我在此招贅，如何？」當師徒決定將計就計時，八戒馬上對西梁國的太師道：「且叫你主先安排一席，與我們吃鍾肯酒，如何？」後來女王出城迎接三藏夫君，八戒見那女王時慾火焚身，忍不住口嘴流涎，心頭撞鹿，一時間骨軟筋麻，似雪獅子向火裡般，不覺得都化去了。終於等到成親盛宴到來，他那管得取關文西行之事，放開肚子盡情吃起，將玉屑米飯、蒸餅、糖糕、蘑菇、香蕈、筍芽、木耳、黃花菜、石花菜、紫菜、蔓菁、芋頭、蘿蔔、山藥、黃精等一股勁吃個罄盡，在暢飲了數杯酒後直嚷道：「看添換來！拿大觥來！再吃幾觥，各人幹事去。」這誇張描繪出八戒對食、色的追求。其他關於誇張的描寫，尚有描寫蟠桃園的果實，花果微小者「三千年一熟」，層花甘實者「六千年一熟」，紫紋細核者「九千年一熟」，人若吃了，可「與天地齊壽，日月同庚」，此對年歲的計數與現實相較，著實誇張無比（第五回）。又玉皇大帝自幼修持，苦歷過「一千七百五十劫」，每劫爲「十二萬九千六百年」（第七回）。萬壽山五莊觀所產的人參果，經「三千年」可開花，再「三千年」能結果，再「三千年」方能熟，共須經「一萬年」方能吃，而這一萬年中，只能結三十顆果子，果子的模樣，誇張的如同未滿三歲的小兒一樣，不僅四肢俱全，且五官兼備。更誇張的，是人若聞納果子，就可活「三百六十歲」；吃一個，可活「四萬七千年」（第二十四回）。回中，又出現了一位鎮元大仙，大仙門下有清風與明月兩位徒弟，記載清風只有「一千三百二十歲」，明月也才「一千二百歲」。玉帝亦說天上的十三天，如同下界的「十三年」。第三十三回，紅葫蘆與玉淨瓶，每個可裝入「千人」（第三十一回）。水伯自衣袖中取出一個白玉盂兒，述此盂中乃是黃河之水，「半盂就是半河，一盂就是一河」（第五十一回），這藏在袖中的小容器竟能裝進整個黃河之水，眞是誇張無比。小鑽風述其大王的法力高強，「一口可吞十萬兵」，且其隨身攜帶的陰陽二淨瓶，若將人裝入，一時三刻便可「化爲漿水」（第七十四回）；且此瓶，

須「三十六人」才抬得動（第七十五回）。又，老怪生得九個頭、九張口，一次可嚙九人，實在誇張。回中又述，天宮一日，在凡世就是「一年」（第九十回）。這些都是誇飾的寫法。

《續西遊記》則因為人有許多的機變之心，故書中塑造出許多妖魔，這些邪魔都是由人的機變之心所產生。這些妖邪皆能變幻神通，促使小說充滿著想像與誇張的特點。

《西遊補》脫離現實世界的拘束，盡情描繪行者所經歷的三界、六夢幻境，天馬行空，此誇張奇特，如第九回，秦檜被五千名銅骨鬼使以一座鐵泰山重壓，一個時辰後，只見一枚秦檜變成泥屑；後來行者又將秦檜變作一匹花蛟馬，任數百惡鬼又騎又打；無數青面獠牙鬼與赤身惡鬼，將秦檜剮成魚鱗樣、冰紋樣、雪花樣，極盡誇張與變幻。

《後西遊記》如第四回，土地神訴蟠桃最小顆的為「三千年」，中顆的為「六千年」，極大顆得為「九千年」，此年數若與現實中的桃子相較，實極端誇大。又第十三回，缺陷大王絕人後嗣，分離眷侶，令人殘疾與窮苦，並以此為樂；而對於不向他供奉祈禱的遠方來客，他也會將路面弄得七坑八缺，使人跌得頭破血流；若硬漢不求他，他更會將路面弄得萬丈深坑，讓人跌進，永世不得翻身。此「萬丈」、「永世」的誇張語彙，將抽象概念予以具體化。至於誇張的場面描繪，如第十九回，五庄觀火雲樓烈焰騰騰，經小行者以菩薩柳枝上的甘露水灑下一滴之後，火焰霎時「熄了一半」；行者又灑下一滴，不消半刻工夫，火即「全然無光」，此處將法術誇張化。第二十三回，唐長老被繩索綑綁，小行者在繩索上吹了一口仙氣後，那繩索隨即像刀割一般，馬上散開。其中又以第三十二、三十三回，小行者對付不老婆婆；以及二十三、二十四回，孫小聖在對付文明天王的橋段最為生動誇張。小行者使變身法，將身體變為蜜蜂；並施幻法，現出三千諸菩薩及持降魔杵的韋馱尊者；其又持金箍棒，對付不老婆婆的玉火鉗與文明天王的文筆和金錢鉋。此金錢鉋不僅能打傷人，而金箍棒與玉火鉗對戰更充滿想像力，尤如男女歡愉的場面誇張生動。不老婆婆尚能從口中吐出青絲兒，真奇特無比。又第二十八回，陰陽二氣山上，東邊熱，西邊冷。山上有一陰大王及陽大王，陽大王為人春風和氣，陰大王為人冷落無情，他們在天地間遊行，喜時能生人，怒時能殺人。其力氣能鑽天入地，攪海翻江，並足以使日月無法圓缺。陽大王執三刃火尖鎗，可使四周如一團烈火；而陰大王執條梨花白雪鎗，可使四周冷森森，似

萬丈寒水。這些法力及形容皆充滿神奇與誇張的特點。又第三十三回，小行者自述其金箍棒是天生神物，乃大禹王的定海神珍鐵，重達「十萬八千斤」，若打將下來，「比泰山還重」；且「能大能小，可久可速」，此用誇飾寫法來形容金箍棒之神奇。又第三十四回，寫蜃妖大肚腹寬，其喫進腹中的東西，時常「整個月」還是活的，著實誇大無比。

三、隱　喻

隱喻是一種潛藏在事物背後的訊息，能跨過概念領域的瞭解，不自覺的影響一個人的認知活動，是一種以一個概念領域瞭解令一概念領域的認知模式或構思歷程。在日常生活中所使用的語言就蘊藏著許多隱喻，當大家同時認同某一語詞的弦外之音時，發訊者與收訊者都會有默契的接受這樣的隱喻語言。故事的隱喻也是如此，故事除了主題之外，尚蘊含著其他不同的隱喻訊息。〔註10〕

《西遊記》、《續西遊記》、《西遊補》、《後西遊記》的「隱喻」，可分為「隱喻權貴欺壓」、「隱喻醜惡品性」、「隱喻貪財好利」、「隱喻科舉醜態」、「隱喻人心百樣」、「隱喻背逆佛理」、「暗喻性愛場面」，藉由這些隱喻來揭開許多偽善的面目，以進行譏諷嘲弄，達到發人深省的效果。茲說明如下。

（一）隱喻權貴欺壓

《西遊記》寫的雖是僧人取經的故事，然卻以嬉笑怒罵的方式表達出對政治社會之失望，將現實政治的腐朽與人情世態的弊端做了一番調侃與批評，希望藉此諷喻手法來達到勸諫的效果，進而增添小說的義理之趣。正如李時人所言：

> 《西遊記》對一般神魔小說涵義的超越，首先表現在它植根于現實
> 生活的土壤，所謂：「挪揄諷刺皆取當時世態」，正說明作品與現實
> 的密切聯繫。而《西遊記》藝術創造的活力，也正是在傳統取經故
> 事的骨架上，充實了從現實生活中攝取而來的社會關係內容作為他
> 的血肉，用幽默嘲諷的筆調描寫了世情，讓讀者從種種神魔關係中
> 看到人世間，使人認識了經過作家評價的中國封建社會關係的某些

〔註10〕蔣建智：《兒童故事中的隱喻框架和概念整合：哲學與認知的關係》（嘉義：國立中正大學哲學研究所，碩士論文，2001），頁 9～10、23。

特徵。〔註11〕

　　《西遊記》在隱喻技巧的運用上，小說中有多處妖魔奴役正神的情節，如第三十三回，土地神向孫悟空訴苦：「那魔神通廣大，法術高強，念動眞言咒語，拘喚我等在他洞裡，一日一個輪流當值哩。」又第四十回，眾神向行者道：「那洞裏有一個魔王，神通廣大，常常把我們山神、土地拿了去，燒火頂門，黑夜與他提鈴喝號。小妖兒又討甚麼常例錢。」這些片段顯示出現實社會中的權貴及地方豪強欺壓百姓，以及刁難清官的惡行。而《西遊補》第八、九回，孫行者進入地府代閻王之職審問秦檜，當審到挾金人之力以制宋一事，問秦檜在促成和議的三天過程中，做了何事？秦檜表明，僅忙著爲姓「秦」的封官。可知，秦檜在國家正逢危難之際，全國上下無不爲滅朝擔憂，然而其卻僅擔憂著個人私利，藉此嘲諷奸臣當道，官僚腐敗，體現出董說對於明末局勢動蕩的不安。而《後西遊記》第十三回，亦藉「缺陷大王」來隱喻那些殘害人民的當權者，藉以進行嘲諷。

（二）隱喻醜惡品性

　　明朝由於國君權貴奢淫無度，所以整個社會風氣是「貴己賤人」的，自上而下呈現欲望的無限放縱，而在放縱的背後，也暴露出許多人性的醜陋面貌。《西遊記》中能顯露人性醜惡面的，以豬八戒的描繪最爲成功，他不僅具有豬的物性，亦具有人的個性特徵，這些性徵隱喻著人性的醜陋，如好色、貪財、好吃、懶惰、缺乏正義感等等，而這些缺點含有廣泛社會的典型意義，所以周中明及朱彤曾言：

> 作者諷刺的矛頭，絕不只是針對豬八戒個人，同時也是只向那整個
> 私有制社會的世俗惡習。〔註12〕

又第七十九回，行者假扮唐僧在比丘國王前自剖肚腹，結果滾出一堆心來，有「紅心、白心、黃心、慳貪心、計較心、好勝心、望高心、侮慢心、殺害心、狠毒心、恐怖心、謹愼心、邪妄心、無名隱暗之心、種種不善之心」等，這諸多的假心，可謂是對世俗間種種醜惡品性的挖苦與嘲諷。而《續西遊記》第六十回的通天河老黿精，則隱喻著世人常以不正當的手段追永恆的生命。

〔註11〕李時人：《《西遊記》考論》（杭州：浙江古籍出版社，1991年3月），第1版，
　　　　頁11～12。
〔註12〕參見吳承恩：《《西遊記》校注》中周中明、朱彤所著〈前言〉（台北：里仁書
　　　　局，1996年2月28日），頁16～17。

（三）隱喻貪財好利

《西遊記》第十六回，觀音院的佛僧為了謀奪三藏的袈裟，不惜謀財害命，足見佛僧亦有貪婪不法之徒。第九十八回，唐僧師徒歷經千辛萬苦來到西天大雷音寺，卻遇阿儺、伽葉索財，阿儺、伽葉對唐僧說：「聖僧東土到此，有些什麼人事送我們？快拿出來，好傳經與你去。」行者不悅，希望如來敕治，佛祖卻笑說：「你且休嚷。他們兩個問你要人事之情，我已知矣。但只是經不可輕傳，亦不可以空取。向時眾比丘聖僧下山，曾將此經在舍衛國趙長者家與他誦了一遍，保他家生者安全，亡者超脫，只討得他三斗三升米粒黃金回來。我還說他們忒賣賤了，教後代兒孫沒前使用。」此段，唐僧師徒隨阿儺及伽葉兩位尊者到藏經樓取經，不料尊者卻要索取「人事費」，後來師徒們向如來告狀，如來卻說「經不可空傳」，「教後代兒孫沒錢使用」，將索賄者貪婪的形象點染得栩栩如生，可見神明都有索賄的情事，想必索取好處已成慣例。想《西遊記》產生於明末，當時政治腐敗，官場賄賂成風，這似乎是對當時世風的諷刺。

而《續西遊記》二十一回，揭露僧人常以名位取得他人的好處，迷失於物質欲望當中，借以進行嘲諷。又第五十九回，百子河孫員外的九子成賊，隱喻世人對錢財的貪得無厭。《後西遊記》第十二回，以自利和尚來諷刺受外物所惑的僧人，由於自利和尚有塊佛田，卻常假借佛田之名來聳動天下，詐騙他人布施，還理所當然的上門催討。故「自利」之名實為「自私自利」之喻，將自利和尚喜入怕出，賦予強烈的嘲諷。又第二十三回至第二十四回，「文明天王」原是春秋時一麒麟，怎知樵夫以為怪物而將牠打死，死後麒麟之靈不散，托生為文明天王，其竊取孔子著《春秋》之筆，並大興文教，專與佛教作對。後來，文明天王擁有傲人的財勢，其以《春秋》筆製成槍當作武器，滿身戴滿金錢，能取下做金錢鉋攻擊人，而其所乘坐的是與楚霸王一同死於烏江的烏騅馬，並命令石、黑（硯、墨）二將軍作先鋒。文明天王對不服者，會以筆殺伐之，用金錢鉋開打之，且其頭上的金錠亦能取下壓人。此將《春秋》筆淪為暴力兵械，金錢財物成為攻人之利器，隱喻著士人好財者的橫霸欺壓，故嘲諷譏刺意味濃厚。

（四）隱喻科舉醜態

明清許多文人一心只想拼科舉，圖大官，然而卻無真才實學，這可從《西遊記》第九十三回，八戒與沙僧的對話中顯露出來，八戒道：「斯文斯文，肚

裡空空。」沙僧笑道：「二哥，你不曉得。天下多少斯文，若論起肚子裡來，正替你我一般哩。」借八戒之「斯文」諷刺天下那些「肚裡空空」學子之「斯文」。而《續西遊記》第十一回，藉由僧人受到名色之誘來諷刺秀才虛有其表，有名無實。又第七十七回中的「福緣君」、「善慶君」、「美蔚君」，原是由獼猴、白鶴和猩猩三妖所幻化而成，其有害人的邪心，卻以隱士君子自稱，諷喻山中隱士的沽名釣譽。另《西遊補》第四回，行者跳入萬鏡樓中，見到鏡中諸多儒生看榜的各種情狀：

> 初時但有喧嘩之聲，繼之以哭泣之聲，繼之以怒罵之聲。須臾，一簇人兒各自走散，也有呆坐石上的；也有丟碎鴛鴦瓦硯；也有首髮如蓬，被父母師長打趕；也有開了親身匣，取出玉琴焚之，痛哭一場；也有拔床頭劍自殺，被一女奪住；也有低頭呆想，把自家廷對文字三迴而讀；也有大笑拍案叫「命，命，命」；也有垂頭吐紅血；也有幾箇長者廢些買春錢，替一人解悶；也有讀自吟詩，忽然吟一句，把腳亂踢石頭；也有不許僮僕報榜上無名者；也有外假氣悶，內露笑容，若曰應得者；也有真悲真憤，強作喜容笑面。獨有一班榜上有名之人，或換新衣新履；或強作不笑之面；或壁上寫字；或看自家試文，讀一千遍，袖之而出；或替人悼嘆；或故意說試官不濟；或強他人看刊榜，他人心雖不欲，勉強看完；或高談闊論，話今年一榜大公；或自陳除夜夢識；或云這番文字不得意。不多時，又早有人抄白第一名文字，在酒樓上搖頭誦念，旁有一少年問道：「此文為何甚短？」那念文的道：「文章是長的，吾只選他好句子抄來。你快來同看，學些法則，明年好中哩。」兩箇又便朗聲讀起。

將那些熱衷科舉的讀書人寫得醜態百出。士人為了攀求權勢利祿而希求中舉，因此趨之若鶩，將中舉視為終身的志向，然而科考畢竟不能盡如人意，所以放榜時，有得意與失意的不同樣貌。失意者，有大笑的、垂頭吐寫的、尋春解悶的、真悲憤的、強作歡笑的。得意者，有強作不笑的、替人悼嘆的、故意說試官不濟的、說公正的，真是幾家歡樂幾家愁，形成強烈的對比。這些醜態顯露出文人虛假造作，以及對功名的迷戀，對儒人、士者真是一大諷刺。書中曾譏諷這些人，認為此輩真是「無舌無鼻，無手無腳，無心無肺，無筋無骨，無血無氣之人」（第四回），他們為了得到他人的賞識，到處奉承，並無真才實學，可謂「百年只用一張紙，蓋棺卻無兩句書」。將讀書士人痛罵得淋漓盡致。

　　《西遊補》此段描寫科舉放榜的景象是對科舉的極大諷刺，將考生的心態與醜態描繪得淋漓盡致，王旭川與林景隆皆認爲此段是中國小說中對科舉文人扭曲心態的首次創作，對《儒林外史》與《聊齋誌異》中對科舉的揭弊應有啓發作用。故王旭川言：

> 對科舉制度下人的扭曲心態的描寫，是我國小說中第一次從消極、嘲諷的態度進行的描寫。〔註13〕

林景隆亦言：

> 藉由小說形式描寫科舉弊端應屬《西遊補》爲最早，這對蒲松齡《聊齋誌異》中〈司文郎〉、〈王子安〉等篇及吳敬梓《儒林外史》的創作過程中應是有所啓發的。〔註14〕

王旭川與林景隆皆主張以小說形式來凸顯科舉弊端，在中國文學史上應屬《西遊補》爲最早。

　　《後西遊記》第二十二回，「絃歌村人」是現實中酸儒、迂儒形象的化身。絃歌村人盡爲讀書君子，人人知禮能文，但他們卻受到文明天王的教化，仇佛恨僧，又受到村塾先生的教導，只會滿口之乎者也的跩文饒舌，因而個個淺薄冥頑、狂傲自大。此處藉絃歌村中那群呆板守舊、不明事理的腐儒，來嘲諷現實中的陋儒，批判性十足。又第二十四回，「魁星」長得「頭不冠，亂堆著幾撮赤毛；腳不履，直露出兩條精腿。藍面藍身，似從靛缸裡染過；黑筋黑骨，如在鐵窯內燒成。走將來只是跳，全沒些斯文體面；見了人作揖，何曾有詩禮規模。兩隻空手忽上忽下，好似打拳；一張破斗踢來踢去，宛如賣米。今僥倖，列之天上，假名號威威風風，自矜日星；倘失意，降到人間，看皮相醜醜陋陋，只好算鬼。」魁星的外表雖然奇怪不雅，但其內在卻有滿腹經文。此乃藉「魁星」來諷刺當時文人虛有其表、腹笥甚窘的矯飾身段。至於魁星始終不發一語，不停跳舞的形象，亦反襯出一般不學文人好逞口舌、舞文弄墨，故作莊重沉靜的虛僞面貌。

（五）隱喻人心百樣

　　《西遊補》第四回至第十回，描寫孫行者進入鏡中世界，並以「鏡」喻「心」。當孫行者走進「青青世界」，跌入琉璃樓閣中時，見閣之四壁有許多

〔註13〕王旭川：《中國小說續書研究》，頁203。
〔註14〕林景隆：《《西遊記》續書審美敘事藝術研究》（高雄：國立中山大學中國文學研究所，碩士論文，2000年6月），頁61。

寶鏡，且寶鏡各有不同，鏡內別有一番天地、日月和山林。此萬鏡樓臺由小月王所造，一鏡管一世界，故一草一木，一靜一動皆入鏡中，可隨心看去，應目而來，遂將此樓臺名爲「三千大千世界」。這些寶鏡包括：

> 天皇獸紐鏡、白玉心鏡、自疑鏡、花鏡、風鏡、雌雄二鏡、紫錦荷花鏡、水鏡、水臺鏡、鐵面芙蓉鏡、我鏡、人鏡、月鏡、海南鏡、漢武悲夫人鏡、青鎖鏡、靜鏡、無有鏡、秦李斯銅篆鏡、鸚鵡鏡、不語鏡、留容鏡、軒轅正妃鏡、一笑鏡、枕鏡、不留景鏡、飛鏡。（第四回）

觀此「鏡」，實爲「心」之喻，無名氏曾於〈續西遊補雜記〉中言：

> ……夫迷悟空者，即悟空也。世出世間，喜怒哀樂，人我離合，種種幻境，皆由心造。心即鏡也。心有萬心，斯鏡有萬鏡。入其中者，流浪生死而不自知，方且自以爲眞境。……蓋能悟幻，始能悟空。然但能悟幻，而未悟空，則其悟仍幻。用力有虛實，見道有淺深，此悟空悟幻之分。〔註15〕

曾永義亦曾言：

> 因爲心如鏡，心生情猶鏡生像；心迷而頃刻萬端，如萬鏡樓中而照不見眞我，故迷於古今，迷於東西，迷於虛實，而種種悲歡得失之感俱紛紛其中矣。〔註16〕

高桂惠對「鏡」亦有所闡發，言：

> 作爲一個富有哲學深義的比喻，鏡子在中國的傳統思維中，往往是用來比喻人心而不是外界對象，鏡子的作用並非用來認識自我，而是反映世界，可以「玄覽」萬物、呈現宇宙本體或「眞如」的。

其又言：

> 在中國傳統中，心被視爲一面鏡子，慧能所謂「明鏡本非臺」，人心被假設爲已知的、乾淨的、人人相同的一面鏡子，所以人的『心性』爲一個出發點，這和西方的反思從對象出發，是不一樣的進路。〔註17〕

〔註15〕〈讀西遊補雜記〉，參見朱一玄、劉毓忱編：《《西遊記》資料匯編》，頁397，此據汪原放校點：《西遊補》（上海：古典文學出版社，1957）。

〔註16〕曾永義：〈董説的「鯖魚世界」——略論《西遊補》的結構、主題和技巧〉，收於曾永義：《説俗文學》（台北：聯經出版事業公司，1980年4月），初版，頁180。

〔註17〕高桂惠：〈《西遊補》文化型態的考察〉，收錄於中國古典文學研究會主編：《古典文學第十五集》（台北：臺灣學生書局，2000年9月），頁375。

以上學者皆將「鏡子」隱喻「人心」。

（六）隱喻背逆佛理

《後西遊記》第十五回，「媚陰和尚」原爲沙僧項下的九個骷髏頭，後因沾佛法而修煉成形，然因枯焦已久，沒有陽血，不能生肉，遂殘害生人取其熱血，以求著骨生肉。怎奈所遇皆爲凡夫俗子，無所益處，於是企圖取得聖僧唐半偈之純陽之血。此媚陰和尚，實有諷喻佛徒中某些不當行爲的寓意。又第三十六回至三十七回，「冥報和尚」面相兇惡，其創立「從東教」，借此哄騙眾生，若能望生東土便可富貴榮華。其又具有幻術，能持咒使人不醒，故無人能傷及他。像冥報和尚這樣不明佛法，作惡多端心中毫無冥報觀念之人，卻以「冥報」爲名，實具有明顯的嘲諷意味。又第四十回，「烏漆禪師」生得渾身漆黑，立一教派，名曰「宗門」。其善與人談佛，但卻時常一言半語，只要人參對，若有人投機參對了，便以爲是，若合不著意，便以爲非，糊糊塗塗不知到底參對了些什麼。然而東土的愚夫愚婦卻喜愛向其參佛，使得「宗門」一教沸沸揚揚興於天下。此處明顯以「烏漆」禪師爲喻，來諷禪宗法門的誤解與訛誤，以及無知信徒的妄執與亂信。其他，如第七回中的「慧眼」、「聰耳」、「廣舌」、「傳虛」、「了信」、「玄言」；第四十回的「不空」等和尚，都與書中主張收拾繁華、歸于清淨，即心即佛的主張相違背。

（七）暗喻性愛場面

《後西遊記》第三十二回、三十三回，孫悟空的「金箍棒」與不老婆婆的「玉火鉗」，分別喻指男、女的性器官。而小行者、猪一戒等人與不老婆的對話，以及小行者之金箍棒和不老婆婆的玉火鉗對戰的場面，都是男女性愛場面的比喻，如老和尚言：「只因他這玉火鉗是天生神物，能開能闔，十分利害，任是天下有名的兵器，蕩著他的鉗口便軟了。莫說人間的凡器，就是天上韋陀的降魔杵，倘被他玉火鉗一夾，也要夾出水來。」又猪一戒言：「那婆婆的夾法，眞也怕人。他張開了兩片沒頭沒臉的夾來，倘一失手，落到他夾中，任你好漢，也拔不出來。」小行者對不老婆婆亦言：「我這……如意金箍鐵棒。你那玉火鉗，若是果有些本事，與我對得幾合，盡得我的力量，我便直搗龍潭，深探虎穴，鬥你痛入骨髓，癢痛心窩，定要樂死。」又言：「倘你不聽好言，必欲苦纏，嚐著我鐵棒滋味，那時放又放不下，留又留不住，只怕要想死哩！」這些對話有如在描繪情慾中之性愛場面。文中，老和尚對「不

老婆婆」，以及不老婆婆所居住的「大剝山」有一番陳述。對於「不老婆婆」，其言：「山上有個老婆婆，也不知他有多少年紀，遠看見滿頭白髮；若細觀時，卻肌膚潤如美玉，顏色豔似桃花。自稱是長顏姐姐、不老婆婆。人看他只道他有年紀，必定老成，誰知他風風耍耍，還是少年心性。」對於「大剝山」，其言：「山山奇怪突還砑，獨有菣山麗且華。眉岫淡描才子墨，髻峰高插美人花。明霞半嶺拖紅袖，青靄千巖列翠紗。漫道五陰終日剝，一陽不盡玉無瑕。」此「不老婆婆」的形象和「大剝山」的描繪鮮明生動，其明顯有著對性的暗示。除此，小行者於第三十三回中，又以「金箍棒」和不老婆婆的「玉火鉗」有一場激烈的對戰，其喻指男女閨房中的性愛交歡場面，描寫「玉火鉗望鐵棒夾來，往上架時，小行者棒又不在頭上，復向腰間直搗。不老婆婆剛閃開柳腰，那棒又著地一掃。若不是婆婆跳得快時，幾乎將一雙金蓮打折。小行者見上中下三處，都被他躲過，又用棒就兩肋裏夾攻。那婆婆果是慣家，東一搖搖開，西一擺擺脫，並不容鐵棒近身。小行者因將鐵棒揪緊了，凝一凝，先點心窩，次鑽骨髓，直撥得那老婆婆意亂心迷，提著條玉火鉗如浪蝶尋花。直隨著鐵棒上下高低亂滾。老婆婆戰了二十餘合，香汗如噀，喘息如聲，小行者看見光景，知到婆婆又樂又苦。小行者復將鐵棒使圓，直搗入他玉鉗口內，一陣亂攪，只攪得他玉鉗開時散漫，何處輕鬆，酸一陣，軟一陣，麻一陣，木一陣。」豬一戒見道：「那猴子被婆婆的玉火鉗夾得他快心樂意，……他沒了鐵棒，精著個光身體，卻往那裡去。」對於此段情節的描寫，林保淳言：「是在中國古典小說中僅見的例子。」又言：「大概只有魏子安的《花月痕》第四十八回〈桃葉渡蕭三娘排陣〉，是衣缽正傳的了。」〔註18〕

四、象　徵

從文學發展史上來看，「象徵」首先是以「神話」的形式出現的。神話是人類集體潛意識的象徵，折射出人類對大自然的觀感，以及對自身生命的希望，這屬於無意之象徵。而由「神話」到「寓言」，乃一變成為有意之象徵。因為「寓言」是虛構而有寓意的故事，其中故事的角色可以是人類、動物、植物、無生物，作者可以藉由這些人類或非人類的角色行為，透露其欲表明的意念。因此寓言屬於有意之象徵。〔註19〕

〔註18〕林保淳：〈《後西遊記》略論〉，頁63～64。
〔註19〕黃慶萱：《修辭學》（台北：三民書局，1975年1月），頁339～340。

　　關於「象徵」的定義，陳正治的《修辭學》中記載著許多各家略有不同，又極為相近的解釋。毛宣國認為「象徵一詞在西方來自希臘，本義是指將一物分成兩半，雙方各執其一，作為憑證和信物，合起來即可以檢驗真假。後來演變為凡是表達某種觀念或事物的標幟或符號就叫象徵。」《韋氏英文字典》中載「象徵係用以代表或暗示某種事物，出之於理性的關聯、聯想，約定俗成或偶然而非故意的相似；特別是以一種看得見的符號來表現看不見的事物，有如一種意念，一種品質，或如一個國家或一個教會之整體；一種表徵；例如獅子是勇敢的象徵，十字架為基督教的象徵。」黃慶萱認為「象徵是任何一種抽象的觀念、情感與看不見的事物，不直接予以指明，而由於理性的關聯、社會的約定，從而透過某種意象的媒介，間接予以陳述的表達方式。」黃邦君認為「是指通過某一特定的具體形象，以表現與之相似或相近的概念、思想和情感。」〔註20〕《寫作大辭典》認為象徵是「通過某一特定的具體形象來表示與之相似的或相近的概念、思想或情感。」〔註21〕

　　從諸家的論述，可知「象徵」乃是通過某一特定的象徵體，以寄寓某種概念、思想和感情等意義的一種修辭方法。

　　《西遊記》、《續西遊記》、《西遊補》、《後西遊記》中運用了許多象徵筆法，來表現作者所欲闡發的寓意。以下將其象徵筆法的運用詳加論述。

（一）《西遊記》

1、五聖關係之象徵

　　關於取經五聖之間的關係，學者早在明清之際就以象徵性來論之，其後，又有許多學者從不同的角度來看其象徵意涵。清代汪象旭以五聖配五行，認為行者屬於「火」、悟能為「木母」、悟淨為「金公」、八戒屬「木」、沙僧屬「金」。〔註22〕余國藩認為五聖與五行有著對應的關係，其中悟空象徵五行中之「金」、八戒為「木」、悟淨為「土」。〔註23〕張靜二亦從回目與書中的詩作中，看出取經五聖和五行的關係，認為悟空配「金」與「火」、

〔註20〕陳正治：《修辭學》（台北：五南圖書公司，2001年9月），初版，頁198～199。
〔註21〕李初喬：《寫作大辭典》，頁33～34。「象徵」與「比喻」不同，「比喻」是用一個具體事物來比擬具有相似點的另一個具體事物；而「象徵」是用一個具體事物比擬具有相似點的思想或情感。
〔註22〕吳成恩撰，汪象旭、黃太鴻評點：《新鐫出像古本西遊記證道書》（台北：天一出版社，1985）。
〔註23〕余國藩著、李奭學編譯：《《紅樓夢》、《西遊記》及其他》，頁376。

八戒配「木」、沙僧配「土」、唐僧配「水」。〔註24〕黃慶萱則從另一角度，認為三藏、悟空、沙僧、八戒都是玄奘的化身，其中唐僧代表玄奘的「超我」，悟空和沙僧代表「自我」，八戒及眾鬼怪妖魔代表「原我」，他們都是人心複雜面的象徵。〔註25〕高仲華認為取經五聖，悟空象徵「心」，龍馬象徵「意志」，沙僧象徵「情」，三藏象徵「本性」，八戒象徵「慾念」，將五聖作為個人內在心志情欲與本性的象徵。〔註26〕吳璧雍指出五行可以表現出五聖之間生剋的關係，五聖實為一體。若從萬物皆備於我的心理觀點來看，五位一體又是一體多面的呈現，故可從心理觀點來論五聖，亦即取經過程其實是一個「心理冒險」的過程。此過程以三藏為主人，唐僧為自我；悟空代表理想的心靈燈塔；八戒代表現實的官能物欲；沙僧代表調和理想和現實的作用；龍馬代表任重道遠的精神。〔註27〕鄭明娳認為五聖實為一體，唐僧代表人的軀殼，象徵尚未悟道的芸芸眾生；龍馬象徵意念。而其他三徒則各自象徵佛法中「戒、定、慧」三學，因「戒」能得「淨」；「定」即得「能」；「空」即是「慧」，這正是悟淨、悟能、悟空的象徵意涵。又在修行的過程中，悟空代表正面之慧，即軀殼中的心靈；沙僧代表誠實篤志之定；八戒代表反面之戒，所呈現的是未受過戒行的原始面貌，即人類與生俱來的感官本能；龍馬代表修行的意念。因此三藏象徵人心渾沌的一面；悟空象徵理智的一面；八戒象徵慾望之心；沙僧象徵持戒之志；龍馬象徵前進之意。可見此五聖實際上僅是取經者一人的五個層面。五聖若能「合」，便可成正果；若「分」，則會逢災遇難。「分」象徵人心理的不平衡，因此必須在修心上下功夫，去除人性本能的欲念妄想，才能達到「合」的完美境界。〔註28〕趙天池認為取經五眾象徵城鄉社會中的人物類型，以一個組合來追求一個理想目標。〔註29〕張錦池、何錫章則主張唐僧師徒的關係有如家族或家庭成員一般，其中以唐僧為

〔註24〕張靜二：〈論《西遊記》的結構與主題〉，《中華文化復興月刊》第 13 卷第 3 期（1980），頁 19～26。

〔註25〕黃慶萱：〈《西遊記》的象徵世界〉，收於黃慶萱：《與君細論文》（台北：東大圖書公司，1999 年 3 月），頁 18～19。

〔註26〕見黃永武：〈中韓兩國共同熟悉小說──《西遊記》小說考證〉《文學思潮》第 13 期（1982 年 11 月 10 日），頁 38～39。

〔註27〕吳璧雍：《《西遊記》研究》（台北：國立師範大學國文研究所，碩士論文，1980 年 6 月），頁 73～94。

〔註28〕鄭明娳：《《西遊記》探源》（下），頁 37～42、79～82。

〔註29〕趙天池：《《西遊記》探微》，頁 114～120。

家長，悟空等三徒爲家中的成員。〔註30〕

綜觀以上不同的主張，取經五聖在悟道的過程中，當是指「人心」的五種不同象徵，其終極目的都在「悟」，三藏象徵怯弱之心；悟空、悟能、悟淨，象徵明心見性，求取佛道，破除官能物欲，達「空、淨、戒」的人心境地；龍馬象徵堅定的修行之心。

2、人物的象徵

關於人物的象徵，歷來許多學者有不同的主張。張靜二主張悟空象徵「心猿」，龍馬象徵「意馬」，所組成的「心猿意馬」，象徵「以心御意」方能完成西天取經之旅。因此，龍馬實塑造了一個典範，具有自強不息、堅定不移，且能腳踏實地的龍馬精神，纔能成就偉大的事業。〔註31〕夏志清認爲《西遊記》是對《多心經》的哲學評述，其中孫悟空在取經人當中，對一切皆空的認知最深，因此孫悟空從不避諱遁世的觀念，其訪道是象徵對精神悟性的追求。〔註32〕余國藩認爲觀音本身及其使命來看，可以象徵天佑與趨使人心昇華的力量。〔註33〕林庚認爲豬八戒目光短淺，獸頭獸惱，缺少見識；他又拿釘鈀，善田事，是一般市民眼中農民的象徵。〔註34〕姜云主張孫悟空包含多種象徵，就其鬥爭目標而言，是追求自由、平等理想的化身；就其嫉惡如仇、除惡務盡的堅決態度而言，是正義的化身。唐僧是東郭先生形象的象徵。豬八戒是貪小便宜、吃大虧者的化身。沙僧是受難者渴望擺脫苦難，以達到光明幸福彼岸的象徵人物。而途中的妖魔是「凶惡大自然力量的化身」及「現實中邪惡勢力的化身」。〔註35〕

然而筆者則以爲，孫悟空與豬八戒是作者爲了證佛道所塑造出來的擬人化角色，在求取佛經與明心見性的悟道過程中，孫悟空經歷並克服了許多劫

〔註30〕張錦池：《《西遊記》考論》（哈爾濱：黑龍江教育出版社，1997年2月），頁304～306。何錫章：《幻象世界中的文化與人生——《西遊記》》（雲南：雲南人民出版社，1999年6月），頁83～88。

〔註31〕張靜二：《《西遊記》人物研究》（台北：學生書局，1984年8月），頁201～225。

〔註32〕夏志清：《中國古典小說導論》（合肥：安徽文藝出版社，1994年5月），頁127～179。

〔註33〕余國藩著、李奭學編譯：《《紅樓夢》、《西遊記》及其他》，頁347。

〔註34〕林庚：《中國文學簡史》，頁623。

〔註35〕姜云：〈《西遊記》：一部以象徵主義爲主要特色的作品〉，《文學遺產》第6期（1986），頁85～91。

難，象徵那股追求佛理的堅毅之心。而豬八戒對食色的喜好，與拿釘把、善耕種的形象，則是悟佛、求佛中一般市井小民與農民的象徵。

3、事件的象徵

關於事件的象徵，袁行霈認為八十一難中一連串的險阻與妖魔，都是用來作為修心過程中障礙的象徵。〔註36〕高桂惠主張孫悟空數次進入妖魔腹內後，都能展現降妖制怪的手段，化險為夷，此象徵從「心底」征服妖魔，而妖魔象徵人心之障蔽，因此，當人心有魔障時，便應努力祛除。〔註37〕王增斌、田同旭認為孫悟空大鬧天宮，是因為發現玉帝封他為馬弼溫乃在蔑視他；又發現玉帝雖封他為齊天大聖，但並沒有將其列入天官之列，故，大鬧天宮的原因，並非孫悟空反對神佛，而是因為玉帝不會用人、玉帝輕賢。悟空後來向玉帝提出「皇帝輪流做，明年到我家」的建議，亦並非否定天上皇權，而只是企圖將天國的統治權由玉帝手上轉移到自己手上。後來他被如來打敗，皈依佛門，求得正果，這是因為走捷徑無法成神佛，只好按照常規來走。這樣的孫悟空，實際是一個雖然漠視封建權威，頗不安分守己，但又不否定封建現實制度的智士象徵。〔註38〕另外，余國藩以為取經路上與諸多妖魔周旋作戰，是暗示著道教術士修煉時所遭遇到的困難與不定。〔註39〕余氏又認為西天取經的過程正象徵著「死亡之旅」，其以為西天之如來佛祖處，除了具有取經功德圓滿完成之意外，更有「屍解」成仙之義，象徵肉體脫骸，進入不死之境界，故凡人尋求不死境與道教徒修煉成仙，其終極目標的追求是一致的。〔註40〕王國光與王崗從道教修煉得過程著手，王國光認為由老虎、白鹿和山羊修煉變化而成三位道士，其煉丹的過程是逆轉體內精、氣、神的運轉方向，此三元素會沿著脊椎由下往上推進，最後送到頭頂上。而精、氣、神可以用形象表達，分別由「牛車、鹿車、羊車」承載，一般稱之為「三車河」。〔註41〕王崗則主張這個運轉過程實為「小周天」的內丹修煉過程之一，

〔註36〕袁行霈：《中國文學史》，頁610。
〔註37〕高桂惠，《《西遊補》文化形態的考察》，收錄於中國古典文學研究會主編，《古典文學第十五集》（台北：臺灣學生書局，2000年9月），頁379。
〔註38〕王增斌、田同旭：《中國古代小說通論綜解》（上），頁388。
〔註39〕余國藩著、李奭學編譯：《《紅樓夢》、《西遊記》及其他》，頁376。
〔註40〕余國藩：《余國藩《西遊記》論集》，（台北：聯經出版社，1989年10月），頁202、211。
〔註41〕柳存仁：《全真教與小說《西遊記》》，見《和風堂文集》（上海：上海古籍出版社，1991），頁1270～1272。小說中的牛車變成虎力大仙。

而「小周天」又是「大周天」的前奏，因此《西遊記》第三十二回至六十六回，實爲「小周天」的象徵；而第六十七回至八十三回，爲「大周天」的象徵。〔註42〕吾則傾向袁行霈與高桂惠的說法，認爲小說中描寫的種種磨難與險阻，都象徵著修心求佛過程中的阻礙與障蔽，人應努力去克服。

4、其他象徵

除了以上的象徵之外，余國藩尚認爲《西遊記》第四十四回中，車遲國之地名「夾脊關」，其靈感應來自道術中將丹田借由「河車」打上脊髓的作法，因此，西行取經乃是內在修持之旅的象徵。〔註43〕徐揚尚主張「天界」的等級秩序、體制王法、運作機制，正是人間中權力化與儒家文化之等級秩序、體制禮法、運作機制的摹寫和複製，故「天界」象徵著儒家文化的權力化，此從諷刺儒家權力化的觀點著眼。〔註44〕李劍國、陳洪認爲《西遊記》中大量引用宗教性的文字，特別是道教的術語，使小說染上一層哲理寓意的色彩。其中小說的宗教性術語可分爲兩個層次，一者是以「心」爲核心的「心猿意馬」象徵系統，此「心猿」出於佛典，象徵心靈的放縱不羈。二者是以「金公、木母、黃婆」爲核心的道教內丹養煉象徵系統，「金公、木母、黃婆」分別意指「悟空、豬八戒、沙僧」，此非僅以五行比配五眾，而是建立在道教內丹修煉之「三五合一」的思想基礎上。所謂「三五合一」，即五行之中，西金、北水爲一家，以「金」或「金公」代表；南火、東木爲一家，以「木」或「木母」爲代表；中央土自爲一家，土又稱「黃婆」或「刀圭」。這樣「金、木、水、火、土」五行被簡化爲「金、木、土」三家，分別代表「精、意、神」，三者調合便能丹成飛升。豬八戒易受外界誘惑，孫悟空剛勇使氣，沙僧平凡普通，此性格特徵正與「木、金、土」的元素性質相符合。而悟空對八戒屢次戲弄，也與「金」能克「土」的觀念有著密切的關聯。故，《西遊記》營造出一個頗具宗教象徵意味的闡釋空間。〔註45〕

〔註42〕王國光：《《西遊記》別論》（上海：學林出版社，1990）。王崗：〈《西遊記》～～一個完整的道教內丹修煉過程〉，《清華學報》新第25期（1995），頁51～86。

〔註43〕余國藩著、李奭學編譯：《《紅樓夢》、《西遊記》及其他》，頁376。李叔還：《道教大辭典》（台北：巨流圖書公司，1979），頁405，形容「河車」猶如「逆水行舟」。

〔註44〕徐揚尚：《明清經典小說重讀：尋找失落的傳統》（北京：新華書店，2006年6月），頁94。

〔註45〕李劍國、陳洪：《中國小說通史》（明代卷）（北京：高等教育出版社，2007

（二）《續西遊記》

《續西遊記》中所有的妖魔和災厄都是由唐僧師徒的機心所產生，而這些妖魔也都有著一定的象徵意涵，如七情大王、六欲大王（第二十八至第三十二回）、三尸魔王（第二十九回至三十一回）、陰沉魔王（第三十二回至第三十五回）、獨角魔王（第三十六回至第三十九回）、曹操魂靈（第三十六回至第三十七回）、嘯風魔王（第三十九回至第四十二回）、迷識魔王（第五十回至五十三回）、消陽魔、鍊陰魔、耗氣魔（第五十二回至第五十六回）、五行之氣（第六十四回至第六十五回）、福緣君（第七十七回至第七十八回）、美蔚君（第七十七回至第八十二回）、美慶君（第七十七回至第八十五回）、慌張魔王（第八十二回至第八十五回）、孟浪魔王（第八十二回至第八十八回）、六鯤妖魔（第八十五回至第八十八回）、病魔（第九十五回至第九十六回）等。

這些邪魔多象徵著人的情緒、思想與倫常觀念，為心理之魔和倫理魔，小說將「心理魔」與「倫理魔」構築於充滿強烈寓意的象徵上，亦即將人之心靈視為神與魔交戰的小天地，這也促使《續西遊記》充滿著強烈的寓言色彩。其中有「三屍、七情、六慾之魔」，「三屍魔」好飲食、車馬衣服及色欲，象徵凡人對食、衣、性的貪求；七情六慾是指人類的六種感官和七種情感，此「七情六慾邪魔」象徵著人的感官和情感被外界所障蔽，亦即人心被外物所蒙蔽。例如第六十五回，車遲國會元縣的朝元村中，有金、木、水、火、土的五行妖橫行，禍害村人，經查證後才知是村人丁炎、甘餘、慎漁父、穆樵父等人過於貪求利益，而引發五行失衡所造成的，其中對於天地萬物平衡的破壞，是由於人心的貪婪與邪僻所產生，故五行紊亂之氣，其中象徵人對天地間物質平衡造成的破壞。

又第三十二回至第五十二回中的「黯黮林」、「餓鬼林」、「薰風林」、「霆雨林」、「蒸僧林」、「臭穢林」、「迷識林」、「三魔林」等八林亦具有象徵意義。其中「黯黮林」（第三十二回）象徵殺戮殘忍之心；「餓鬼林」（第三十六回）象徵貪求富貴之心；「薰風林」（第三十九回）象徵無中生有撥弄是非之心；「霆雨林」（第四十二回）象徵報復不平憤怒之心；「蒸僧林」（第四十六回）象徵仇殺敵對之心；「臭穢林」（第四十九回）象徵好沾惡邪虐之心；「迷識林」（第五十一回）象徵機變狡詐之心；「三魔林」（第五十二回，三魔指消陽魔、鍊陰魔、耗氣魔）象徵人因受到諸多惡心的侵害，以致於陰陽氣盡，無以為生

年6月），頁 1045～1046。

之境。此八林中所住的妖魔，皆是由外界之魔向心理欲念之魔的轉化，如「陰沉魔王」住在充滿陰氣不散，妖魔集聚的「黯黮林」，此林原本明朗，但因人心暗昧而使得幽暗無光，可見陰沉魔王似人心被邪惡所障蔽，象徵人們情緒思想欲念的心理之魔。後來當三藏師徒端正念頭，高誦著「日月寶光菩薩」和「光明如來」，並向魔王懺悔解悟時，黯黮林才復見天日，妖魔也隨著真經解脫消失無蹤。可見只有端正人心，徹底消除心中邪念才得以光明。而「獨角魔王」及「曹操魂靈」居於「餓鬼林」，此餓鬼林原為快活林，為一群賢良富貴者所居住，然其恃著富貴快活不作賢良，後來變成一群饑餓鬼，並招來獨角魔王與曹操魂靈。此「獨角魔王」及「曹操魂靈」象徵人們倫常觀念的倫理之魔，具有勸懲之象徵寓意。另「迷識魔王」，盤踞在「迷識林」，此魔由人心的貪念慾望所產生，能迷惑人心，讓人汲汲營營於貪名逐利。人若能端正心思、除去雜念便能不受其害。可見禍患之根源實來自人自己的心靈，而無他者。「消陽魔、鍊陰魔、耗氣魔」三魔居住在「三魔林」，此三魔是由道教中「精、氣、神」的修道成仙思想所產生的。三魔曾以酒色迷惑比丘僧和靈虛子（第五十五回），故三魔亦象徵人性中的慾念。〔註46〕

　　八林之魔皆由人的欲念所引發的災禍轉化而成，故具有勸誡警惕之寓意。對此象徵寓意的手法，王增斌、田同旭曾作出總結，言

> 《續西遊記》其書，實是以唐僧的四眾的種種不淨根因和機心變幻，
> 虛造各類妖魔的生成起滅，以象徵寓言手法，揭示人之心路歷程中
> 永存的佛魔兩性的鬥爭，以強調信仰意志的力量，去邪歸正的道德
> 感和追求完美人格的主體精神。就這意義而論，《續西遊記》可稱我
> 國文學史上一部頗具特色的心界神話小說。〔註47〕

可見作者的創作用意，實欲藉著神魔的象徵性來表達出「明心見性」的寓意。

（三）《西遊補》

　　《西遊補》同《續西遊記》一樣，亦是在「心」與「魔」的關係上大作文章，深化了妖魔對人心影響之意義，而這可從《西遊補》對「魔」的概念不同於世本《西遊記》上看出端倪。董說在〈西遊補答問〉中對於《西遊記》之妖魔曾言：「《西遊》舊本，妖魔百萬，不過欲剖唐僧而俎其肉。」又言：「古本《西遊》，凡諸妖魔，或牛首虎頭，或豺聲狼視。」可知《西遊記》之妖魔

〔註46〕王增斌、田同旭：《中國古代小說通論綜解》（上），頁409～412。
〔註47〕王增斌、田同旭：《中國古代小說通論綜解》（上），頁409。

傾向於會主動殺害人之惡魔。而《西遊補》對「魔」意涵的闡釋，於〈西遊補答問〉中言：

> 問：古本《西遊》必先說出某妖某怪，此敘情妖，不先曉其爲情妖，何也？
>
> 曰：此正是補《西遊》大關鍵處。情之魔人，無形無聲，不識不知，或從悲慘而入；或從逸樂而入；或一念疑搖而入；或從所見聞而入。其所入境，若不可已，若不可改，若不可忽。若一入而決不可出，知情是魔，便是出頭地步。故大聖在鯖魚肚中，不知鯖魚；跳出鯖魚之外，而知鯖魚也。且跳出鯖魚不知，頃刻而殺鯖魚者，仍是大聖，迷人悟人，非有兩人也。〔註48〕

此段以抽象的「情」來描述「魔」的概念。其「無形無聲，不識不知」，是人們面對魔障時的蒙昧狀況，代表「情」是難以掌握的。而「情」可從悲慘、逸樂、疑念、見聞等不同途徑來影響人心，進而引人入魔，故「情」是被動。《西遊補》中的鯖魚精便以迷惑人心爲能事，欲使人「失心」。〈西遊補答問〉中曾言：「今《西遊補》十五回所記鯖魚模樣婉變近人，何也？曰：此四字正是萬古以來第一妖魔行狀。」「婉變近人」是《西遊補》中鯖魚精的形象特點，對於「婉變近人」，高桂惠曾解釋爲：

> 作者首先顛覆我們以外在形象辨識妖魔的習慣，所謂「婉變近人」，一方面說明妖魔形象的人化和內化，一方面排除其猙獰虐殺的印象；「婉變」，亦即誘惑的特質——溫柔動人。本來在《西遊記》中，人神獸魔的界限就很模糊，其關係亦極糾葛，《西遊補》以悟空的重構來揭示對人的重構，乃把握了《西遊記》「破心中賊」這一根本性的問題進行演化，更由人的對立面（妖魔）改變起。董若雨先將原來的界限挪移，並描繪一個不一樣的對立面，作爲重構人類自我形象的預備，人類在這一次改變中，不是要去完成一種大無畏的使命，而是內心世界裡的探險之旅。……從人的接受角度而言，妖魔由外在於人的虐殺、壓制，轉向內在於己的困頓、迷惑，「婉變近人」遂描繪出晚明士人人生態度、價值觀異化了的心理傾向。〔註49〕

〔註48〕董說：《西遊補》之〈《西遊補》答問〉，見楊家駱主編：《中國通俗小說名著第一集》（台北：世界書局，1983年12月），第3版。

〔註49〕高桂惠：〈《西遊補》文化形態的考察〉，收錄於中國古典文學研究會主編：《古

可見《西遊補》所強調的是「心」與「魔」的關係,「心魔」即「情魔」。

針對《西遊補》中所運用的象徵手法,傅世怡曾將《西遊補》和《西遊記》作了比較,認爲《西遊記》源於民間文學,通俗詼諧,而《西遊補》則出自於文士手筆,故多用象徵。〔註50〕

至於《西遊補》中人物事件的象徵運用,黃芬絹、張家仁、曾永義,傅世怡、林景隆等,有不同的解讀。〔註51〕如第二回,秦始皇之「驅山鐸」象徵著國家的權柄,亦象徵抗清救國之人才、力量和策略;至於「驅山鐸」在夢中遍尋不著,則象徵抗清救明力量策略的喪失;作戰的兵符象徵力量;帝王印璽象徵泉源;人才與智謀象徵策略(黃芬絹)。第三回的「鑿天之舉」,象徵奸相魏忠賢、周延儒、溫體仁、馬士英、阮大鋮,以及流寇李自成、張獻忠,叛臣洪承疇、吳三桂等人亡明於天下(黃芬絹)。第四回的「萬鏡樓」,其具有三種象徵:(一)、萬鏡樓奇技淫巧之建築,象徵明代神宗、熹宗奢靡無度,將歷代積聚揮霍一空。(二)、鏡中各種景象代表現實生活中的萬千世界,其中又有「大世界」與「小世界」之分,「大世界」指國家民族及宇宙;「小世界」指人之百態人生及歷史上的朝代。(三)、鏡中「小月王」是大唐天子之後,爲唐王的象徵,其只知建造偉麗之萬鏡樓,卻不能如唐太宗般聽從諫言,整理國家,故有今不如昔之感,暗寓明代帝王不如唐太宗善用賢人平治天下(黃芬絹)。第四回的「科舉」,象徵明朝考試用人制度之失敗,只知晉用一些無德無識之人,而導致亡國(黃芬絹)。第四回至第十回的「鏡中世界」,這些鏡子所構成的世界象徵人世間的眾多世界,而鏡中世界所反映的是人心的嬗遞,將人心視爲一面面的鏡子,每一面鏡子代表一個世界(林景隆)。第五回,於古鏡中表揚美人一事,象徵烈女勝過明末奸臣。回中又出現晉朝綠珠、春秋西施、宋朝絲絲(李師師)、漢朝虞美人,此四大美女最後都守節而死,故皆與國亡家破有關,作者乃借此來嘲諷那些可鄙的降將,諷其不如女子(黃芬絹)。第六回,描寫「項羽懼內」,文中項羽軟弱無能,無一

典文學第十五集》(台北:臺灣學生書局),頁372～378。

〔註50〕傅世怡:《《西遊補》初探》,頁149。

〔註51〕張家仁:《《西遊記》與三種續書之比較研究》,頁264。黃芬絹:《董說《西遊補》新論》(台北:國立臺灣師範大學國文碩士在職專班研究所,碩士論文,2005年6月),頁144～195。傅世怡:《《西遊補》初探》,頁158～161。曾永義:〈董說的「鯖魚世界」——略論《西遊補》的結構、主題和技巧〉,《中外文學》第8卷第4期(1979年9月)。林景隆:《《西遊記》續書審美敘事藝術研究》,頁62～63。

點男子氣概，只守著虞美人，象徵吳三桂僅以陳圓圓為人生的目標，因美人而不顧國家存亡，故以項羽象徵吳三桂，虞美人象徵陳圓圓（黃芬絹）。第九、十回，「嚴刑秦檜」象徵對魏忠賢等奸臣的嚴懲，替歷史上如熊廷弼、左光斗、楊漣等被冤殺者報仇（黃芬絹）。更甚者，「秦檜」可當作是所有奸臣象徵（張家仁）。第九回的「岳飛」，象徵被朝廷冤殺的明末抗清名將熊廷弼與袁崇煥，因二人皆同抗金名將岳飛一樣，為國家報效，卻以莫須有的罪名為朝廷所殺（黃芬絹）。第十五回，「悟空與波羅密王相殺」一事象徵清滅明是臣弒其君，子弒其父的逆倫行為。因為清朝入主中國以前，清太祖努爾哈赤之父被明朝所誤殺，因此明朝封努爾哈赤為「龍虎將軍」，以此謝罪，後來太祖之子清太宗皇太極稱帝時，對中國有虎狼之心，改國號為清，脫離了與中國之君臣關係，此君臣關係本應當如天地父母般不可違逆侵犯，所以文中悟空與波羅密王相殺一事，乃有意指臣弒其君，子弒其父之罪。其中「悟空」象徵作者，又象徵明朝；「波羅密王」則象徵清朝（黃芬絹）。第十五回的「殺青大將軍」，「青」雙關「情」，象徵情關難以斬除（黃芬絹）。第十五回「唐僧被蜜王軍斬首」，象徵黃道周與清兵作戰殉國。因黃道周曾徵兵九千餘人以抗清，且董說曾學《易》於黃道周，因此兩人有師生之誼。書中「師父唐僧」即象徵黃道周（黃芬絹）。第十五回的「五色旗亂」，象徵滿清建立八旗兵。回中描寫滿清八旗軍和南明黃道周的戰役，在戰役中，悟空之子「蜜王」殺了唐僧及小月王，象徵清人以漢旗兵殺漢人的史實，因清朝曾利用吳三桂攻下明朝，逼死桂王，此乃以他殺他之計謀，故文中有「紫旗人自殺了紫旗人幾百餘首」的描述（黃芬絹）。對此，亦有不同的解讀，如曾永義認為五色旗象徵世界的變化多端和紛擾，人們容易迷亂於其中。第十六回，行者曾詢問鯖魚精能否造乾坤世界？虛空主人道：「悟空屬正，鯖魚屬邪，神通廣大卻勝悟空十倍，他的身子又生得忒大，頭枕崑崙山，腳幽迷國，如今實部天地狹小，權住在幻部中，自號青青世界。」此「狹小的天地」象徵南明桂王尚未滅亡，清尚未掌控中國之際；「青青世界」象徵清朝的前身；「鯖魚精」象徵滿清，因夢中一切因果皆為鯖魚精所造，其所帶來的禍患無比，令人可怖。「行者」象徵作者。故《西遊補》是作者有意之創作，是以孫悟空誤入鯖魚腹中之事來鋪展故事情節，鯖魚精雖能大到覆蓋世界，卻不能傷害悟空，悟空最後殺了鯖魚精，代表作者滅清復明之心。（黃芬絹）

除此，《西遊補》中又有諸多關於「情」的意象，運用象徵性的人和物來

喻「情」。其中以「青」、「鯖」、「菁」來象徵「情」者，如「鯖」魚、「菁」萊世界、雕「青」軒子、「青」瑣弔窗、「青」路諸侯、「青」銅壁、「青」石皮、「青」琉璃窗、鏤「青」古鏡、穿「青」屋、「青」銅古鏡、「青」旗、插「青」邊樓等，儼然一片情欲世界。又「小月王」三字合起來亦近似「情」字，為「情」之拆字。其他常見的「翠」、「綠」、「碧」諸字，亦屬「青」色，象徵「情欲」，如翡「翠」宮、「翠」面芙蓉、「翠」繩娘、「翠」圍峰、「綠」玉殿、「綠」珠女子、「綠」色琉璃椅、「綠」袍判官、「綠」竹洞天、「碧」琉璃盞兒、「碧」衣使者、「碧」花苔等。另外，書中許多名物亦具有「情」的意象，如絲絲小姐，其「絲」意指「思」，象徵情思難斷。又如風流天子、傾國夫人、鴛鴦瓦硯、高唐夢、握香臺、關雎水殿等，皆涉及「情」。

（四）《後西遊記》

《後西遊記》中除了唐半偈師徒四眾、大力鬼王、國妃玉面娘娘、黑孩兒太子及承襲自原書的人物之外，其餘的角色大多具有象徵意義。例如以儒家負河圖的白馬，去駝唐半偈前往西天求取真解，便具有三教同一的象徵意義。〔註52〕又第十三回的「缺陷大王」，其是由村中葛、塍兩姓的乖戾之氣化生而成，好挖坑塹陷人，其「乖戾之氣」象徵著惡劣品德或不滿現狀之怨氣。第十六回至第十八回的「解脫大王」，其下有「三十六坑」和「七十二塹」眾妖。此「三十六坑」之第一坑為「斬頭坑」、第二坑為「瀝血坑」、第三坑為「刖足坑」、……、第三十六坑為「磔肉坑」，這些坑名都是古代之刑罰，象徵人們所犯的諸多惡刑。而「七十二塹」的第一塹為「喜塹」、第二塹為「怒塹」、第三塹為「哀塹」、……、第七十一塹為「慾塹」、第七十二塹為「夢塹」，這諸多的塹名皆象徵著人之七情六慾。又第二十三回，小行者被文明天王的「文筆」壓住動彈不得，但文筆卻因文明天王欲貪幾杯而擅自移動，使小行者因文筆移去而重獲自由，此「文筆的挪移」象徵世儒好逸，易受外在環境的影響；而「小行者的自由」則象徵文教易桎梏人心，以及佛教可讓人自世間的束縛中解脫出來。第二十四回的「文明天王」，其好以文壓人，以財壓人，是歷代封建制度中儒家控制文權、財權之專權專政的形象表現。〔註53〕第二十五回，溫柔國中生香村的「麝妖」，象徵色慾。第二十六回的「十惡大王」，為「篡惡大王、逆惡大王、反惡大王、叛惡大王、虐惡大王」等。以及第三

〔註52〕王旭川：《中國小說續書研究》（上海：學林出版社，2004 年 5 月），頁 202。
〔註53〕林辰：《神怪小說史話》（瀋陽：遼寧教育出版社，1992），頁 392。

十回，造化小兒有許多圈兒，這些圈兒包括「名圈、利圈、富圈、貴圈、貪圈、嗔圈、痴圈、愛圈、酒圈、色圈、財圈、氣圈、妄想圈、驕傲圈、好勝圈、昧心圈」等，造化小兒說這些圈兒雖小，但一時卻跳不出，這些圈兒都象徵人性之欲念，而「一時卻跳不出」，則象徵人性易受到束縛。第三十二回、三十三回，孫悟空的「金箍棒」與不老婆婆的「玉火鉗」，分別喻指男、女的性器官。而小行者、豬一戒等人與不老婆的對話，以及小行者之金箍棒和不老婆婆的玉火鉗對戰的場面，都是男女性愛場面的比喻，如其中玉火鉗的「火」象徵熊熊的慾火；不老婆婆具有性的暗示，為慾火旺熾的女性象徵；不老婆婆口中的「青絲兒」象徵情絲。又第三十四回的「蜃妖」，其象徵口腹之慾。蜃妖所居住的「孽海」是由人心所造成的，此孽海終日播弄波濤，將是非冤業灌注其中，世人若墜入其中，便會永遠沉淪。幸而後來有佛過此地，憐念眾生墮落，大發慈悲才將河沙填平。土地初填平時，民生興隆，土地茂盛，不料，佛填平河沙時誤帶進許多雜種，年深日久後，雜種受了孽海的餘戾化成一片蜃氣，而蜃氣也在年深日久後變成精靈，將人民及田舍都吞入肚中。「蜃氣」遂化作城池、市鎮、人物與草木，使人誤入其中，唐半偈師徒也被蜃妖吞喫了。唐半偈師徒遭蜃妖吞喫的原因，是因豬一戒想喫齋，以及唐半偈與沙彌信心不堅所導致的。故豬一戒等人無法逃此劫難，是因對外界的食慾誘惑缺乏拒絕與辨識的智慧所導致的，說明了蜃妖是口腹之慾的象徵。

　　對於《後西遊記》中那些抽象的神魔象徵，吳達芸言：

> 他們或是殘缺的、困厄的人生象徵，或是扭曲的、醜惡的人生象徵，或是混濁的、糾纏的人世象徵，這些，讀者都可以根據各自的生活體驗、審美觀念，透過簡略粗糙形象的外衣，把握其內在的象徵意義。〔註54〕

　　可見《後西遊記》中塑造了許多富於寓言特質的象徵性人物，藉此來達到諷刺和勸戒達到警惕之效用，這也顯示出作者在故事題材與人物設計上的獨到之處。

五、雙 關

　　「雙關」又名「多義關連」，是指在特定的言語環境中，借助語音和語義

〔註54〕吳達芸：《《後西遊記》研究》（台北：華正書局，1991年7月），初版，頁218～219。

的聯繫，使語詞或句子同時關涉兩種事物，表達雙重含義，以達到言在此、意在彼的修辭效果。常見者爲「同形雙關」，即利用語詞的字形來構成雙關。「諧音雙關」，是利用語詞的同音或音近構成的雙關。「借義雙關」，又名「語義雙關」，是利用語詞的多義性構成一語兩義的效果。「多重雙關」，是語詞在形音義方面的多重關聯，造成一語兩義之法。〔註55〕

　　關於《西遊記》、《續西遊記》、《西遊補》、《後西遊記》的雙關運用，如《西遊記》第六十七回，「稀柿衕」乃採用諧音雙關，意指人體結腸。文中，取經人通過稀柿衕，此衕狹長，有一隘口，衕中盡是惡臭醺天的腐爛柿子，猶如人的結腸一般。〔註56〕《續西遊記》中的「美蔚君」，是一位想捉拿和尚來當作奇珍美味之物的妖魔，此「美蔚」採「諧音雙關」之法，意指食物的「美味」。《西遊補》第一回，述「鯖魚擾亂，迷惑心猿」，此「鯖魚」爲「情欲」的「字音雙關」。又其第二回中「忽然走出一箇宮人，手拿一柄青竹箒，掃在地上」，其「青竹箒」爲情逐走」的「字音雙關」。又「皇帝也眠，宰相也眠，綠玉殿如今變作『眠仙閣』哩！」其中「眠」爲「詞義雙關」，暗指昏瞶。又「昨夜我家風流天子替傾國夫人暖房擺酒。」其「傾國夫人」爲「詞義雙關」，暗指國家覆亡。其第三回中又有金「鯉」村，此「鯉」字涉及「魚」字，「魚」乃爲「欲」的「字義雙關」。又「今天大慈國王苦憫眾生，竟把西天大路鑄成通天青銅壁……通天青銅壁邊又布六萬里長一張『相思網』。」此「青」爲「情」的「字音雙關」。關於「情」，書中眞是不勝枚舉，如「青青世界、殺青大將君、悟青、插青天樓、綠玉殿、飛翠宮、翠繩娘、綠竹洞」等。又第四回，當行者進入萬鏡樓，鏡中榜文上寫道：「第一名廷對秀才柳春，第二名廷對秀才烏有，第三名廷對秀才高未明。」其中「柳春」、「高未明」是「借義雙關」；而「烏有」暗指「無有」，爲「諧音雙關」，此三者主要在表達秀才們迷戀花叢，又無眞才之實學。另「小月王造成萬鏡樓臺，有一鏡子，管一世界，一草一木，一動一靜，多入鏡中，隨心看去，應目而來」，此「鏡」是「境」的「字音雙關」，意指心境。第五回中出現「絲絲」小姐，即爲宋朝守節美人「李師師」，爲「字音雙關」。第七回中「前年有一個名喚新在，別號新居士」，「新」爲「心」的「字音雙關」。第八回中「一名綠袍判官，領著……五百名剮秦精鬼；一項黃巾判官，帶著……五百名除秦厲鬼；一項紅鬚判官，

〔註55〕李初喬：《寫作大辭典》，頁474。
〔註56〕余國藩著、李奭學編譯：《《紅樓夢》、《西遊記》及其他》，頁351。

領著……五百名羞秦精鬼；一項白肚判官，領著……五百名誅秦小鬼；一項
玄面判官，領著……五百名撻禽佳鬼」，此「秦」爲「情」的「字音雙關」。
第八回回目爲「一入未來除六賊」，此回描寫行者打殺強盜六人，六賊並無名
字，然而《西遊記》第十四回的回目爲「心猿歸正，六賊無蹤」，回中提到六
賊之名爲「眼看喜、耳聽怒、鼻嗅愛、舌嘗思、意見慾、身本憂」，可知《西
遊補》中之「六賊」應爲《西遊記》中的「六賊」，六賊之名爲「詞義雙關」，
暗指心之賊。第十五回中，將軍道「：我乃波羅蜜王便是」，此「波羅蜜」爲
梵語，華譯爲「度」，本指由生死此岸至涅槃彼岸，《西遊補》以「詞義雙關」
意指行者夢醒，由迷轉寤。〔註57〕

　　《後西遊記》的雙關運用促使小說更加趣味化，尤其是有關不老婆婆的
描繪，更是別出心裁，獨具一格。如第五回的「生有法師」，其好逗口舌，問
一答十，登壇說法時總是說得天花亂墜，哄騙聽講眾生，並欺詐眾生錢財，
故此「生有」意即「無中生有」，爲「詞義雙關」。第七回，三個和尚各名爲
「傳虛」、「了信」、「玄言」，運用「詞義雙關」，言和尚好以不實之言哄騙民
眾，不守信用。第十回，天花寺的「點石法師」，其口舌圓活，性極貪淫，專
以講經說法哄騙愚人，謀取民眾的錢財米糧。此借「天花」二字進行譏諷。「天
花」原語出於佛經，本指事物極端美好，這裡卻採「天花亂墜」的「詞義雙
關」筆法，來形容人說話美妙動聽，卻誇張不實，帶有貶斥的意味。〔註58〕
第十八回的「閉不住」，其是解脫大王的手下，擔任鉗口坑的頭領，專替解脫
大王獻計，故時常受到解脫大王的盛讚，不料，獻策解脫大王與小行者爭鬥
時，竟讓解脫大王命喪黃泉，當解脫大王被大石壓在身上，鉗口妖「閉不住」
欲上前擡石，卻被小行者取出的金箍棒一擊，行者道：「誰叫你開口！」再看
時，鉗口妖已開口不得。此「閉不住」表示愛講話憋不住口的人物形象。第
十三回中，有兩位居士，取名爲「葛根」和「藤本」，其所居住的葛村與藤村，
村民們互爲嫁娶，皆爲親戚，此村名與居士名有糾纏牽扯之意，有如「葛藤」
一般。又第二十回的「自利和尚」運用「同形雙關」的筆法，言其心貪自私，
喜入怕出的小氣性格。第二十五回的「麝妖」，「麝」是「色」之喻，麝妖幻
化成美人，設圈套來誘騙唐半偈師徒，此「麝」與「色」爲「字音雙關」。第

〔註57〕傅世怡：《《西遊補》初探》，頁154～157。
〔註58〕林保淳：〈《後西遊記》略論〉，《中外文學》第14卷第5期（1985年10月1
　　　　日），頁58。

三十三回，不老婆婆口中所吐的一根「青絲兒」，「青」與「情」近似，以「青絲」意指「情絲」。且不老婆婆所執的「玉火鉗」，「玉」與「慾」音相似，意指「慾火」，皆為「字音雙關」。

第二節　角色多樣琳瑯滿目

　　《西遊記》、《續西遊記》、《西遊補》與《後西遊記》塑造出許多不同的角色，種類多元豐富，有人物、動植物和仙怪，且這些角色大多具有變化神通的能力，即使是人物，亦具有特異法術。角色多運用擬人手法，將動植物人格化；並加入神怪的元素，塑造出大量的神怪，讓小說充滿神奇虛幻的超現實色彩。

　　茲將書中角色進行分類（請詳見表三、表四、表五、表六之《角色、法術、寶器與奇境分類表》），將其細分為人物、動物、植物、神仙、魔怪五大類，並說明如下。

一、人物角色

　　《西遊記》中的人物有樵夫、須菩提祖師、梅山六兄弟（康、張、姚、李四太尉，郭申、直健二將軍）、唐太宗、漁翁張稍、樵子李定、袁守誠、魏徵、房玄齡、杜如晦、許敬宗、王珪、馬三寶、段志賢、殷開山、程咬金、劉洪紀、胡敬德、秦叔寶、徐茂功、護國公、尉遲公、崔珏、崔判官、朱太尉、高士廉、蕭瑀、張道源、張士衡、傅奕、劉全、玄奘法師（三藏）、劉伯欽、三藏、老叟、劉伯欽老母及妻兒、六毛賊（眼看喜、耳聽怒、鼻嗅愛、舌嘗思、意見慾、身本憂）、老僧、高才、高太公、觀音院和尚、頭陀、幸童、豬八戒丈母、大姨、二姨、姨丈、姑舅、老漢、道人、婦人、寶象國國王、文武百官、公主、宮娥、樵子、小孩子、轎夫、僧官、烏雞國王、太子、正宮娘娘、採獵軍、閣門大使、黃門官、船夫、道童、陳老、陳清、陳澄、老者、女官、迎陽驛丞、女王、太師、文武官、老婆婆、老道人、一群強盜、楊老、小孩兒、西梁國的君臣女輩、少年男子、祭賽國眾僧、國王、公卿、錦衣衛、朱紫國大使、太監、稀柿衕眾人、金聖娘娘、法師、喇嘛和尚、鎮海禪林寺眾僧、趙媽媽、女兒、巡城總兵、東城司馬、小王子、老師父、匠作人、縣官、天竺國眾僧、儀制司官、侍衛官、后妃、驛丞、天竺國王、彩

女、寇洪、家僮、寇母、寇梁、寇棟、皇后、嬪妃、刺使、獄官、縣官等。

《續西遊記》的人物角色有比丘僧到彼、靈虛子、三藏、童兒、秀士、婆子、小僧、寇梁、寇棟、家僕、客商、賣豆腐老者、客人、老叟、老僧、小沙彌、漢子、脫凡和尚、富家子、鎮海寺眾僧、長老、瞎聾老婆子、樵子、啞道人、道者、嘍囉、頭陀、店小二、店婆子、老官兒、曹操、婦人、老和尚、善信男子、孩子、尼僧、坡老道、胡僧、陳員外、丫鬟、陳寶珍、巫人、山賊、水賊、孫員外、丁炎、老蒼頭、卜益、卜學莊、甘餘、元會縣官長、衙役、通玄住持、王甲、貧漢、山童、司端甫、獵人、溪人、強梁惡少、丹元老道、道童、唐太宗、劉員外等。

《西遊補》的人物角色有大唐天子、守邊將士、宮人、唐三藏、孩童、樹下洪女、劉伯欽、老婆婆、新唐天子、李曠、踏空兒、黑衣人、項羽、侍女、虞美人、道士、綠珠、西施、絲絲、六賊、青衣童子、秦檜、曹判使、徐顯、蘋香、岳飛、新居人、小月王、三個無目女郎（名爲隔牆花、摸檀郎、背轉蜻蜓）、小童、殺清大將軍、三個彈詞女子、道童、老翁、白旗小將、波羅蜜王等。

《後西遊記》的人物角色有悟眞祖師、老婆子、少女、小道童、唐太宗李世民、崔珏、唐憲宗、寇洪、生有法師、大顚法師、韓愈、高崇文、裴度、李愬、守榜太監、嬾雲法師、慧眼沙彌、聰耳沙彌、廣舌沙彌、傳虛和尚、了信和尚、玄言和尚、唐半偈、慧音法師、點石法師、香火道人、自利和尚、沙致和、沙彌、老道婆、宮娥、玉面娘娘、清風道童、明月道童、黑孩兒、老院公、美婦人、天聾、地啞（兩個殘疾之人）、樵子、造化小兒、不老婆婆、驛官、錦衣校尉、文武官、上善國王及皇后、宰相、九尾山美人峰中的婦女、佛女、老蒼頭、主母奶奶、劉仁、眾少年、趙氏、冥報和尚、牧童兒、笑和尚、不惑老僧、唐穆宗、柳泌、烏漆禪師、王庭湊、不空和尚等。

綜觀《西遊記》的人物角色，除了少部分具有姓名之外，大多沒有名稱，僅是統稱，可看出《西遊記》的角色寫作重點並非人物，且人物多爲扁平化，並無細膩的心理與語言刻劃。其中以唐三藏較具圓形人物特點，其對悟空言行的控制，以及多次遇劫難時驚慌流淚的行爲，刻劃出其忐忑不安與柔弱的性格，賦予人物親切生動的性格特徵。《續西遊記》的人物角色，以比丘僧到彼、靈虛子和三藏出現的頻率最多，該書與《西遊記》同爲一百回，但出現的人物數量卻不及《西遊記》，而將比丘僧到彼、靈虛子和三藏作爲全書的靈

魂人物。《西遊補》中的人物角色，以項羽、虞美人、秦檜三人描寫得最爲生動，項羽的多情；虞美人的柔弱；秦檜的可惡，將人物的內心層面溢於紙上，讓人回味再三。《後西遊記》的人物角色多有名稱，且名稱多富寓意性，如「生有、慧眼、聰耳、廣舌、傳虛、了信、玄言、慧音、點石、自利、不空」等，小說人物與情節寓意相結合，賦予其重要地位。

二、動物角色

《西遊記》、《續西遊記》、《西遊補》與《後西遊記》的動物角色，由於許多魔怪的原形爲動物，故分類多以魔怪的原型來區分之。其中以《西遊記》及《續西遊記》的動物角色種類最多，《後西遊記》次之，《西遊補》最少。《西遊補》故事的推演，全部以行者前後的遭遇來進行，故行者可謂是整部小說的靈魂人物。

《西遊記》中出現過的動物包括赤尻馬猴（馬元帥原型）、通背猿猴（流元帥原型）。七十二洞妖王的原型爲狼、蟲、虎、豹、麞、麂、獐、狐、狸、獾、貉、獅、象、狻猊、熊、猩猩、鹿、野豕、山牛、羚羊、青兕、狡兒、神獒等。水晶宮中東海龍王敖廣、南海龍王敖欽、北海龍王敖順、西海龍王敖閏之原型爲龍；蝦兵、蟹將、鰣都司、鱓力士、鯾提督、鯉總兵、鼍將、鱉帥之原型爲蝦、蟹、鰣、鱓力、鯾、鯉、鼍、鱉。另牛魔王、蛟魔王、鵬魔王、獅駝王、獼猴王、禺狨王之原型爲牛、蛟、鵬、獅駝、獼猴、禺狨。尚有花蛇、貂鼠、黿、蝎子、蠍子、紅鱗大蟒、金毛犼、蜘蛛、蜈蚣、老鼠、犀牛、玉兔、豬、馬、鱒、魚鯽、野牛、羆、蒼狼、九尾狐狸、青毛獅子、龜、羊、白鸚哥、靈明石猴、六耳獼猴、大白牛、玉面狐狸、鮎魚、彪、獺象、孔雀、鷹、蜜蜂、螞蟻、蠦蜂、班毛、牛蟲、抹蠟、蜻蜓、公雞、象、鵬、鼠、豹子精、金毛獅子、雪獅、狻猊獅、白澤獅、伏狸獅、搏象獅、兕犀、雄犀、牯犀、斑犀、胡冒犀、墮羅犀、通天花文犀、獬、犴、鱺、黿等動物角色。《續西遊記》中的動物角色有蠹魚、青蛙、桑蟲、麋、蛇、龜、蝎、兔、麞、魚、黿、鹿、蝦蟆、玄鶴、蝮、狐狸、鳳、鸞、獼猴、蜜蜂、鵲、白鰻、鯤魚、鼺鼠、蝙蝠、蚖、馬、豬、虺、蜥蜴、獅、虎、蟒、老牸牛等。《西遊補》中的動物角色有鯖魚、猴、豬、六耳獼猴。《後西遊記》中的動物角色有猴、龍、鰲、惡虎、馬、蝦、蟹、鯿、通臂猿、豬、獵狗、熊、烏錐馬、麒麟、麝鹿等。

三、植物角色

《西遊記》、《續西遊記》、《西遊補》與《後西遊記》的植物角色並不多。《西遊記》第六十四回中，十八公原型為松樹、孤直公原型為柏樹、凌空子原型為檜樹、拂雲叟原型為竹竿、赤身鬼使原型為楓樹、杏仙原型為杏樹、女童原型為丹桂（即臘梅），皆為樹精。第七十九回，樹精原型為九叉楊樹。《續西遊記》第十一回，古柏老的原型柏樹。《西遊補》與《後西遊記》則完全沒有植物角色。

四、神仙角色

《西遊記》、《續西遊記》、《西遊補》、《後西遊記》的神仙角色，大多為列入神譜中的神明，包括佛教神、道教神、自然神等；僅有少數的神名未列入神譜，是作者虛構出來的，而這些未列入神譜的神仙，許多也都沒有名稱，僅以神或仙名之。

茲將神仙角色分類為佛教神、道教神、自然神、列入神譜之其他諸神四類，分別論述於下。

（一）佛教神

《西遊記》、《續西遊記》、《西遊補》、《後西遊記》中出現的佛教神於第四章第四節已列舉，計有持國、多聞、增長、廣目四大天王（《西遊記》第三十六回）。哪吒三太子（《西遊記》第八十三回、《後西遊記》第四回）；十八羅漢（《西遊記》第十五回）；如來佛（《西遊記》第五回、《後西遊記》第五回、稱「南極觀音」；又見於《續西遊記》第四十四回、《西遊補》第十六回、《後西遊記》第二十一回）；彌勒佛（《西遊記》第六十六回、《後西遊記》第十一回）；藥師佛（《西遊記》第七十八回、《後西遊記》第十一回）；燃燈佛（《西遊記》第九十八回、《續西遊記》第六十九回、《後西遊記》第十一回）；文殊菩薩（《西遊記》第三十九回）；普賢菩薩（《西遊記》第七十七回）；阿彌陀佛（《西遊記》第一百回）；五方揭諦（《西遊記》第七十九回）；旃檀功德佛唐三藏（《後西遊記》第五回）；定光佛（《後西遊記》第十一回）；善財童子（《後西遊記》第十一回）；地藏王菩薩（《西遊記》第五十八回、《後西遊記》第二十一回）；十殿閻君（《西遊記》第五十八回，稱「十代冥王」，為「第一殿秦廣王、第二殿楚江王、第三殿宋帝王、第四殿卞城王、第五殿閻

羅王、第六殿平等王、第七殿泰山王、第八殿都市王、第九殿忤官王、第十殿轉輪王」；又見於《後西遊記》第三回）；閻羅王（《西遊補》第十回）；判官（《西遊記》第五十八回）；牛頭馬面（《西遊記》第五十八回）等。

（二）道教神

《續西遊記》中並無出現道教神，而《西遊記》、《西遊補》、《後西遊記》中出現的道教神則於第四章第四節已列舉，共計有玉帝（《西遊記》第三回，稱「高天上聖大慈仁者玉皇大天尊玄穹高上帝」、《西遊補》第二回、《後西遊記》第四回）；三清尊神（《西遊記》第七回，稱「玉清元始天尊」、「上清靈寶天尊」、「太清道德天尊」）；四御（《西遊記》第七回）。五方五老（《西遊記》第五回，稱「西天佛老」、「南方南極觀音」、「東方崇恩聖帝」、「北方北極玄靈」、「中央黃極黃角大仙」）；王母娘娘（《西遊記》第五回、《後西遊記》第四回）；四值功曹（《西遊記》第十五回，「四值功曹」為天庭中值年、值月、值日、值時的四位天神，其職責是記載天界真神的功績以向玉帝稟奏，又充當保護神，以及焚燒人間上奏天庭的表文等。《西遊記》第五回中，孫悟空大鬧蟠桃會，玉帝大怒，調兵遣將捉拿孫悟空，其中就包括二十八宿、九曜星官、十二元辰、五方揭諦、四值功曹等神仙。第三十三回中，日值功曹又變為樵夫，為唐僧通風報信對付妖魔，充當保護神的角色）；六丁六甲（《西遊記》第十五回）；太上老君（《西遊記》第五回、《西遊補》第四回、《後西遊記》第四回）。東華帝君（《西遊記》第二十六回）；真武祖師（《西遊記》第三十三回）；二郎神（《西遊記》第六十三回）；張道陵天師（《西遊記》第五十一回）；許旌陽天師（《西遊記》第五十一回）；張紫陽（《西遊記》第七十一回，稱「大羅天上紫雲仙紫陽仙人張伯瑞」）；葛仙翁天師（《西遊記》第五十一回）；丘弘濟天師（《西遊記》第五十一回）；黃帝（《西遊補》第五回，稱「軒轅」）。

《西遊記》與《西遊補》、《後西遊記》相較，在道教諸神的質與量的描繪上明顯較為突出。

（三）自然神

除了佛、道二教諸神的描寫之外，《西遊記》、《續西遊記》、《西遊補》、《後西遊記》中亦出現許多自然神，茲列舉如下。

1、「九天應元雷聲普化天尊」

「九天應元雷聲普化天尊」即為「雷祖」，或稱「九天應元雷聲普化真王」。

雷聲普化天尊及諸雷神乃源於古代的雷神信仰，而雷神信仰又源於古人的信仰崇拜，後來道教對民間的雷神信仰加以改造，賦予其主天之災福及生殺大權，並總司五雷，《西遊記》中的雷部諸神，便是依據此一形象而加以塑造出來。〔註59〕（《西遊記》第四十五回）

2、「雷公」

「雷公」即「雷神」，又稱「雷司」、「司雷之神」，在民間信仰中，雷神除司雷之外，還有懲惡揚善之職。〔註60〕（《西遊記》第九回）

3、「三十六雷將」

關於雷部諸神之說法不一，除了「雷神」之外，一說為雷部有鼓三十六面，故有三十六神司之；一說為雷部有催雲助雨護法天君二十四名。〔註61〕（《西遊記》第七回）

4、「電母」

「電母」又稱「閃電娘娘」、「金光聖母」，是主宰閃電的女神。在早期的民間信仰中，打雷和閃電的職責都由雷神統管，後隨著雷神的男性特徵逐漸凸顯，遂分化出女性電神的形象，成為雷神的配偶。〔註62〕（《西遊記》第四十五回）

5、「龍王」

「龍」為古人幻想出來的動物神，相傳有降雨的神性。傳說中，龍可幻化為人，成為古代帝王的象徵。唐宋以後封龍為王，道教吸收龍王的神性，有四海龍王、五方龍王等。〔註63〕（《西遊記》第四十五回、《後西遊記》第三回、《續西遊記》第三十七回）

6、「風伯」

「風伯」即風神，又稱風師、箕伯，東漢應劭《風俗通義·祀典》記載：「風師者，箕星也。箕主簸，能致風氣。」所指箕星，即二十八宿中東方蒼龍星宿之斗宿。唐宋又有風姨、東方君等稱謂。民間常殺狗來祭風神，以祈求風調雨順。〔註64〕（《西遊記》第八十七回）

〔註59〕鄭志明：《中國社會的神話思維》，頁139～140。
〔註60〕烏丙安：《中國民間神譜》，頁8。
〔註61〕烏丙安：《中國民間神譜》，頁10。
〔註62〕烏丙安：《中國民間神譜》，頁12。
〔註63〕烏丙安：《中國民間神譜》，頁23。
〔註64〕烏丙安：《中國民間神譜》，頁13。

7、「水德星君」、「火德星君」

《西遊記》中稱「北天烏浩宮的水德星君」管轄水部眾神，包括四海五湖、八河四瀆、三江九派等各處龍王；另火部眾神，是由「南天彤華宮的熒惑火德星君」所統領。據《濟度金書》記載：「五德星君爲東方木德重華星君，南方火德熒惑星君，西方金德太白星君，北方水德伺辰星君，中央土德地堠星君。」可知《西遊記》中水德星君與火德星君，皆屬五方五德星君崇拜。〔註65〕（《西遊記》第五十一回）

8、「九曜星官」

指太陽、太陰、水、火、木、金、土、羅喉、計都。（《西遊記》第五回、《後西遊記》第四回）

9、「太白金星」

又名「太白長庚星」、「李長庚」。（《西遊記》第二十一回、《後西遊記》第十三回）

10、「太陰星君」

見於《西遊記》第九十五回。

11、「三微垣」

「三微垣」指太微垣、紫微垣、天市垣三個星官。〔註66〕《西遊記》第五十一回有「三微垣」；《後西遊記》第二十四回有「紫微垣」。

12、「五斗星君」

「五斗星君」是與二十八宿不同的星座系統，指東南中西北五方斗宿，北斗有七宮星君主解厄延生，南斗有六宮星君主延壽度人，東斗有五宮星君主紀算護命，西斗有四宮星君主紀名護身，中斗有三宮星君主保命。〔註67〕（《西遊記》第四回）

13、「二十八宿」

「二十八星宿」原本是天文曆法的標志，後來轉而爲民眾的一種信仰，化爲二十八神將，按東南西北四方位分爲青龍、朱雀、白虎與玄武等四組天神，這種信仰被道士吸收，在齋醮作法之時，常召二十八宿天將降妖收魔。

〔註65〕鄭志明：《中國社會的神話思維》，頁140。
〔註66〕馬書田：《中國道教諸神》（北京：團結出版社，1996年4月），頁93～95。
〔註67〕鄭志明：《中國社會的神話思維》，頁158。

〔註68〕《西遊記》六十五回，有「『東七宿』，為角木蛟、亢金龍、氐土貉、房日兔、心月狐、尾火虎、箕水豹；『西七宿』為奎木狼、婁金狗、胃土彘、昴日雞、畢月烏、觜火猴、參水猿；『南七宿』為井木犴、鬼金羊、柳土獐、星日馬、張月鹿、翼火蛇、軫水蚓；『北七宿』為：斗木獬、牛金牛、女土蝠、虛日鼠、危月燕、室火豬、壁火貐」。（《西遊記》第五十一回、六十五回；《後西遊記》第四回）

14、「文昌星君」、「武曲星君」

「文曲星君」即文昌帝君，為北斗的第四星，主管人間功名利祿的星神。「武曲星君」為北斗的第六星，主管人間武略功名的星神。〔註69〕《西遊記》第三回稱「文昌星君」。《後西遊記》第四回稱「文昌帝君」、「武曲星君」。

15、「東岳泰山神」

「東岳泰山神」又稱東岳大帝，俗信其主司人間生死貴賤。〔註70〕《西遊記》第三十七回，稱「東嶽長生帝」。第五十六回，稱「東岳天齊」。

16、「山神」

民間將「山神」看成土地神的一種，俗稱山神土地。漢代以後，賦予山神主宰官吏仕途、人間生老病死等神性職能，形成天子祀五岳，百姓祭山的習俗。〔註71〕（《西遊補》第十六回）

這些自然神，許多都是源自於早期的自然崇拜，如「九曜星官」、「三微垣」、「五斗星君」、「二十八宿」等，皆屬於星辰崇拜，此星辰崇拜在中國的傳統宗教中佔有相當重要的地位。其原本是一種自然崇拜，後來賦予強烈的社會屬性，把星象與氣象的變化，與人類自身或人類社會現象結合在一起，使星辰運行的變化象徵成人類社會的吉凶禍福。進而有天官與星官的設置，以人間官僚機構來為滿天星星命名，並賦予主司人間各職權的功能，如此，星辰也是天文的一種秩序與人事的人文秩序密切關聯，表現出天人感應的特色。使星辰表象人間事物，負載著人類的體驗，以神靈的形態成為人類命運與人間事務的最高主宰。〔註72〕

〔註68〕鄭志明：《中國社會的神話思維》，頁156～157。
〔註69〕鄭志明：《中國社會的神話思維》，頁158。
〔註70〕烏丙安：《中國民間神譜》，頁29。
〔註71〕烏丙安：《中國民間神譜》，頁26。
〔註72〕鄭志明：《中國社會的神話思維》，頁156。

（四）列入神譜之其他諸神

《西遊記》、《續西遊記》、《西遊補》、《後西遊記》中列入神譜的其他神明有：

1、「關聖帝君」

「關聖帝君」又稱「關公」、「關帝」，即三國名將關羽。他忠肝義膽，勇謀善戰，因亡於與吳國之戰，死後追諡爲壯繆侯，當地人於玉泉山立祠祭拜。唐代之前，關羽在民間的影響尚不大。至宋代以後，其影響逐漸深廣。宋眞宗曾賜其「義勇」匾額，追封爲武安王。宋徽宗又追封爲忠惠公，尊號「崇寧至道眞君」。元代更加封爲「顯靈義勇武安英濟王」。明神宗加封爲「三界伏魔大帝」、「協天護國忠義帝」、「神威遠鎭天尊關聖帝君」。清順治帝御封關羽爲「忠義神武靈佑仁勇威顯護國保民精誠綏靖翊贊宣德關聖大帝」。乾隆又下詔封關羽爲武聖人，地位與文聖人孔子等同，成爲國祀要典的主要祭祀神靈。民間俗信關聖帝君具有治病袪災、驅邪避惡、誅罰叛逆、佑護科舉、招財進寶、庇護商賈等功能。故民間爲其專祀，立有爲數眾多的「關帝廟」、「關聖廟」、「關王廟」、「老爺廟」、「伏魔廟」等。而關羽的神像多具有神威凜凜的武將造型，其左方有關平捧大印，右方有周倉爲其抬青龍偃月刀，有些關羽神像還在頭上畫一「福」字，意寓保護生靈，賜福於民。〔註73〕（《西遊記》第四十七回、《續西遊記》第三十六回）

2、「魁星」

「魁星」本爲奎星，爲北斗七星中的第一星。早在漢代，即有「奎主文章」之說法，後人將其主司文運之神，又因「魁」字有首意，且科舉高第亦稱魁，故民間爲圖利而改奎爲魁，遂成今之魁星信仰。〔註74〕（《後西遊記》第二十四回）

3、「福祿壽三星」

「福神」爲主宰人間幸福、運氣之神。「祿神」司祿，主司加官進祿之神。「壽星南極仙翁」又稱南極老人或壽星，俗信可保佑人性命，使人延年益壽，其源於古代的星宿崇拜，是壽星崇拜與老人星崇拜的結合。〔註75〕（《西遊記》第二十六回）

〔註73〕烏丙安：《中國民間神譜》，頁 94。
〔註74〕烏丙安：《中國民間神譜》，頁 152。
〔註75〕烏丙安：《中國民間神譜》，頁 146、149、153。

4、「城隍神」

「城隍神」爲民間傳說守護城池之神，後世歷代王朝皆將祀城隍列入祀典，神職多爲求雨、祈晴、禳災之事。〔註76〕（《西遊記》第七十九回）

5、「土地神」

「土地神」爲掌管一方土地之神，俗稱土地爺、土地公或土地眞君。〔註77〕（《西遊記》第七十九回、《西遊補》第十六回）

6、「女媧」

「女媧」是傳說中創造人類的女神，其另一功績爲補天，被後世奉爲創世女神。〔註78〕（《西遊補》第五回、《後西遊記》第三十二回）

7、「姮娥仙子」

「姮娥仙子」即指嫦娥，是神話傳說中的后羿之妻。每年中秋節依習俗應吃月餅，舊時月餅上常有嫦娥和月兔的圖案，並在紙馬上印月光圖案，供奉於家，以此爲祭。〔註79〕（《西遊記》第九十五回）

綜觀《西遊記》、《續西遊記》、《西遊補》、《後西遊記》四書，在神佛譜系的表現上以《西遊記》成就較高，其以玉皇大帝爲中心，統合了傳統社會官方、民間與道教三方面的信仰，形成一個總管三界十方的至上神，而這個至上神也兼轄了佛、道二教與傳統信仰的各種神明，又經由神際關係的安排，保有至上神的神性。除此，如來亦自成一個集團，對民間信仰的神明體現有極大的貢獻。

從《西遊記》中的神明系統來看，乃是三教鼎立所呈現出來的相互競爭與相互融合的結果，廣泛吸收了佛道的至上神，形成一個龐大的天界觀。此一現象主要是來自於民間信仰的「多重至上神觀」，而「多重至上神觀」是指至尊的上帝是可以多重而存在的觀念。〔註80〕《後西遊記》的神佛譜系亦有所發揮，然其承襲《西遊記》的同時，卻對神祇的書寫描繪過於簡略，不若《西遊記》記述成神佛之因緣，以及神佛的相關事跡。至於《續西遊記》神

〔註76〕烏丙安：《中國民間神譜》，頁78。
〔註77〕烏丙安：《中國民間神譜》，頁79。
〔註78〕烏丙安：《中國民間神譜》，頁47。
〔註79〕烏丙安：《中國民間神譜》，頁64。
〔註80〕鄭志明：《中國社會的神話思維》，頁146。鄭志明：《《封神演義》的多重至上神觀》，收於黃子平主編：《中國小說與宗教》，（香港九龍：中華書局，1998年8月），頁226。

佛譜系的描繪,對道教神明較少著墨,而對西天佛國的敘述亦不如《西遊記》。《西遊補》談到的神明更不及其他三書,且神明亦無特殊的表現場面。

五、魔怪角色

《西遊記》中的魔怪多由動物幻化而成,包括孫悟空、豬八戒、沙僧、龍馬、混世魔王、七十二洞妖王、牛魔王、蛟魔王、鵬魔王、獨角鬼王、寅將軍、熊山君、特處士、黑大王、白衣秀士、凌虛子、黃風怪、前路虎先鋒、白骨夫人、黃袍怪、金角大王、銀角大王、狐阿七大王、聖嬰大王、虎力大仙、鹿力大仙、羊力大仙、靈感大王、獨角兕大王、如意眞仙、大力王、玉面公主、萬聖龍王、九頭駙馬、勁節十八公、孤直公、凌空子、拂雲叟、赤身鬼使、杏仙、黃眉大王、賽太歲、七個女怪、百眼魔君、多目怪、金鼻白毛老鼠精、南山大王、九靈元聖、雪獅、白澤獅、伏狸獅、搏象獅、辟寒大王、辟暑大王、辟塵大王、青毛獅子怪、野牛精、熊羆精、老虎精、黑熊怪、蒼狼怪、白花蛇怪、黃牙老象、大鵬金翅雕、白鹿精怪、九靈元聖、玉兔、鼉龍、紅孩兒、鐵面公主、風月魔蠍子精、六耳獼猴、柏樹精、檜樹精、竹樹精、松樹精、楓樹精、丹桂樹精、臘梅樹精、紅鱗大蟒、蜘蛛精、蜈蚣精、白面狐狸精、艾葉花皮豹子精、黃獅精、㺄狔精、猱獅、老黿等。《續西遊記》中的魔怪有麋鹿老、古柏老、峰五老、玄鶴老、靈龜老、蝮子怪、蠍小妖、蠍大王、虎威魔王、獅吼魔王、鳳管娘子、鸞簫夫人、一眞隱士、陸地仙、三尸魔王、陰沉魔王、獨角魔王、曹操魂靈、嘯風魔王、興雲魔王、六耳魔王、狐妖、迷識魔王、消陰魔、鍊陰魔、耗氣魔、烏金老妖、老黿、蜂王、靈鵲、靈龜妖魔、福緣君、美蔚君、美慶君、慌張魔王、孟浪魔王、六鯤妖魔、病魔、大小齆精、三蝠魔王等。《西遊補》中的魔怪有鯖魚精、行者、八戒、沙僧。還有第八回中,鬼門關中有赤髮鬼、青牙鬼、剮秦精鬼、除秦屬鬼、羞秦精鬼、誅秦小鬼、撻秦佳鬼、解送鬼、送書傳帖鬼使、陰陽生、蓬首鬼、一班無主無歸昏淪鬼等,共八千萬四千六百個。鬼門關中有許多鬼判官,包括主簿曹判使、判官徐顯、七尺判官、花身判官、總巡判官、主命判官、日判官、月判官、芙蓉判官、水判官、鐵面判官、白面判官、緩生判官、陷奸判官、助正判官、女判官、綠袍判官、黃金判官、紅鬚判官、白肚判官、玄面判官等,共五百萬零十六人。以及第九回中的鐵面鬼、赤心赤髮鬼、白面精靈鬼、擬雷公鬼使、金爪精鬼、變動判官、蓬頭鬼、青面獠牙鬼、赤身

鬼使、無目無口血面朱紅鬼、魚衣小鬼、牛頭鬼、虎角鬼等。《後西遊記》的
魔怪有小行者、通臂仙、豬一戒、缺陷大王、媚陰和尚、解脫大王、蛇丈八
先鋒、鉗口妖、大力鬼王、文明天王、石將軍、黑將軍、篡惡大王、逆惡大
王、反惡大王、叛惡大王、劫惡大王、殺惡大王、殘惡大王、忍惡大王、暴
惡大王、虐惡大王、陰大王、陽大王、三屍大王、長顏姐姐、不老婆婆、冥
報和尚、龍馬、三十六坑、七十二塹眾妖王、獨陽妖精、陰孤妖精、寒透骨
妖精、蜃妖等。

　　綜觀以上《西遊記》、《續西遊記》、《西遊補》、《後西遊記》的角色描寫，
《西遊記》中出現過的動物繁多，且妖魔神佛的原型本相亦多爲動物，如西
方佛母孔雀大冥王菩薩的本相爲孔雀；毘藍婆菩薩的本相爲母雞；二十八星
宿亦都由動物精怪所轉化而成。由植物幻化而成的，如勁節十八公的原型爲
松樹；孤直公的原型爲柏樹；凌空子的原型爲檜樹；拂雲叟的原型爲老竹；
赤身鬼使的原型爲楓樹。杏仙的原型爲杏樹等。《續西遊記》中出現的動物亦
非常多樣，而這些動物也都幻化爲妖魔鬼魂，如蟒蛇精幻化爲三屍魔王；贏
蟲幻化爲曹操魂靈；老虎幻化爲嘯風魔王等。《後西遊記》中出現的動物較少，
但其亦能幻化爲神魔，如獾幻化爲缺陷大王；白牛幻化爲大力鬼王；麒麟幻
化爲文明天王；贏蟲幻化爲冥報和尚等。《西遊補》中出現的動物則較少，除
了鯖魚、行者、八戒、沙僧之外，其餘則都爲陰間魔鬼。

　　《西遊記》塑造出多樣豐富的動物及魔怪，其中魔怪的原型許多都爲動
植物，又以動物擬人居多，對此特點，魯迅曾言：

> 在世界文學史上，《西遊記》首次以生花妙筆創造了一個豐富複雜、
> 靈妙生動的動物世界。……此書開創動物世界的新奇領域，爲中國
> 和世界文學史作出又一偉大貢獻。〔註81〕

魯迅認爲《西遊記》塑造出一個豐富生動的動物世界，爲一群動物和妖怪營
造了五花八門，光怪陸離的生存環境，在這優美生動的描寫背後，可見早期
人們在生活中與動物、昆蟲爭鬥的艱難與驚險，爲中國文學與世界文學作出
一大貢獻，更卓著者，《西遊記》應屬首次創作。而孟瑤亦言：「如此多的「異
類」組織成百回本的大說部，《西遊記》應該是唯一的一本。」〔註82〕其認爲
《西遊記》中這些動物的生動描繪，是中國文學百回本中唯一的一本，對《西

〔註81〕魯迅：《中國小說史略》（釋評本）（上海：上海文化出版社），頁143。
〔註82〕孟瑤：《中國文學史》（台北：大中國圖書公司，1974年8月），頁631。

遊記》在動物書寫上極爲推崇。

　　若從宗教文學的角度來看，《西遊記》書中龐大神佛體系可謂是一部傑出的民間宗教經典，作者隨意地融合佛教、道教等宗教文化，並加入世俗社會與民間文化的信仰理念，在巧構心思的浪漫想像之下，建構出一個龐雜豐富的神佛體系。也難怪鄭志明會認爲，《西遊記》不單是一部傑出的文學作品，同時也是一部民間宗教頗爲成功的宗教經典，亦即在文學幻化的創作過程中，同時也具有信仰的序化心理功能，對傳統社會宗教信仰的宇宙觀與自然觀有著序化整合的能力。〔註83〕故在作者瑰麗神奇的幻想之下，《西遊記》爲讀者提供了一個全新的神幻思維境界。

第三節　奇幻想像超現實性

　　傳統文學重視文學的道德教化功能，講求溫柔敦厚，然而，明代中後葉以後觀念上有了轉變，文學不再僅以教化爲歸，開始注重文學的藝術性及趣味性，充滿幻想的情趣。對此，湯顯祖曾於〈合奇序〉中言：

> 世間惟拘儒老生不可與言文。耳多未聞，目多未見，而出其鄙委牽
> 拘之識，相天下文章，寧復有文章乎？予謂文章之妙，不在步趨形
> 似之間。自然靈氣，恍惚而來，不思而至，怪怪奇奇，莫名可狀，
> 非物尋常得似合之。〔註84〕

文學中的恍惚虛幻成爲讀者閱讀的情趣。

　　《西遊記》、《續西遊記》、《西遊補》、《後西遊記》借宗教來進行虛構與想像，跳脫史實的記載，構築一個虛擬幻境。其中《西遊記》雖以玄奘取經的史實爲題材，但作者卻虛構出許多神魔精怪及奇幻異境，並在取經過程中涵蓋多元的宗教想像，創造出自然和超自然的宇宙觀，尤其注入傳統社會中敬事鬼神的神祕思維，將傳統崇拜與宗教信仰相結合，塑造出一個超自然的幻想氛圍和神話思維，使小說交織成一個光怪陸離的詭譎想像世界。對此，余國藩曾言：「《西遊記》醉人的魅力，正是於小說把歷史和宗教材料成功轉化爲說虛構的成分。」〔註85〕余氏又言：

〔註83〕鄭志明：《中國社會的神話思維》（台北：谷風出版社，1993年6月），頁125
　　　　～128、155。
〔註84〕湯顯祖：《湯顯祖詩文集》（下）（上海：上海古籍出版社，1982），頁1077。
〔註85〕余國藩著、李奭學編譯：《《紅樓夢》、《西遊記》及其他》（北京：生活・讀書・

> 五位取經人組成和諧的團體，而且在某種程度上，《西遊記》也把他
> 們塑造成一個人的各個不同的層面，從而逐漸統合成心理與生理上
> 的整體，體現了哲學與宗教思想上的統一。……在百回本中，三教
> 彼此融合，互相詮釋，其過程精彩，觸發了作者的創造與想像力，
> 因此而實驗起語言意義的流動與多變性。〔註86〕

作者從哲學與宗教的思維中吸取養分，進一步影響文學的創作，使文學作品
瀰漫沉浸在濃厚的神奇幻想氛圍之中。

對於《西遊記》「奇」的特點，清人張書紳評《西遊記》時曾云：

> 觀其龍宮海藏，玉闕瑤池，幽冥地府，紫竹雷音，皆奇地也；玉皇
> 王母，如來觀音，閻羅龍王，行者八戒沙僧，皆奇人也；遊地府，
> 鬧龍宮，进南瓜，斬孼龍，亂蟠桃，反天宮，安天會，取經，皆奇
> 事也；西天十萬八千里，筋斗雲亦十萬八千里，往返十四年五千零
> 四十八日，取經即五千零四十八卷，開卷以天地之數起，結尾以經
> 藏之數終，真奇想也；詩詞歌賦，學貫天人，文絕地記，左右迴環，
> 前伏後應，真奇文也；無一不奇，所以謂之奇書。〔註87〕

李劍國、陳洪亦曾言：

> 有酣暢淋漓的氣勢、縱橫馳騁的筆意，其內容深廣、構思宏闊，想
> 像奇絕、亦真亦幻、寄厚重於淺俗。〔註88〕

這些論點都凸顯出《西遊記》「奇」的特色。

觀《西遊記》充滿奇特的想像，不僅在於構成無所不包的光怪陸離世界，也表現在自然與神怪的鬥爭與法術的施展上。在光怪陸離的世界中，吳承恩超越時間與空間的觀念盡力描繪，於時間的運用上與現實生活中完全迥異，如孫悟空在天宮當了數十天的馬弼溫，返回花果山卻已經歷經數十載，原來天上一日，就是人間一年。又第七十七回，菩薩下山七天，如來卻說：「山中方七日，世上幾千年。」又悟空被壓在五行山下，一壓就是五百年。而在於在空間的運用上，《西遊記》中上至天宮，下至龍宮、地獄；東至東勝神洲；西至西牛賀州；南至南贍部洲，孫悟空歷遊過。小說中又寫了許多國度，有

新知，三聯書店），頁311。
〔註86〕同上註，頁312。
〔註87〕譚邦和：《明清小說史》（上海：上海古籍出版社，2006年12月），頁125。
〔註88〕李劍國、陳洪：《中國小說通史》（明代卷）（北京：高等教育出版社），頁1054。

天國、佛國、水國、鬼國、人國，以及洞府仙山、江湖河海、世外桃源等境地，這些都超越了一切時空的侷限，讓讀者得以跨越時空，得以悄祥於充滿想像幻想的境界當中。其他，對自然與神怪的鬥爭場面，亦描繪了許多險山惡水和風沙怪獸，建構出一個橫掃天下的奇幻世界，塑造小說的傳奇色彩，尤其是孫悟空斬妖除魔的書寫上。

　　《西遊補》則採另一創作手法，跨越「思夢、噩夢、正夢、懼夢、喜夢、寤夢」及「青青世界、古人世界、未來世界」等「三界六夢」，來去自如，似夢似醒，令人分不清現實與夢境，真是眼花撩亂，故魯迅言：「其造事遣辭，則豐贍多姿，恍惚善幻，奇突之處，時足驚人，間以俳諧，亦常俊絕，殊非同時作手所敢望也。」〔註89〕這是《西遊補》的藝術成就。而夏濟安對於董說以「夢」書寫的方式，予以極高的評價，言：「董說的成就，可以說是清除了中國小說裏適當地處理夢境障礙。呈現出只有在夢中才能發現的那種美。」〔註90〕另《續西遊記》中人物的法寶與鬥法場面，亦能側重於想像力和神奇虛幻性的特點。

　　綜觀《西遊記》、《續西遊記》、《西遊補》、《後西遊記》之所以能達到神奇的虛幻效果，其所造成奇幻特點的要素雖然不盡相同，但約可概括於超現實的描寫來探討，包括擬人化、神仙魔怪、法術寶器、奇幻異境等方面。

一、擬人化

　　文學最初以「神話」來反映早期人民對現實世界的認識，在神話世界中，可以看見先民對原始大自然的追求與渴望，以及人們歷經想像虛擬和擬人化的過程。而《西遊記》、《續西遊記》、《西遊補》、《後西遊記》，亦充滿了濃厚的幻想色彩，其以豐富的想像和幻想，運用了誇張和擬人的藝術手法來塑造形象。書中的內容生動有趣，描寫許多超自然的神怪精靈，且神怪精靈多具有象徵性；加上情節曲折離奇，促使小說富於虛幻奇特的色彩，能讓讀者馳騁於想像世界中。

　　《西遊記》、《續西遊記》、《西遊補》、《後西遊記》中虛擬出許多動植物

〔註89〕魯迅：《中國小說史略》（釋評本）（上海：上海文化出版社），頁149。
〔註90〕夏濟安著、郭繼生譯：〈《西遊補》：一本探討夢境的小說〉，見幼獅月刊編輯委員會主編：《中國古典小說論集》第2輯（台北：幼獅文化事業公司，1982），第3版。

和神怪精靈,尤其是《西遊記》,大量的動物宛如一個奇妙的動物園,而這些動植物和神怪精靈又能上天下地,變幻無窮,具有神奇的能力,塑造了一個極富虛幻的世界。此虛構與幻化的呈現,乃是由早期的動植物崇拜、精靈崇拜和星辰崇拜所引發而成的。〔註91〕書中許多動植物又能幻化成神魔鬼魂,如《續西遊記》中的「蟒蛇精」幻化為「三尸魔王」;「贏蟲」幻化為「曹操魂靈」;「老虎」幻化為「嘯風魔王」等。而《後西遊記》中的「獾」亦能幻化為「缺陷大王」;「白牛」幻化為「大力鬼王」;「麒麟」幻化為「文明天王」;「贏蟲」幻化為「冥報和尚」等。

《西遊記》中所擬人化的動物形象尤其親切可愛,活潑逗趣,使小說處處充滿驚喜,富於趣味性。如花果山中的猴群到處活蹦亂跳,顯得活靈活現;獅魔可一口吞下十萬天兵;象精能用象鼻捲起人;魔王會讀書修身;青牛怪能使金剛琢;牛魔王具有諸多欲望等。作者不僅以大型動物擬人,連小至海底龍王的屬下龜蛇魚蚌、蝦兵蟹將,以及各類小昆蟲和小動物亦都加入擬人的行列,如刁鑽狡猾的老鼠精、機智靈活的蜘蛛精等。小說中最成功的擬人莫過於西行取經的孫悟空、豬八戒、沙悟淨和白馬,其為一奇妙的猴、豬、馬動物組合。而這些擬人著實令人驚喜有趣,使讀者展開想像的翅膀,倘佯於瑰麗的虛幻世界之中。

〔註91〕文學的「虛構」又稱「藝術虛構」,是概括生活、塑造形象的藝術手法之一。即作家依據生活邏輯進行藝術想像的創造加工,集中、概括生活素材,並補充不足的環節,創造出現實生活中並非實有,而在情理中又必然存在或應該存在的人生畫面。其自由性特徵和創造性審美功能突出,更廣泛地突破作家直接性的個人經驗的限制,提供審美想像以更多的空間。只有建構在現實生活基礎上,才能使虛構具有藝術的真實性。而藝術虛構的人物、事件、環境等雖然源於現實生活,但往往能夠達到典型化的高度,高於普通的實際生活,並能充分表現作家的審美理想,更具感染力,見李初喬,《寫作大辭典》,頁36。「幻化」是藝術構思中提煉生活的一種方法。是作家在現實生活中觀察了許多現象、許多人物和事件,積累了大量素材,但在創作過程中卻完全拋棄了現實生活的既存形態,出現在作品中的另外一幅自成體系的生活畫面。通過幻化進行提煉,必然伴隨著象徵、隱喻、暗示和影射等藝術手法,呈現出想像的、主觀幻想的變化。有的用自然現象象徵社會生活,有的用動物象徵人類,有的用這樣的生活場景暗示另外的社會生活等。幻化的寫作手法,大量見於神話、童話、寓言、詩和散文及小說等文學樣式的創作過程中。通過幻化的提煉,可以更自由地發揮藝術創造的主動性和靈活性,使作品高度凝煉和濃縮,具有特殊的藝術概括作用,見李初喬:《寫作大辭典》,頁119~120。

二、神仙魔怪

　　《西遊記》、《續西遊記》、《西遊補》及《後西遊記》中，作者創造出許多擁有超自然能力的神仙魔怪。筆者認爲此四書之所以具有神奇色彩的藝術效果，主要在於書中描繪了許多神仙魔怪，而這些神仙魔怪又具有強大的變法能力。如《西遊記》中孫悟空能七十二變，其一個筋斗能翻十萬八千里，且手執的金箍棒亦變化無窮，神力無比；豬八戒也擁有天罡數三十六變，其九齒釘鈀亦神通非凡。這是造成此四部小說富於神奇色彩的極大因素。

　　《西遊記》是寫唐三藏遠離大唐前往西天取佛經的故事，不僅事件奇特，也賦予宗教色彩，所以故事題材本身即具有濃厚的傳奇色彩。加上爲了凸顯三藏取經的決心和旅途的艱辛，因此小說虛構了一組西天取經的隊伍，且爲排除萬難，塑造出許多具有特異功能的神仙與精怪妖魔，以便與取經對伍相呼應，進而促使小說充滿著神奇超現實的色彩。尙且，這些神仙魔怪亦都具有神奇法力與特性，使小說富有浪漫的傳奇色彩和豐富的想像力，使小說充滿生命力和吸引力。

　　中國小說本以記述現實爲傳統，從早期的記言體小說到後來的記事體小說，都以日常生活周遭的人事物或歷史事件作爲論述的對象，然而，《西遊記》、《續西遊記》、《西遊補》、《後西遊記》一改此現實的拘束，創造出一群神仙魔怪，其中的神明能橫跨天界、人間到地界，神明亦包括佛教、道教和自然神，尤其是《西遊記》，其神仙魔怪更爲龐大，具有組織系統性，不僅與以往的寫實小說大異其趣，且在神魔小說與神怪小說的創作發展上，此絢麗奇特的神魔世界也影響著後來神魔小說的創作，可謂是神魔小說之首創之作。孟瑤從神魔世界來看《西遊記》，曾言：

> 小說的傳統，最早是「記」街頭巷尾之言，後來發展到「說話」也不過是談些歷史人物或身邊旁事，好像很難擺脫那週遭的「現實」。……最早能衝破現實的約束，充滿了浪漫精神的小說，恐怕以《西遊記》爲第一部。……傳統小說中原有「搜奇志怪」的習慣，且「說話」裡也有「煙粉靈怪」一項；但是創造這樣一個有組織有系統的神魔世界，且予神魔以如此多的絢爛而美麗的幻想色彩，恐怕還是要數《西遊記》爲第一部。〔註92〕

〔註92〕孟瑤：《中國小說史》（台北：傳記文學出版社，1986 年 1 月 15 日），頁 427。

金鑫榮亦從神怪小說的發展來看《西遊記》，言：

> 《西遊記》凸顯了以往神怪小說局囿於現實或一般想像的狹小格
> 局，第一次爲讀者展示了廣闊無限的大自然的奇幻絕域，集中描述
> 了在現實生活中的形形色色的動植物演化而成的妖怪……將人生的
> 理想，社會的公平觀念及人類對大自然的征服欲望寄託在這一個猴
> 子王身上……《西遊記》是古代神怪類小說的一座高峰，是神怪小
> 說藝術形態的最高表現形式。〔註93〕

可見對神魔小說的貢獻與價值。

三、法術寶器

　　《西遊記》、《續西遊記》、《西遊補》及《後西遊記》中那些施法的寶器
法力無邊，令人詫異驚嘆。如《西遊記》中的孫悟空所駕的觔斗雲，可一躍
十萬八千里；其又擁有七十二變的法術，可小至鷦鷯蟲兒、螻蟻虱子，大至
身高萬丈、頭如泰山，隨心所欲，變化萬千；至於他所持的金箍棒更是神奇
無比，長短可伸縮自如；甚至其身上那八萬四千根的毫毛，亦根根能變；他
尚能騰雲駕霧，直上南天門、潛入水晶宮、飛越南海、直抵天宮，皆僅一下
功夫，這些奇特的法術，讓小說呈現出色彩斑斕、多采多姿的神奇世界。又
書中的「芭蕉扇」，一飄可達八萬四千里，其大小可自如變化，能小如繡花針，
大如金箍棒，眞是變化萬千，奇特無比。

　　故小說藉由這些神通寶器的描繪，促使小說創造出一個恢宏廣闊的想像
空間，不但增強書中神魔的形象，也使奇幻的鬥法場面更爲變化莫測，增加
故事情節的神奇曲折性，構築出一個絕妙超卓的奇幻世界，引人入勝。

　　茲將《西遊記》、《續西遊記》、《西遊補》及《後西遊記》中的法術和寶
器說明如下。而相關之法術與寶器可參閱表三至表六之《角色、法術、寶器
與奇境分類表》。

（一）法　術

　　「法術」一詞，在秦漢原本專指先秦法家之學或帝王統治之術，但是在佛
教傳入及道教形成之後，「法術」的內涵也逐漸產生變化。而到了魏晉以後，「法
術」則泛指佛道的神異之術。至於佛、道的神異之術，其內容極爲廣泛，尤其

〔註93〕金鑫榮：《明清諷刺小說研究》（南京：鳳凰出版社，2007年12月），頁124。

是道教的法術，不僅吸收了古代的巫術和秦漢以來的方術、成仙之術，又受到佛教神通內容的影響，促使佛、道融入幻術，賦予宗教的奇幻性，也使得法術的內涵，包含了民間巫術、外來幻術、道教法術及佛教神通之術等。〔註94〕

　　法術對宗教小說及神魔小說產生了極大的影響，俞曉紅曾言：

> 小說對變幻之術的這些極富幻想力的描寫，在很大程度上是受到了佛經文學的啟發和影響。〔註95〕

而這些具有變幻之術，充滿奇幻色彩及想像力的文學作品，在佛經傳入以前的傳統文學中是極少見的。

　　《西遊記》、《續西遊記》、《西遊補》及《後西遊記》中就描繪了許多神通廣大的法術。《西遊記》中的神仙魔怪多具有神通廣大的法術能力，能作各種變化、騰雲駕霧、幻化人形等。如孫悟空與牛魔王能「七十二變」，其中孫悟空又能「駕觔斗雲」，具有騰雲駕霧術的能力；其又有「火眼金睛」的特殊神通，難怪他曾自述擁有降龍伏虎的手段、翻江攪海的神通，以及見貌辨色、聆音察理的能力；且其尚能變形可大如宇宙，小如毫毛，因而變化無端，隱顯莫測（第十四回）；能認真假善惡、富貴貧窮、辨明邪正（第九十四回）。而豬八戒亦有「隱身術」、「三十六變」、「知水性」之術。黃風怪能「噴三昧神風」。沙和尚能「知水性」。諦聽獸有「鑑善惡、察賢愚法」之術。六耳獼猴有「知千里事」之術。金角大王及銀角大王能「遣山」。奎木狼有「定身法」。〔註96〕犀牛精有「飛雲步霧、行江海、開水道」之術。鹿力大仙、虎力大仙和羊力大仙有「五雷法」，〔註97〕其尚有「指水為油」、「點石成金」、「隔板猜枚」、「砍下頭再安上」、「在滾油鍋中洗澡」的法術。青毛獅怪能「呼風喚雨」、「一口吞十萬天兵」。黃牙老象有「捲鼻使人喪魂」的能力。大鵬雕能「一展翅飛九萬里」。金魚能「呼風喚雨」、「降雪結冰」。白鹿有「延壽祕方」。龍王

〔註94〕葉有林：《明代神魔小說中的法術研究》（台北：中國文化大學中國文學研究所，碩士論文，2000 年 6 月），頁 1～2。

〔註95〕俞曉紅：《古代白話小說研究》（合肥：安徽人民出版社，2005 年 8 月），頁 156。

〔註96〕「定身法」乃是定住對方身體，使其動彈不得，其作用類似武俠小說的「點穴」功夫，其又稱「禁人法」，在明代神魔小說中主要見於《平妖傳》與《西遊記》。葉友林：《明代神魔小說中的法術研究》，頁 70。

〔註97〕「雷法」又稱五雷、五雷法、五雷正法、五雷天心正法，是民間道士役使雷部諸神替人驅邪治病、祈晴禱雨的一種法術。葉友林：《明代神魔小說中的法術研究》，頁 115。

有「逼水法」，能「知水性」。紅孩兒有「重身法」及解屍法。其他文中多處還描寫了「養神服氣之術」、「煉丹術」、〔註98〕「祈雨術」、「咒語」、「換形法」、「分身法」、〔註99〕「還形法」、「下蠱法」等。可見《西遊記》中的法術極為豐富多樣。

至於法術的施展，應以孫悟空最引人入勝，難怪沙僧讚譽孫悟空「擒妖縛怪，拿賊捕亡，伏虎降龍，踢天弄井，以致攪海翻江，無一個對手」，因他能「騰雲駕霧，喚雨呼風，換斗移星，擔山趕月」（第六十三回）。其能以「七十二變」幻化成各種生物與非生物，可變為「赤腳大仙、高翠蘭、牛魔王、仙鼠、穿山甲、花鴇、鷂子、魚兒、水蛇、螃蟹、蜜蜂兒、花腳蚊蟲、紅蜻蜓兒、蟭蟟蟲、蒼蠅兒、豬虱子、促織兒、黃皮虼蚤、蜢蟲兒、撲燈蛾兒、螻蟻兒、螞蟻兒、蝴蝶兒、松樹、大熟瓜、紅桃兒、土地廟兒、仙丹、鎖金包袱、喇叭口子」等。至於其身上的毫毛亦能變化為「小猴、瞌睡蟲、濃墨雙毫筆等。而其金箍棒可變為純銅剉兒、剃頭刀、旛竿」等。孫悟空能應物隨心的輕易變化，常常只要捻一訣、喝一聲就能搖身變化，如第二回，其「捻一訣，念動咒語，搖身一變」；第四回，「喝聲：『變』」；第六回，「搖身一變」等，可見孫悟空對於法術的施展，真是隨意自在，變化自如，實法力無邊。關於法術的變化，不僅是第六回，悟空與二郎真君的施法大戰出神入化，變化多端，其中真君能「一變」為身高萬丈；「二變」作雀鷹兒；「三變」作大海鶴；「四變」作魚鷹兒；「五變」為一隻朱繡頂的灰鶴。孫悟空更是連七變，「一變」為二郎真君；「二變」作麻雀兒；「三變」作大鷥老；「四變」作魚兒；「五變」為一條水蛇；「六變」作一隻花鴇；「七變」為一座土地廟兒。更甚者，是第六十一回，行者與牛魔王之戰，法術的施展更是精彩萬分，行者與牛魔王在剎那間接連十二變，行者「一變」為海東青；「二變」為烏鳳；「三

〔註98〕 道教「煉丹術」有內丹與外丹之分。外丹法借助於化學、冶金術或草藥之服食，以求長生，此法在唐末漸趨沒落。內丹於唐以後鍾離權與呂洞賓，以煉化精氣神為主的丹法，取代外丹，成為丹功的主要修煉之法。宋時張伯端撰《悟真篇》，演說道教內丹功法及「三教一理」思想，稱為內丹南宗。金有王重陽創全真教，提倡三教合一，內練丹功，性命雙修，是為內丹北宗。林雅玲：《清三家西遊評點寓意銓釋研究》（台中：私立東海大學中國文學研究所，博士論文，2002年7月），頁203～204。
〔註99〕 「分身法」是一種能變化出許多與自身形體模樣相同替身的法術。《西遊記》中的分身法多為孫悟空所使用。葉友林：《明代神魔小說中的法術研究》，頁43。

變」爲丹鳳;「四變」爲餓虎;「五變」爲金眼狻猊;「六變」爲賴象。而牛魔王也不甘勢弱,「一變」爲黃鷹;「二變」爲白鶴;「三變」爲香獐;「四變」爲大豹;「五變」爲人熊;「六變」爲大白牛,變化既迅速又多樣。其中亦有極爲可怖驚悚的法術場面,如第四十六回,行者和國師比賽法術,行者施一場剖開肚皮,洗刷內臟之法,他解開衣帶,露出肚腹,劊子手以繩索綑綁其膊項和腿足後,用一口牛耳短刀剖開其肚皮,行者隨之扳開肚腹,取出腸臟一條條刷洗,再將其放回肚腹,照舊盤曲,再捻著肚皮,吹口仙氣,叫聲:「長!」肚皮馬上長合回覆原樣,但行者未曾感到一絲疼痛,著實法術高強。然而如此的法術場面,眞令人噁心作嘔,恐怖至極。又豬八戒能「三十六變」,可變爲「山、樹、石塊、土墩、賴象、水牛、駱駝、大肚漢」等物,因豬八戒原形爲豬,其形象笨拙又身形龐大,不似孫悟空那猴子般的機靈輕巧和活潑好動,所以其變化而成的物件形象多較爲粗壯,缺少活動力。除此,白骨精亦能變化爲少女、老婆婆、老公公。如來、觀音更是法力無邊,可以任意變化成各種身形。又鎮元大仙僅輕念聲咒語,噀一口水,噴在清風與明月的臉上,隨即可解除兩妖的睡魔(第二十五回)。哪吒太子與魔王相戰時,其將砍妖劍、斬妖刀、縛妖索、降魔杵、繡毯、火輪兒等兵器拋將出去,叫聲:「變!」隨後,此六兵器可「一變十,十變百,百變千,千變萬」,變成諸多兵器,如驟雨冰雹般紛紛落下,朝妖魔打去(第五十一回)。另外,芭蕉扇亦法力無比,能「一搧息火,二搧生風,三搧下雨」,若搧人,一搧可飄「四萬八千里」,搧時,「一搧,搧上火光烘烘騰起;再一搧,更著百倍;又一搧,火足有千丈知高」,法力著實強大無比(第五十九回)。又哪吒太子執斬妖劍將牛魔王的頭砍下,誰料牛王又鑽出一個頭來,口中吐著黑氣,哪吒一連砍了十數劍,隨即又長出十數顆頭來,實神奇又誇張,法力無邊,堪稱爲不死的牛魔王(第六十一回)。這些都是《西遊記》中法術的施展。

　　《續西遊記》因孫行者、豬八戒、沙僧的兵器已被收回,代之以三條普通的禪杖;且三藏師徒所取眞經,從旁還有比丘僧及靈虛子幫助;又妖魔多由小妖修煉而成,皆有超凡入聖之心,因此諸妖魔的神通法力並不高強。然而其中亦不乏妖法幻術的描繪,如「呼風喚雨術、弄幻術、念咒語」(巫人)、「變身術」(豬八戒變成美女子、鵶化道人、病虎)、「偶像詛咒術」。〔註100〕

────────────

〔註100〕《續西遊記》中傷行者、八戒的毫毛、鬃毛所變的人,即可使行者、八戒或　　　　所變之人受到感應,使名字、圖書和人的靈魂、生命互有關聯,這是源於「黑

又第十九回的鳳管妖可假化靈山，變作優婆夷。第二十八回中的七情六慾大王，能「飛沙走石，撒豆成兵」。第六十回，靈虛子把木魚拋下水中，頃刻間，木魚化成金色大鯉，梆鎚變成寶杖。第八十一回，慶善君持長槍刺比丘僧，比丘僧舉起菩提子，念了一聲梵語後，那長槍馬上折成三段。第八十五回的大鯤王可變為大鵬，而其幾個子孫「六鯤魔」，亦各有神通變化之能。第八十九回的眾獅毛妖亦各有神通本事，令行者無法捉拿。

《續西遊記》中關於神奇的法術施展場面亦十分奇特，如第十二回，有一場赤蛇精與靈龜老妖的戰鬥場面，當赤蛇精聽到靈龜老妖叫了一聲「熱」時，赤蛇精噴出火燄直向向靈龜老妖，使靈龜老妖越發喊熱，赤蛇精便加速噴出火燄，使得靈龜老妖亦噴出滔天大水，往赤蛇精洞中沖去，但赤蛇精不甘勢弱，噴出焚林烈炬，兩氣相戰，氣勢非凡。然而，玉龍馬原是海中龍子化身，其不畏此熱氣，於第十三回中，反噴出幾口水來抵擋。又第四十八回，妖魔與靈虛子亦使用法術對戰，妖魔吸一口氣，頃刻間一團熱氣如雲霧般吹來，靈虛子也不甘勢弱，向東方取一口氣，化成烈風颮向妖魔，將那熱氣吹散，隨後，妖魔復噴一口唾，只見半空中無數冰雹打落下來，靈虛子見妖魔吐出冰雹，騰空躍起，坐在冰雹上呵呵笑著。這些熱氣、烈風、冰雹的交戰場面，展現出神奇法術的魔力。

《西遊補》中的法術，如鯖魚精能將夢境幻化成「青青世界、古人世界、未來世界」；孫悟空能以「變身術」變成「虞美人、珠子、青鋒劍、小行者、六耳獼猴、三頭六臂法身」。其中以「鯖魚精」的妖術最為厲害特別，其只要吸一口妖氣，使能幻化成青青世界、古人世界和未來世界，令孫悟空迷亂纏結於此三個迷幻世界之中，而這種超越時空限制的法術，真是奇幻至極。

《後西遊記》中的法術描繪不如《西遊記》，書中以孫履真的神通變化描繪最多，其具有「七十二變」的能力，其能將自身、金箍棒、毫毛或他物變作「釣竿、明珠、鐵索、黃驃馬、小猴子、米蟲、苦禪和尚、蒼蠅兒、韋駝尊者、四大金剛、童子、兵將、蜜蜂兒、撲燈蛾兒、獵戶、黃蝴蝶兒、蜈蚣、

<hr>

巫術」的作法，原本是用臘、木、土等刻出仇人之像，或是在沙、紙上畫下仇人之像，再將其頭髮、指甲、唾液或衣服放在人像身上，以仇人的姓名呼人像，並施咒語以咒之，以使仇人受到傷害或死亡。張紫晨：《中國巫術》（上海：三聯書局，1990 年 7 月），頁 61。故「偶像詛咒術」是對一雕像、塑像、畫像或其他偶像施行詛咒或攻擊，藉以傷害那個偶像所代表的人物或鬼神。葉友林：《明代神魔小說中的法術研究》，頁 76。

寶劍、絲繩、妖精、屠刀、花雨、八菩薩、五百阿羅、三千揭諦、十二大曜、十八伽藍、釋迦牟尼佛」等。除了法術變化之外，還有幻術的描寫，如「蜃妖」具有「幻化城池術」；冥報和尚持有「幻術、咒語」。以第二十四回為例，小行者使用幻法，揭起睡魔，讓文明天王的睡夢中出現三千諸佛菩薩，將其圍住，又使章馱尊者將降魔杵壓在文明天王的頭上。另還有「隱身術」等。

而《後西遊記》法術變化場面，如第二十七回，唐長老被太尉縛綁，小行者遂用手往唐長老身上一指，道聲：「斷！」那橫綑豎綁的麻繩隨即像刀割一般，皆寸寸脫落下來，又將手朝向二十四位校尉一指，校尉們像泥塑般呆呆立住，動也不動。又第三十一回，小行者營救被六妖賊綑綁的少年們，其用手一指，少年身上的繩索俱斷裂，其又呼一口氣，隨即從旁吹起一陣狂風，將眾少年攝起，遠離妖賊。

（二）寶　器

在觀賞《西遊記》、《續西遊記》、《西遊補》及《後西遊記》中神魔精怪施展法術的同時，亦可見到多樣有趣的神奇施法寶器，引人注目。

《西遊記》中的寶器，不僅妖魔精怪擁有寶器，即便是神仙亦擁有施展法力的神器。其中妖魔精怪擁的寶器包括「金箍棒、照妖鏡、〔註101〕陰陽二氣瓶、芭蕉扇、綑仙繩、金箍、緊箍、禁箍、金剛套、紫金鈴、瞌睡蟲、天河鎮底神珍鐵、九齒釘鈀、寶杖、天罡刀、斬妖劍、縛妖索、降魔杵、繡球兒、砍妖刀、火輪兒、金鋼琢、火龍、火馬、火鴉、火鼠、火刀、火弓、火箭、火葫蘆、白玉盂兒、鬆箍咒、金鐃、人種袋、辟火罩、七星鞭、皂雕旗、繡花針兒、火尖鎗、三昧真火、如意鉤子、混鐵劍、青鋒寶劍、鐵杵、兩口劍、四明鏟、軟柄槍、竹節鋼鞭、三股鋼叉、月牙鏟、幌金繩、點鋼鎗、狼牙棒、蟠龍拐杖、短棍、降妖魔杖、銅槌、芭蕉扇」等。而神仙擁的寶器包括「緊箍兒、錦襴袈裟、竹籃、淨瓶、楊柳、飛龍寶杖、定風丹、七星劍、紫金紅葫蘆、羊脂玉淨瓶、金鋼琢、金鈴、照妖鏡、金鐃、人種袋」等。

〔註101〕「照妖鏡」又稱「照魔鏡」、「照天鏡」，其主要功能在於照出神魔的本像，以瞭解神魔的來歷，或是破解神仙妖魔使用的法術，使其現出原形，無法再變化。原來鏡與劍同為道教重要的法器，據現存考古文物發現，先秦兩漢古墓中多以「鏡」作為陪葬物，六朝亦沿此習俗，而「鏡」之所以成為陪葬物，是因為其具有辟邪的作用，道教遂將其吸收，以「鏡」作為法器，用來鑒物，使道士於入山修煉時，一切魑魅皆可在鏡中現形，為寶鏡的威力所識破。葉友林：《明代神魔中的法術研究》，頁123、128～129。

　　《續西遊記》中的寶器有「金箍棒、釘鈀、寶杖、照妖鏡、小葫蘆、菩提數珠子、木魚梆子、降魔杵、返照珠、翅翎」等。《西遊補》中的寶器有「驅山鐸、金箍棒、紫金葫蘆」。《後西遊記》中的寶器有「名圈、利圈、富圈、貴圈、貪圈、嗔圈、痴圈、愛圈、酒圈、色圈、財圈、氣圈、妄想圈、驕傲圈、好勝圈、昧心圈、菩薩甘露水、錦爛袈裟、九環錫杖、金箍、緊箍、禁箍、金母、金肺珠、文筆、白玉火鉗」等。

　　綜觀《西遊記》、《續西遊記》、《西遊補》及《後西遊記》中的法寶與武器，皆法力無比。如《西遊記》第四十一回，描寫「三昧真火」生成的由來及強大的法力，述其為「五輛車兒合五行，五行生化火煎成。肝木能生心火旺，心火致令脾土平。脾土生金金化水，水能生木徹通靈。生生化化皆因火，火遍長空萬物榮。妖邪久悟呼三昧，永鎮西方第一名。」言妖魔若擁有三昧真火，便能稱霸西方。又第三十三回中之「紅葫蘆」與「玉淨瓶」可將行者裝入，若貼上一張「太上老君急急如律令奉敕」，只須一時三刻的時間，即可將行者化為膿水。又第五十九回中羅剎女的「芭蕉扇」，將其一搧，可讓火燄山的火光烘烘騰起；再一搧，更著百倍；又一搧，火則足有千丈之高。它亦能使八百里火燄山，一搧熄火；二搧生風；三搧下雨；四十九搧斷絕火根。又第六十五回中黃眉大王的「金鐃」和「人種袋」，其中「金鐃」可在三晝內將生物化為膿水，並能變化大小；而「人種袋」往上一拋，可將孫悟空、二十八宿和五方揭諦通通裝進。第七十回中的「三個金鈴」，幌第一個金鈴，會出現三百丈火光燒人；幌第二個金鈴，會出現三百丈煙光燻人；幌第三個金鈴，會出現三百丈黃沙迷人。第七十四回中，大鵬雕的寶器「陰陽二氣瓶」，此瓶高二尺四寸，內有七寶八卦和二十四氣，需要三十六人按天罡之數才擡得動，其可將人裝入其中，於一時三刻間可將人化為漿水。這些寶器果真是法力高強，神奇非凡。

　　在神魔小說史的特殊地位上，陳大康肯定《西遊記》的藝術成就，認為其對明代後期的神魔小說具有啟迪的作用，言：

> 《西遊記》的作者回到了通俗小說的起點，即《三國演義》與《水滸傳》的編創方式，這樣他的作品無論是藝術成就或與現實生活的貼近程度都遠遠超過了同時代的小說，同時《西遊記》又具有開拓新題材的示範意義。這兩者無論是哪一方面都給明後期通俗小說的創作者或編撰者以啟迪，它們的結合更是對小說創作的發展具有深遠的意義，而正是在《西遊記》的直接影響下，神魔小說在萬曆後

期迅速地崛起。〔註102〕

除此，李劍國、陳洪亦認為《西遊記》的價值，是在於確立了神魔小說的創作模式，不僅對神魔小說的創作有直接的推動作用，也間接對中國小說觀念的成熟有著積極的影響，言：

> 萬曆十年（1592）《西遊記》刊刻問世，標誌著神魔小說創作範式的確立。……神魔小說的藝術創作，對中國小說觀念的成熟也具有一定的推動作用。……明代的神魔小說比較重視小說的娛樂性，注重滿足讀者的尚奇好怪的閱讀趣味，這樣的創作實踐對小說觀念的全面發展和成熟起到了一定的積極作用。〔註103〕

除了《西遊記》，其他《續西遊記》、《西遊補》和《後西遊記》等《西遊記》的續書，在神魔小說史上亦有特殊的貢獻，對此，張家仁曾言：

> 《西遊記》及續書的作者們善於利用神佛妖魔的各種神通及法寶，以創造出恢宏廣闊的想像空間，不但使之增強了神魔的形象，亦使得奇幻的鬥法場面更加變化莫測，情節發展愈益神奇曲折，使之更能引人入勝，從而建構出一個絕妙超卓的「神魔世界」。因此，這使得《西遊記》能成為神魔小說中之冠冕之作，以在中國小說史上佔一席之地，而其續書亦各有所表現也。〔註104〕

這些作品都善於運用神通法寶而增加想像空間，增強神魔的形象，可謂是神魔小說中之佼佼之作。

四、奇幻異境

《西遊記》於取經的歷程中，描寫了大量人與大自然爭勝的過程，除了描繪許多驚險奇特的鬥爭場面之外，也虛擬了許多奇幻瑰麗的神奇異境，和千奇百怪詭譎莫測的險山惡水。其中妖魔所居住的奇幻異境，如群猴所居住的充滿陽光燦爛之花果山「水簾洞」；成群老鼠所伏居的黑氣氤氳之陷空山「無底洞」；紅孩兒所居住的蕭索枯寂之枯松澗「火雲洞」；羅剎女所安居的風和秀麗之翠雲山「芭蕉洞」；鴉鵲難飛的五花八門光怪陸離之「鷹愁洞」等。又如鵝毛沉底的

〔註102〕陳大康：《明代小說史》，頁378。

〔註103〕李劍國、陳洪：《中國小說通史》（明代卷）（北京：高等教育出版社），頁1024、1030～1031。

〔註104〕張家仁：《《西遊記》與三種續書之比較研究》（台北：中國文化大學中國文學研究所，碩士論文，2001年6月），頁146。

「流沙河」、八百里寬的「通天河」、穢氣難聞的「稀柿衕」、「黑水河」、「西梁女國」、烈燄騰騰的「火焰山」、漫山翠蓋的「荊棘嶺」、飲水成胎的「子母河」等。又有奇特詭譎的「雙叉嶺」、「黑風山」、「黑風洞」、「鑽頭號山」、「鍾南山」、「解陽山」、「破兒洞」、「柳林坡」、「清華洞」、「隱霧山」、「折岳連環洞」、「豹頭山」、「虎口洞」、「青龍山」、「玄英洞」、「七絕山」、「衡陽峪」、「毒敵山」、「琵琶洞」、「亂石山」、「碧波潭」、「盤絲嶺」、「盤絲洞」、「白虎嶺」、「福陵山雲棧洞」、「黃風嶺黃風洞」、「碗子山波月洞」、「平頂山蓮花洞」、「麒麟山獬豸洞」、「獅駝山獅駝洞」、「柳林坡清華洞」、「竹節山九曲盤桓洞」、「毛穎山」、「蛇盤山鷹愁澗」等，這些奇特詭異的域外景致，僅名稱就恐怖萬分，能帶領讀者走進一片光怪陸離的詭譎世界之中，充滿無限的想像空間。而神仙所居住的仙境，有「天宮」、「靈山」、「南海」等勝境；又有「小須彌山」、「斗牛宮」、「離恨天兜率宮」、「五台山」、「峨眉山」、「蓬萊仙境」、「東極妙巖宮」、「廣寒宮」、「紫雲山千花洞」、「雲樓宮」、「水晶宮」等仙境。

綜觀《西遊記》對環境描寫的寫作藝術，作者能跨越「天界」、「人間」和「地府」的空間限制，統合諸神仙，創造出奇特虛幻的奇幻異境。「天界」的景象，於第四回，孫悟空第一次登上天界時所見的景致，看出此界「金光萬道滾紅霓，瑞氣千條噴紫霧」，於南天門兩旁，有數十員的鎮天元帥，並於四下列著數十個金甲神人。入內後，有幾根大柱，柱上纏繞著金鱗耀日赤鬚龍。又有幾座長橋，橋上盤旋著彩羽凌空丹頂鳳。天上宮殿，有三十三座天宮及七十二重寶殿，殿中的壽星臺上有千年不謝的名花，煉藥爐邊有萬載長青的繡草，朝聖樓前星辰燦爛。進到靈霄寶殿後，見彩鳳舞朱門，迴廊並有龍鳳翱翔，三曹正參見玉帝。玉帝上有大金葫蘆頂，下有護駕的天將神卿。殿正中間有太乙丹、珊瑚樹等各種奇珍異物。而「人間」的景象，可於第一回中顯露出來，「人間」可分為「東勝神洲、西牛賀洲、南贍部洲、北俱蘆洲」，人間中的傲來國「花果山」極為奇特，山上有奇峰怪石和彩鳳麒麟，石窟有龍出入，林中有壽鹿仙狐，樹上有靈禽玄鶴，而且花草不謝，松柏長春，一切宛如仙境一般。「地府」的描繪，於第十回的「幽冥背陰山」可以看出，此山山巖崎嶇高峻，為陰司之險地，不僅荊棘石崖中藏有鬼怪邪魔，鬼妖橫行於途，沿途更有颼颼的陰風，此陰風是神兵口內所哨的烟，又有漫漫的黑霧，是鬼祟暗中噴出的氣。雖然山中有許多山、峰、嶺、洞、澗，山不生草，峰不插天，嶺不行客，洞不納雲，澗不流水。而且牛頭馬面喧呼著半掩半藏對

泣的惡鬼，判官更催命傳著信票，只見追魂的太尉吆喝攢公文，勾搭司人，所以旋風滾滾，黑霧紛紛，一片愁雲慘霧。這「天界」、「人間」、「地府」的描繪得極爲細膩，生動逼眞，使景象及人物如在目前，活靈活現，且運用對比的藝術手法，使小說的環境書寫更爲突出，令人印象深刻。

《續西遊記》亦描寫許多奇境，如第十二回的「赤炎嶺」，此嶺冬夏冬暖，行人走道不可說熱，但閉口不言，行過十餘里方覺清涼，若說一個熱字，即變暖氣吹來，有如炎火。其中赤炎洞中有條赤花蛇精，毒燄甚惡，人過嶺若說一個熱字，妖精便會放毒氣，越說越放。又第十九回的「莫耐山」，長有八百里，險峻難行，高高低低無三里平坦路，約走三五十里時，一陣風吹來，初微微似春風坦蕩，漸次狂大，凜冽生寒，有妖魔出入。又二十回的「蟒妖嶺」，有蟒蛇作怪，能飛沙走石，把人家的牛馬豬羊雞犬吃盡，村人請法官道士來驅遣時，亦會將其囫圇吞去。第三十二回的「黯黮林」，此林連結八百里，有妖精盤據，神通廣大能囫圇吞人，即使牛馬，一口亦能吞下三個。且此林前不巴村，後不巴店，伸手不見掌，對面不見人。該林又有十餘種妖魔倚草附木，凝結陰氣作五里雲，口噴千里霧，白晝瀰漫，不見天日。第三十九回的「薰風林」，每年三春，花柳盛開，但因幾個縱酒少年生事惹禍而惹來一個怪物，此怪在林中逞弄狂風，颳去飛禽走獸的羽毛，樹葉枯枝不存，遂被稱爲狂風林。妖怪把老少漢子捉去幫他弄風，其婆媳皆悲啼不已。第四十六回的「蒸僧林」，乃當初唐僧師徒過八百里火焰山時，熄了火焰，滅了妖精，誰知火焰熄了，卻變成許多雨水陰霾，深林妖怪盤據在內，此林遂稱蒸僧林。第四十八回的「臭穢林」，因當年火焰焚山時有幾條千尺大蟒，焚死未盡，此蟒骸遺穢積臭於林，因而命名爲臭穢林。第五十六回的「平妖里」，里中有一寂空山，此山環繞著一石洞，澗水潺潺，人莫能到，洞內有一妖能興風作浪迷害村人，此怪積年已久，能奪人家諸般物件。這些奇境，都是爲了修煉心性的主題而塑造出來的，促使小說充滿奇特不凡的色彩。

《西遊補》以「夢」爲題材，塑造出六個夢境，即「思夢、噩夢、正夢、懼夢、喜夢、寤夢」，並在夢境中跨越「青青世界、古人世界、未來世界」等三界。夢境中的恍惚幻變，讓《西遊補》顯露出一股荒誕不經、光怪陸離的神奇世界。

觀《西遊補》中夢境的藝術效果，夏濟安言：「那種爲天下曾做過夢的人所熟悉的夢境：變形、不一致、不連續、不相關，以及充滿感情張力的荒謬

情節。」〔註105〕這是具有「怪誕美」的藝術特點，而何謂「怪誕美」？姚一葦亦認為：「在自然物，特別是藝術品中，有一種反常的不合理的形式，或是表現形體的扭曲，或是不倫不類的組合，遠超出吾人經驗或習慣的範圍，而使吾人產生荒誕不經、光怪陸離的感覺，吾稱之為怪誕的藝術，或怪誕美。」〔註106〕傅世怡認為《西遊補》之所以形成怪誕美的原因有兩個。第一個原因，是以「夢」作為題材，讓夢境的恍惚幻變促成小說荒誕不經，光怪陸離的特點。第二個原因，是夢境中的人物與事件的組合經常出於常軌，此不合理的邏輯形式展現出荒謬與荒誕之感。〔註107〕另一方面，從小說的故事內容來看，能展現此特點的情節可從幾處顯露出來，如第一回，行者打殺一羣男女後恐遭師父逐趕，遂哄騙師父，編造了一篇「送冤文」，乃喬裝成秀才模樣，搖搖擺擺，高足闊步，朗聲誦念，滿口的「之乎也者」，裝模作樣一番，與昔日的孫行者判若兩人，反常至極。這樣的反常書寫是造成怪誕美的例證。又第六回，行者為了尋找秦始皇的驅山鐸子，因此來到古人世界，於古人世界中見一高閣，走近門邊一看，忽見一黑人坐在高閣上，高閣台下立了一枝石竿，竿上插著一枝飛白旗，於旗上寫著「先漢名士項羽」六字，行者往裡看，只見虞美人坐在高閣下，此時行者瞬間變作虞美人模樣，掩面哭泣，項羽在一旁撫慰著。此段，行者跨越時空尋找，且親身目睹歷史名人，造事設境真是奇特幻變，光怪陸離。又第十三回，行者告訴老翁，欲向秦始皇借驅山鐸一用，老翁道：「借與漢高祖了。」行者笑道：「漢高祖替秦始皇鐵死冤家，為何肯借與他？」老翁道：「那秦漢當時的意氣，如今消釋了。」夢中秦始皇與漢高祖冰釋，實荒謬無比。

中國文學作品中時間之幻化與夢境的結合起源很早，大致可推溯至先秦時期，且在唐人小說中已頗為常見。然而，《西遊補》卻能突破以往文學作品對夢境的描寫，打破按照現實生活邏輯來敘寫夢境的傳統方法，以變形、片段和不連續的方式來書寫，充滿著恍惚離奇和怪誕荒謬。故吳淳邦肯定《西遊補》是開後世怪誕寓言諷刺小說之先驅。因為《西遊補》主要是將浮雲夢幻的情欲世界具體化，展現三界唯心、絕情棄欲的佛教哲理，並從中對現實

〔註105〕夏濟安著、郭繼生譯：〈《西遊補》：一本探討夢境的小說〉，見幼獅月刊編輯委員會主編：《中國古典小說論集第二輯》（臺北：幼獅文化事業公司）。
〔註106〕姚一葦：《美的範疇論》（台北：開明書局，1978），頁272。
〔註107〕傅世怡：《《西遊補》初探》，頁174～177。

世界予以諷刺，藉幻境來反映現世，通過神魔以演繹世情，結合神魔和諷刺兩種小說的類型，使得後來的神魔小說中出現了近全篇幅諷刺性的作品。所以，《西遊補》是開啓後世怪誕寓言諷刺類小說，即《斬鬼簿》、《平鬼傳》、《何典》等之先驅。〔註108〕

　　對於《西遊補》以夢境的方式來書寫，其夢幻筆法的價值，乃在於其不僅是一部空前以夢幻方式來寫作的創新小說，而且亦是一部以神魔角色諱飾書中主旨，充滿著象徵指涉的小說。〔註109〕同時，作者藉神魔來書寫，促使故事更爲趣味化，掩飾了其寫歷史、說人物的主題；並借「夢」書史，可謂是五千年史上唯一一部以夢爲主的中篇小說。〔註110〕而《西遊補》以「夢」和「幻」的方式來書寫，是一本「意識流」小說，林佩芬就曾言：

> 《西遊補》可以說是世界上第一本「意識流」小說，雖然它的表現手法是以「夢」來實行心理意識的流動，以「幻」來進行故事形態的運轉，而它種種的寫作方法，表達技巧，卻無一不符合「意識流小說」的特點：第一、它的時間觀念和普通傳統小說不同。它的時間觀念，每一點都和過去、未來可以連在一起。第二、它完全是內心的活動，是一種流動的形態。第三、它大量的運用詩裡的象徵手法，來表現內心的各種活動。〔註111〕

是故，董說的成就，可謂去除了中國小說中對於夢境書寫的障礙，而呈現出只有在夢境中才能發現的那種美。

　　雖《後西遊記》並沒有太多對奇幻異境的刻劃，但比較特別的，是第十七回中的「三十六坑」與「七十二塹」。其中，「三十六坑」爲「斬頭坑、瀝血坑、刖足坑、劓鼻坑、剝皮坑、剔骨坑、臠身坑、裂膚坑、剜眼坑、燒眉坑、截腰坑、斷臂坑、刎頸坑、吭腦坑、吸髓坑、刳心坑、屠腸坑、割肚坑、刮腹坑、刺喉坑、破膽坑、穴胸坑、折脅坑、犁舌坑、敲牙坑、噬臍坑、射影坑、抽筋坑、摳睛坑、分屍坑、鉗口坑、鞭背坑、抉目坑、滅趾坑、刳肝

〔註108〕吳淳邦：《清代長篇諷刺小說研究》（北京：北京大學出版社，1995年12月），第1版，頁75、294。

〔註109〕黃芬絹：《董說《西遊補》新論》（台北：國立臺灣師範大學國文研究所，碩士論文，2005年6月），頁325。

〔註110〕黃芬絹：《董說《西遊補》新論》（台北：國立臺灣師範大學國文研究所，碩士論文），頁240。

〔註111〕林佩芬：〈董若雨的《西遊補》〉，《幼獅文藝》第45卷第6期（1977年6月），頁216～217。

坑、碟肉坑」。而「七十二塹」為「喜塹、怒塹、哀塹、樂塹、酒塹、色塹、財塹、氣塹、悲塹、痛塹、傷塹、嗟塹、愛塹、惜塹、歎塹、悔塹、愁塹、苦塹、怨塹、恨塹、憐塹、念塹、思塹、想塹、慚塹、愧歎、笑塹、罵塹、咀塹、愁塹、謗塹、疑塹、慮塹、昏塹、迷塹、貪塹、嗔塹、狂塹、妄塹、邪塹、淫塹、蠱塹、惑塹、謟塹、佞塹、媚塹、誕塹、暴塹、虐塹、殘塹、忍塹、騙塹、詐塹、陷塹、害塹、驕塹、傲塹、矜塹、誇塹、驚塹、慌塹、和塹、詭塹、慘塹、刻塹、毀塹、譽塹、酷塹、惱塹、慾塹、夢塹」，此坑塹皆為人心性與行為之弊端，發人心省。除此，尚有第二十七回，九尾山上的山峰與石、樹等名稱，皆如現實生活中的人與物，顯得詭異奇特，有「美人峰」、「畫眉峰」、「點唇峰」、「折腰峰」、「並肩峰」、「鴛鴦交頸石」、「龍女合歡松」等，奇奇怪怪，不一而足。

綜觀《西遊補》不同於《西遊記》、《續西遊記》、《後西遊記》在寫作藝術上之最大不同處，是在於對夢境的書寫，而這也是對神魔小說類型的突破與創新。王旭川就認為，「三界六夢」所說的三界是指「青青世界、古人世界、未來世界」，六夢所指的是「思夢、噩夢、正夢、懼夢、喜夢、寤夢」，典故出自《列子》一書，由行者經歷三界的歷程，建構出一種時間架構，在這樣的時間架構中沒有所謂時序觀念，而是現在、過去、未來三種時間交錯摻雜，藉由夢境的時空幻化，將這種複雜的變化結合，而這種夢境結構在唐傳奇的若干作品已經出現，可見作者在設計情節上是前有所承，並且在神魔小說的類型特徵中加入夢境的敘事單元，可將其視為是對小說類型的突破與創新。〔註112〕

故《西遊記》、《續西遊記》、《西遊補》、《後西遊記》作為寓言小說，是藉著虛構的故事來呈顯旨趣，不僅能於文中見理，亦能在虛構的藝術上，塑造出許多奇特的法術、寶器及環境，又虛擬出不同的角色類型，讓小說具有幻中見真，真中見幻寫作的特點。

第四節　形象生動詼諧幽默

一、人物形象生動

人物的形象可以透過人物外貌、內心、語言、行動等方面呈顯，並藉以

〔註112〕林景隆：《《西遊記》續書審美敘事藝術研究》，頁 55～56。

勾畫人物形象來塑造人物性格。本文試圖從肖像描寫、語言描寫和行動描寫，來看《西遊記》、《續西遊記》、《西遊補》和《後西遊記》的人物寫作藝術，希能藉此來凸顯人物生動鮮明的形象特點及其幽默詼諧的特性。

「肖像描寫」屬人物描寫的手法之一，著重對人物的音容笑貌、服裝舉止及風度姿態的描繪。因為人物的外貌，與社會地位、生活境遇、性格愛好、個性氣質等因素息息相關，故可藉由肖像描寫來反映人物的身份、職業、經歷及性格，主要是從人物的外貌去透視內心世界的寫作手法。「語言描寫」是藉由人物的語言去刻畫其性格特徵的手法。可從人物的對話與獨白中提煉，以凸顯人物的性格特徵，使人物更具個性化與典型化。因為不同的人物有不同的語言表現，同一人物在不同的時間與環境中因情緒和性格的變化，在語言上亦會有明顯的差異。「語言描寫」包括人物的「對話」與「獨白」，「對話」是指兩個或兩個以上人物之間的談話，此對話除了有交代背景、烘托人物的作用之外，亦有開展情節、表現人物精神面貌及塑造人物形象的作用。而「獨白」則泛指人物自思與自語的內心活動。主要的目的是希冀能透過人物內心的表白，來揭示其內心世界，以展現人物的思想性格及情感願望。「行動描寫」是對人物行為動作作出具體描繪和摹寫的寫作手法。因為具有個性化的行為動作是顯示人物性格的重要途徑，亦具有揭示作品主題和推動情節發展的作用。〔註113〕

（一）肖像描寫

《西遊記》、《續西遊記》、《西遊補》、《後西遊記》的角色肖像描寫，以《西遊記》中的悟空和八戒最為鮮明。孫悟空的原形是猴子，所以其行為處事具有猴子的特徵，包括身材瘦弱、不受拘束和活潑好動，他除了經常自稱為「歷代馳名第一妖」之外，於第二回，寫他「光著個頭，穿衣領紅色衣，勒一條黃縧，足下踏一對烏靴」，其頭頂光禿的形貌令人印象深刻，且穿著鮮明的服飾，其「紅、黃」顏色與「黑」色形成強烈的對比；又「戴上紫金冠，貫上黃金甲，登上步雲鞋，手執如意金箍棒」，威風凜凜。又第二十七回，寫其「腰繫藍田帶」。以上這些顏色的描繪，讓悟空的形貌更為具體，也增添一股雄赳赳，氣昂昂的架勢與活力。然而，孫悟空亦有狼狽的一面，如第十四回，當他被佛祖壓在五行山下，歷經五百年被三藏救出時，其「頭上堆苔蘚，

〔註113〕李初喬：《寫作大辭典》，「肖像描寫」，見頁536。「語言描寫」，見頁539。「對話」，見頁268、269。「獨白」，見頁269。「行動描寫」，見頁538。

耳中生薜蘿。鬢邊少髮多青草，頷下無鬚有綠莎。眉間土，鼻凹泥，指頭粗，手掌厚，塵垢餘多」，似歷經歲月的摧殘，十分狼狽，此與意氣風發的悟空極端不同。即便如此，此時的孫悟空還是對外界充滿著好奇心，精神飽滿，他的火眼金睛，還是喜得眼睛不停地轉動。另第三十六回，描繪孫悟空的外貌，述其「生得惡臊，沒脊骨」、「圓眼睛，查耳朵，滿面毛，雷公嘴。手執一根棍子，咬牙恨恨的，要尋人打哩」、「長得醜陋：七高八低孤拐臉，兩隻黃眼睛，一個磕額頭；獠牙往外生，就像屬螃蟹的，肉在裡面，骨在外面」，此鮮明的形象描繪，除了表現出悟空獨特的動物形貌之外，更凸顯其滑稽的個性特徵，讓讀者對悟空的感受如見其貌，拉近了彼此的距離。除此，悟空又時常攜帶他的寶器「金箍棒」，此棒能伸縮自如，變化無常，除了可將其愛好自由與不喜拘束的性格進行延伸之外，亦能凸顯其法力高強的形象。而豬八戒，其手持「釘鈀」，可凸顯出八戒的豬性及善田事的特性。其外貌，書中描繪著大大的耳朵、長長的嘴巴與隆起的大肚皮，形貌極為滑稽，不禁令人發笑，讓小說於滑稽有趣的畫面中增添不少情趣。八戒又生得「長嘴獠牙，剛鬃扇耳，身粗肚大，行路生風」（第二十九回），顯得可怕醜陋，又粗壯怪異。另沙悟淨，生得「身長丈二，臂闊，臉如藍靛，口似血盆，眼光閃灼，牙齒排釘」（第二十九回），其藍靛臉，血盆口，顯得可怖。除此，尚有其他細膩的肖像描繪，如第二十八回，寫一妖魔的模樣，其長得「青靛臉，白獠牙，一張大口兩邊亂蓬蓬的鬢毛，紫巍巍的髭髯，兩個拳頭，一雙藍腳，斜披著淡黃袍」，此肖像描寫，以顏色和數字來描繪，讓人物的形象更為具體鮮明。又第三十四回，描寫一個老媽媽，其「雪鬢蓬鬆，星光晃晃。臉皮紅潤皺紋多，牙齒稀疏神氣壯。貌似菊殘霜裏色，形如松老雨餘顏。頭纏白練攢絲帕，耳墜黃金嵌寶環。」此處集中描繪老媽媽的形容與妝扮，從其滿臉皺紋、稀疏的牙齒及蓬鬆雪白的鬢髮中，見其容顏的蒼老，然而，蒼老中亦能顯出精氣，因其臉色是紅潤的，且牙齒雖然多已脫落，但僅剩的牙齒卻顯得很又氣勢，其亦知裝扮，戴著黃金耳墜飾，故人物描繪極為鮮明。第三十五回，描寫一個妖魔，述其「頭上盔纓光焰焰，腰間帶束彩霞鮮。身穿鎧甲龍鱗砌，上罩紅袍烈火然。圓眼睜開光掣電，鋼鬚飄起亂飛烟。七星寶劍輕提手，芭蕉扇子半遮肩。行似流雲離海嶽，聲如霹靂震山川。威風凜凜欺天將，怒帥群妖出洞前。」此妖的肖像是多方描繪的，從視覺上的外在裝扮和眼鬢描繪，至聽覺上之聲音皆能呈現出來；而其書寫方式，是先描寫形貌，再運用比喻手

法來形容之,使肖像描寫更爲鮮明深刻。另《後西遊記》第十八回,唐長老被高吊在石頭上,痴痴迷迷地,側著耳朵似聽不見,睜著眼睛似看不見,全不答應,沒有反應,其雖「側耳」、「睜眼」想掙脫求助,但卻呆滯無力,顯得極爲有趣。

(二)語言描寫

在語言描寫上,《西遊記》中人物的對話描寫得極爲生動有趣,充滿人物語言個性化特徵,尤以孫悟空、豬八戒、唐三藏最爲突出。關於八戒,如第二十三回,婦人領著三個女子想招贅女婿,婦人要八戒詢問唐僧的意見,八戒回道:「不用商量,他又不是我的生身父母,幹與不幹,都在於我。」顯得情急;尚且,他還等不及地丟了韁繩,上前主動向婦人叫了數聲:「娘」,表現其淫心紊亂,色膽縱橫,足見其是個貪好美色之人。八戒除了好色之外,食量亦異常大,如第二十四回,八戒對老施主道:「老兒滴答甚麼,誰和你發課,說什麼五爻六爻!有飯只管添將來就是。」第四十七回,三藏師徒夜晚趕路,向一老者借宿,老者請一行人進屋休息,八戒一進門即道:「既是了帳,擺出滿散酒飯來,我們吃了睡覺。」老者問需幾人服侍,八戒回道:「那白面師父,只消一個人;毛臉雷公嘴的,只消兩個人;那晦氣臉的,要八個人;我得二十個人服侍方夠。」原因是他的「食量」太大。而齋飯一來,唐僧一卷經未念完,八戒卻已吞了五六碗飯,還嚷著:「添飯!添飯!漸漸不見來了。」行者要八戒吃半飽即可,八戒又道:「齋僧不飽,不如活哩!」不斷地喊:「再蒸去!再蒸去!」足見其貪吃,狼吞虎嚥,食量又大的食性。他又調皮天眞,如第二十六回,八戒見到壽星,扯著壽星,並將自己的僧帽攢在壽星頭上,拍手笑道:「好!好!好!眞是『加冠晉祿』也!」壽星罵八戒:「奴才」、「夯貨」,八戒笑道:「我不是夯貨,你等眞是奴才!」壽星生氣道:「你倒是個夯貨,反敢罵人是奴才!」八戒又笑道:「既不是人家奴才,好到叫做『添壽』、『添福』、『添祿』?」八戒雖然對神明不敬,但其表現方式,卻以孩童的口吻來呈現,使場面不致於僵化,而顯得輕鬆有趣。對神仙無禮、調皮的口吻,尚如第五十八回,老者聽聞沙僧能在短時間內來回花果山和南海普羅山,認爲沙僧等人皆是神仙,八戒顯得不敬、俏皮天眞地道:「我們雖不是神仙,神仙還是我們的晚輩哩!」。其他,如第四十八回,三藏落水,被妖邪抓進水府,行者於半空中問師父在何處?八戒不僅不緊張,還俏皮地回道:「師父姓『陳』,名『到底』了。」又對老叟言其師父:「不叫做三藏了,改名叫『陳

到底』也。」真令人又氣又可笑，欲哭無淚。他也常常偷懶，如第二十八回，長老命八戒化齋，<u>八戒</u>行經十餘里後見無一人，頓時瞌睡蟲上來，思道：「我若就回去，對老和尚說沒處化齋，他也不信我走了這許多路。須是再多幌個時辰，才好去回話。也罷，也罷，且往這草科裏睡睡。」遂把頭拱在草堆中睡著了。又三十二回，行者要八戒去巡山，<u>八戒</u>行了七八里路後，罵道：「大家取經，都要望成正果，偏是教我來巡甚麼山！……我往那裏睡覺去，睡一覺回去，含含糊糊的答應他，只說是尋了山，就了其帳也。」隨後見山凹一處紅草坡，便一頭鑽進睡下，道：「快活！就是那弼馬溫，也不得像我這般自在！」當他醒後，怕被唐僧挨罵，乃編個理由來應對，遂把路旁的石頭當作唐僧、沙僧和行者，對石頭唱喏：「我這回去，見了師父，若問有妖怪，就說有妖怪。他問什麼山，我若說是泥捏的，土做的，錫打的，銅鑄的，麵蒸的，紙糊的，筆畫的，他們見說我獃哩，若講這話，一發說獃了，我只說是石頭山。他問什麼洞，也只說是石頭洞。他問什麼門，卻說是釘釘的鐵葉門。他問裏邊有多遠，只說入內有三層。十分再搜尋，問門上釘子多少，只說老豬心忙計不真。此間編造停當，哄那弼馬溫去！」沿途他疑心生暗鬼，步步只覺行者變化跟著他，故見一物即疑是行者，忽見一隻老虎從山坡上跑過，八戒嚇得舉著釘鈀道：「師兄來聽說謊的，這遭不編了。」遇到山風吹倒枯樹，滾到其面前，他又驚得跌跤捶胸道：「哥啊！這是怎的起！一行說不敢編謊罷了，又變什麼樹來打人！」往前又見一隻白頸老鴉，喳喳地連叫幾聲，他又道：「哥哥，不羞！不羞！我說不編就不編了，只管又變著老鴉怎的？你來聽麼？」其實行者並不曾跟他去，一切都是八戒自驚自怪，胡亂猜疑。以上表現出八戒好偷懶、可愛天真、好耍小聰明，雖然他自覺聰明，但也顯得憨傻膽小，難怪行者要常常捉弄他。除此，他還非常「膽小」，如第七十四回，唐僧師徒路過八百里獅駝山時，<u>八戒</u>一聽有惡魔，嚇得說：「唬出屎來了！如今也不消說，趕早兒各自顧命去罷！」此時悟空不慌不忙地笑道：「師父放心，沒大事。想是這裏有便有幾個妖精，只是這裏人膽小，把他就說出許多人、許多大，所以自驚自怪。有我哩！」對此，<u>悟空</u>與<u>八戒</u>發生爭執，八戒道：「哥哥說的是那裏話！我比你不同，我問的是實，決無虛謬之言。滿山滿谷都是妖魔，怎生前進？」悟空卻胸有成竹地說：「獃子嘴臉，不要虛驚！若論滿山滿谷之魔，只消老孫一路棒，半夜打個罄盡！」此段對話，透兩人生動的交談，將充滿豪氣萬丈的<u>悟空</u>與驚恐萬分的<u>八戒</u>形象，鮮明生動地表現出來。

關於孫悟空，另如第五十六回，村舍中一位老者抬頭驚見行者等人，見其面貌醜陋，嚇著道：「爺爺呀，一個夜叉，一個馬面，一個雷公。」行者聞言屬聲高道：「雷公是我孫子，夜叉是我重孫，馬面是我元孫哩！」完全不理會老者罵他們醜陋，更調侃自己一番，調皮又有充滿著自信。其他有關三藏的對話，亦呈現出其慈悲又柔弱的性格，如第十四回，行者打死六賊，三藏道：「你十分撞禍！他雖是翦徑的強徒，就是拿到官司，也不該死罪；你縱有手段，只可退他去便了，怎麼就都打死了？這卻是無故傷人的性命，如何做得和尚？出家人『掃地恐傷螻蟻命，愛惜飛蛾紗罩燈。』你怎麼不分皀白，一頓打死？全無一點慈悲好善之心！」悟空因受不了三藏絮絮叨叨而憤然離去，三藏孤孤零零，悲怨嘆息地在路旁悶坐，悟空不忍心又折回，三藏抬頭見到悟空，道：「你往那裡去來？教我行又不敢行，動又不敢動，只管在此等你。」又第五十六回，三藏行走時，路旁突然閃出三十多個盜賊，個個持槍刀棍棒攔住路口，三藏嚇得自馬上跌將下來，蹲在一旁的草堆中，只叫：「大王饒命！大王饒命！」，驚恐萬分。以上皆能藉言語，將三藏膽怯又柔弱的性格凸顯出來。而沙僧則顯得機智、有擔當、正義和忠心，如第三十回，妖精將沙僧捆住，持刀要殺公主，沙僧心中暗道：「想老沙跟我師父一場，也沒寸功報效；今日已此被縛，就將此性命與師父報了恩罷。」遂喝道：「那妖怪不要無禮！……你要殺就殺了我老沙，不可枉害人，大虧天理。」此對話雖然不長，卻將沙僧充滿個性化的形象生動地呈現出來。而龍馬，亦如沙僧一樣，有情有義又忠心，如三十回中，三藏有難，八戒想打退堂鼓，八戒道：「把行李等老豬挑去高老莊上，回爐做女婿去呀。」龍馬聞言，一口咬住八戒的褙子哭道：「師兄啊！你千萬休生懶惰！」八戒道：「不懶惰便怎麼？沙兄弟已被他拿住，我是戰不過他，不趁此散夥，還等什麼？」此處不僅擬人化地將龍馬對三藏的師徒之情表露出來，亦將八戒膽小的性格凸顯出來。《西遊記》中除了五聖之外，其他小角色的對話亦有生動的一面，如第七十七回，三個魔頭捉走三藏，欲將其烹煮來吃，後來幾位小妖發現三藏脫逃，驚嚇過度，魔王問小妖們唐僧蒸了幾滾了？小妖慌道：「七──七──七──七滾了！」又道：「大王，走──走──走──走了！」結巴的口吻，生動逼真地呈現出小妖驚嚇過度的樣貌。

而《續西遊記》中的人物對話，取經五聖亦皆能從語言對話中凸顯人物性格特徵，表現出八戒的老實憨厚、沙僧的恭敬務實、玉龍馬的不平之鳴之

氣、唐三藏的志誠慈悲、孫行者的善於機變。「八戒」於《續西遊記》，亦同《西遊記》中有貪吃好利的習性，但卻比《西遊記》中的八戒多了一份老實心腸。如第三回，如來問他：「爲何事求經？本何心而取？」八戒十分緊張，不僅口吃，還磕了無數個響頭道：「弟子，弟子只曉得我娘生時，十月懷胎之苦，三年哺乳之恩。今日爲報答爺娘養育恩來取。若說本何心，只有一點老實老實心。」此「老實」性格，即是《續西遊記》中八戒的個性特徵，凸顯其憨厚的性格。「沙僧」的個性於《續西遊記》中是傾向恭敬與務實的，在恭敬方面，如第三回，當如來佛問他爲何取經時？他稽頭頓首地道：「弟子不知其他，但只知天地君親師，五件大恩。天地君親，師父師兄們說去。只因隨師遠來求經，但願師父取得經去。這一點恭敬心，無時放下。」凸顯沙僧恭敬的性格。而在務實方面，如第七十五回，三藏師徒駕舟船前行，遇船無法前行時，三藏欲酬謝舟子，沙僧卻道：「師父，你老人家眞有些差見，如今舟子不知在何處，丟了一隻空船，又沒人照管，把兩布疋在何處？有人見了取去，卻不空費了此心？」凸顯沙僧務實的性格。可見《續西遊記》中的沙僧較《西遊記》中的沙僧更有主見，人物形象和個性亦較爲突出和具體。「玉龍馬」在《續西遊記》中比《西遊記》中的龍馬更能呈顯個性化的人物特點，如第四十五回，玉龍馬回復玉龍太子模樣，勸化興雲魔王釋放唐僧師徒，此時魔王設宴款待他，他一時忘了釋門戒行，正要大塊朵頤時，孫行者便使用神通法術讓宴席上的牛羊雉兔都活過來，玉龍馬遂怒道：「你這些孽障，已是大王見愛款我，迺我口中食，如何作妖捏怪。你道是活生之物，叫我不吃你。你哪裏知我東來西去，受盡了無限辛苦，受那猴精們氣，只把我吃草飲水。想你這牛羊能觸，叫我這馬不敢跟。如今其逢我大王，正要享用一番，你卻裝成甚麼圈套？」此處，龍馬表現出其不平之鳴和憤怒之情，使個性特徵明顯表露出來。「唐三藏」於《續西遊記》中的性格特點是志誠和慈悲。在志誠方面，如第三回，如來佛問三藏師徒是爲何事求經，又是本著何心求取時，三藏馬上恭敬地俯伏在地言：「弟子玄奘，爲報皇王水土之恩，祝延聖壽而求取經。若說本何心，惟有一念志誠心來取。」又第二十九回，行者對三藏說妖魔詭詐惡毒，故僅能以詭詐惡毒來毒滅他們，三藏道：「以詭詐詭，不如以實應實。」顯現出三藏志誠不虛假的性格。在慈悲心方面，三藏於《續西遊記》中多次勸化妖魔爲善，亦時常要行者、八戒、沙僧戒除殺生，須以慈悲濟度之心戒除不善機心，如第二十九回，三藏對於行者的緊箍咒，道：「只因

你遇著生靈，動輒掄棒，便是違了慈悲方便。故此有那緊箍兒咒你。」又七十五回，三藏欲酬謝舟子借船之恩，道：「世間那有白使人舟船不謝他的？」又言：「我將此布放在艙中，舟子若得了，便盡了我酬他之心；如舟子不得，也盡了我這白使他船之意。前輩菩薩過渡，遺一文錢在空船，為謝心正如此。」這些言語皆可看出三藏的慈悲誠實之心。

　　另《西遊補》中的人物對話，以第九回「行者審秦檜」一段最為突出。

行者道：「宋皇帝也是真話。到了這個時節，布衣山谷今日聞羽書，明日見廟報，那個不有青肝碧血之心？你的三公爵、萬石侯是誰的？五花綬、六柳門是誰的？千文院、百銷錦是誰的？不想上報國恩，一味伏姦包毒，使九重天子不能保一尺之棟樑，還是忠呢？還是奸？」

秦檜道：「檜雖愚劣，原有安保君王、晏寧天室之意。『南人歸南，北人歸北』，此是一時戲話。爺爺，不作準備也罷了！」

行者道：「我且問你，你要圖成和議，急如風火，卻如何等得這三日過呢？萬一那時有個廷臣噴血為盟，結一忠臣丟命黨，你的事便壞了。」

秦檜道：「爺爺，那時只有秦皇帝，那有趙皇帝？犯鬼有個朝臣腳本，時時藏在袖中。倘有朝廷不謹，反秦姓趙，那官兒的頭顱登時不見。爺爺，你道丟命忠臣，盤古氏到再來混沌也有得幾個。當日朝中，縱有個把忠臣，難道他自家與自家結黨？黨既不成，秦檜便安康受用。」

行者道：「既如此，你眼中看那宋天子殿上像個什麼來？」

秦檜道：「當日犯鬼眼中，見殿上百官都是個螞蟻兒。」

行者道：「秦檜，你如今再說，你當日看宋天子像個什麼來？」

秦檜道：「犯鬼立在朝班，看見五爪絲龍袍，是我篋中舊衣服；看見平天冠，是我破方巾；看見日月扇，是我芭蕉葉；看見金鑾殿，是我書房屋；看見禁宮門，是我臥榻房；若說起趙陛下時，但見一隻草色蜻蜓兒，團團轉的舞也。」

行者道：「我且問你，你這三日閑不過，怎麼樣消閑？」

秦檜道：「爺爺，我三日裡看官忙，看著心姓秦的，便把銀硃紅點著名姓上，點大的，大姓秦，點小的，小姓秦。大姓秦的，後日封官大些；小姓秦的，後日封官時節，小小兒吃虧。又有一種不姓秦又姓秦、不姓趙又姓趙的，空著後日竟行斥逐罷了。撞著稍稍心姓趙的，卻把濃墨塗圈，圈大罪大，圈小罪小，或滅滿門、或罪妻孥、或夷三黨、或誅九

族，憑著秦檜方寸兒。」

行者道：「你這三日怎麼閑得過？」

秦檜道：「犯鬼三日也沒得閑。吾入朝時，見宋陛下和意已決，甜蜜蜜的事體
做得成了。出得朝門，隨即擺上家宴，在銅烏樓中為滅宋扶金、興秦
立業之賀大醉一日。次日，家中大宴心姓秦的官兒，當日便奏著金人
樂，弄個『飛花刀兒舞』，並不用宋家半件東西，說宋家半個字眼，
又大醉一日。第三日，獨坐掃忠書室大笑一日，到晚又醉。」

　　這段行者與秦檜生動傳神的對話，刻劃出行者公正果決與秦檜的奸邪不
忠，造成強烈的個性對比，成功塑造出兩人鮮明的個性特徵。

　　另《後西遊記》中的人物對話描寫，唐半偈、豬一戒、沙彌、孫履真皆相
當成功，表現出唐半偈的心性慈悲；豬一戒的開朗主動，有團隊精神；沙彌的
穩重務實，又帶有幽默感；孫履真的沉穩，遇困難總是平心靜氣地。書中關於
凸顯「唐半偈」慈悲心性的人物語言，如第三十四回，當唐半偈、豬一戒、沙
彌和龍馬被蜃妖吞入時，為了讓小行者前來營救，一行人口念真言，後來豬一
戒從唐半偈口中得知默念真言會使小行者頭痛欲裂時，笑著說：「怎不時常念
念，弄這猴子頭痛耍子？」唐半偈不忍心地道：「他一路喫辛受苦，百依百順，
怎忍再念？今在死生斷絕之時，也沒奈何，只得硬著心腸，念一兩遍，使他知
我性命尚存，好設法來救護。」唐半偈對動念真言一事始終不忍於心，只因此
刻為性命危急之關，才不得不念真言，真是無可奈何的，可見唐半偈的慈悲心
腸。「豬一戒」的性格特質在《後西遊記》中是開朗主動，具有團隊精神的，不
似《西遊記》中那般自私貪利。如第十六回，當沙彌初入求解隊伍，對於挑行
李的分配，豬一戒搶著道：「怎好都你獨挑，我與你分作兩担，何如？」沙彌對
此言：「聽憑師兄。」小行者道：「分開零星難照管，莫若輪流替換挑挑罷。」
豬一戒又搶著道：「依你！依你！今日就是我挑起。」足見豬一戒不佔便宜，主
動幫忙的負責態度。「沙彌」的個性於書中是穩重務實，帶有幽默感的性格特點。
就穩重務實方面，如第二十五回，當半偈師徒因聞一陣麝香，爭相討論香氣來
自何處？沙彌道：「大家不須爭論，天色將晚，快快走，一路看去，便明白了。」
又言：「這些閑事且丟開，漸漸天晚，且尋個人家借宿要緊。」此可見沙彌務實，
不尚空談的性格。在幽默感方面，如第二十六回，當師徒與妖魔爭鬥，被困在
夾壁峰內無所進退時，唐長老慌張地道：「徒弟呀！莫怪他慌，這夾壁中前後塞
斷，莫說無處栖身，就餓也要餓死了。」沙彌則輕鬆地道：「餓是餓不死，若要

棲身，也還容易。一路來看見這夾壁中，樹木廣有，野菜甚多，這些樹木，搭個蓬兒，就可棲身；挑些野菜，煮做菜羹便可充饑，愁他怎的？」幽唐長老一默，為緊張的時刻注入一股輕鬆的氛圍。又三十四回，豬一戒和沙彌在蠹妖肚內，二者與肚外的小行者內外夾攻蠹妖，沙彌因用力過猛，搗斷了妖精的脊梁，豬一戒見脊梁搗通，透進光來，叫道：「造化了，妖精脊梁上開了個不二法門。」沙彌則笑道：「妖精脊梁怎稱得法門，只好弄做個方便門罷了。」於第三十五回，豬一戒怕再次被蠹妖吸進肚內，放下行李不敢前行，沙彌笑道：「二哥若是這等小心害怕，除非叫鐵匠，像烏龜般的打一個鐵殼，與你套在身上，方敢大膽走路。」這些對話，凸顯沙彌幽默的人物性格，並在幽默中帶有一份嘲諷的意味。沙彌除了帶有幽默感之外，又具有個性分明，有主見的性格特點，如第三十六回，沙彌找尋到齋堂吃齋的豬一戒，於東廊下見兩和尚正打開豬一戒的行李翻找，心中大怒，用左手抓住和尚，右手劈打道：「他一個好端端的人，進寺來喫齋，為甚就不活？快還我人來便吧！若無人，真打死了你兩個償命。」此處的沙彌，比《西遊記》中的沙彌更具個性化的人格特點。「孫履真」在《後西遊記》中的性格是平穩的，處於困境時總能平心靜氣地給予旁人信心，如第二十六回，唐長老師徒來到一條亂石推砌，水洩不通的陡峻巖壁，豬一戒和唐長老皆慌張不已，以為是盡頭，終將餓死於此絕境，孫履真卻不慌不忙地道：「行到水窮，自然雲起。賢弟不消慌得。」從對話中，可看出其沉穩的性格。

（三）行動描寫

《西遊記》中的行動描寫，把人物描寫得生動有趣，形象逼真，能藉由行動描寫來凸顯人物性格。關於「孫悟空」，如第七回，孫悟空上靈霄宮，為了留下記號，他拔下一根毫毛，變作一管濃墨雙毫筆，在中間的柱子上寫下「齊天大聖，到此一遊」，又在第一根柱子下撒了一泡猴尿，真是頑皮可愛，天真無邪。關於「豬八戒」，如第二十一回，黃風洞口黃風大作，天地無光，八戒極為害怕，他「牽著馬，守著擔，伏在山凹之間，也不敢睜眼，不敢抬頭，口裏不住的念佛許願」，惶恐膽小的心境躍然紙上。第二十三回，當他見到美婦時，一時色心大起，心癢難耐，坐在椅子上，似針戳屁股，左扭右扭不停，表現出貪好美色的醜態。又第二十九回，豬八戒賣弄吹噓地說「第一會降妖的是我」，結果與妖怪作戰才數回，就「一溜往那蒿草薜蘿、荊棘葛藤裡，不分好歹，一頓鑽進；那管刮破頭皮、搠傷嘴臉，一轂轆睡倒，再也不敢出來。但留半邊耳朵，聽著梆聲」。這一段描寫，對八戒好說大話的性格作

了極大的嘲諷，栩栩如生地描繪出八戒生性懶惰，在戰鬥中又常臨陣脫逃的樣貌，此滑稽有趣的畫面不僅增添閱讀情趣，也凸顯了八戒的性格特徵。雖然如此，八戒亦十分可愛，於第二十回中，三藏埋怨八戒長得醜陋，嚇壞外人，行者遂要八戒將那耙子嘴和蒲扇耳收起來，八戒真的乖乖「把嘴揣了，把耳貼了，拱著頭，立於左右」，非常聽話。又第三十二回，八戒與妖魔對戰，妖魔見八戒「捽」耳朵、「噴」粘涎、「舞」釘鈀，口中「吆吆喝喝」的，感到悚懼，便命令小妖們齊打八戒。八戒見一群小妖齊上，慌了回頭就跑，不慎，被蘿藤絆了個「跟蹌」，「掙」起來要走。忽又被小妖「扳」著腳跟，撲的又「跌」了一跤。隨後，一群妖趕來「按」住他，「抓」鬃毛，「揪」耳朵，「扯」著腳，「拉」著尾，將八戒「扛抬」進妖洞。此處主要描繪的是小妖們抓拿八戒的動作，一連數個，而動作展現又極為具體，顯得生動逼真，又富形象化。關於八戒的形象特點，另一特色在於其食量特大，就像永遠吃不飽似的，如第九十八回，三藏一行人結束取經之行，將前往靈山，寇員外備一席盛宴送別之，快離去時，八戒慌了，「拿過添飯來，一口一碗，又丟夠有五六碗，把那饅頭、餅子、燒果，滿滿籠了兩袖，才跟師父起身」。八戒一路走來經歷了諸多磨難，只為了取經修成正果，如今靈山就在眼前，他仍念念不忘美食盛宴，可見「食」與「佛」對他同等重要。關於「唐三藏」，雖然他帶領一行人西行取經，但沿途所歷，卻呈顯其儒弱的性格，當白馬被一條龍吞下肚時，三藏不知所措地「淚如雨下」（第十五回）。面對婦人對他獻殷勤，他「如癡如蠢，默默無語」，又「似雷鳴的孩子，雨淋的蝦蟆，只是呆呆掙掙，翻白眼兒打仰」（第二十三回）；行者與八戒偷吃了鎮元大仙的人參果，大仙指責三藏訓教不嚴，三藏「淚眼雙垂」，無助地埋怨徒兒們。又當八戒、沙僧等與怪魔爭鬥不分勝負時，三藏獨自躲在洞中悲啼，流淚不已（第二十九回）；當他被妖精綑綁在後院時，他無助地，僅能在院中不斷哭泣，等待救援（第四十回）；三藏師徒夜晚趕路，遇河水湍急，深不見底，對岸又寬闊無數，三藏害怕地「口不能言，聲音哽咽」，連沙僧都叫三藏莫哭（第四十七回）；又三藏被妖魔抓入水府，關在宮後的石匣中，當行者隱身進入宮後找尋三藏時，只見其在裏面「嚶嚶的哭」（第四十七回）；三藏被女子旋風似地攝去，當行者尋著時，只見三藏嚇得「面黃唇白，眼紅淚滴」（第五十五回）；黃眉大王捉走三藏，用繩索縛綁牢栓，後來行者亦落入黃眉大王手中，綑至半夜，側耳聽，只聽見三藏哭泣的聲音（第六十五回）；三藏師徒經過惡穢，路到填塞

的稀柿衕，三藏聽到行者說要經過極為困難，便「眼中垂淚」（第六十七回）；
三藏被三位女子以繩索縛綁吊起，他「忍著痛，噙著淚」，一心只希冀徒弟們
速來解救（第七十二回）；八戒向三藏說，行者已被妖精吞吃了，當行者前去
收拾妖精回來時，遠遠地只見三藏「躺在地下打滾痛哭」（第七十六回）；三
藏被三個妖魔捉將去，藏在鐵櫃中，當行者前去解救時，只聽見三藏的「啼
哭之聲」，後當沙僧打開鐵櫃時，三藏見了，又「放聲大哭」（第七十七回）；
三藏被妖精捉入洞內待成親，他無奈地「滿眼垂淚」（第八十二回）；三藏被
辟寒大王、辟暑大王、辟塵大王捉拿去，行者變身前往解救時，只聞得哭泣
之聲，原來是唐僧被鎖在後房簷柱上的「哭泣聲」（第九十二回）。除了愛哭
之外，其他的動作描寫亦能呈顯出此性格特點，如一位遠來的老者，告知三
藏前面有妖精時，三藏聞言，「大驚失色，撲的跌下馬來」，落入草堆中呻吟
著。行者還向前將其攙扶起來，要三藏莫害怕（第七十四回）。以上皆顯出唐
三藏懦弱膽小，又好哭的性格特點。

　　《西遊記》中除了重要角色的行為動作描寫得生動之外，其他小角色亦
能活靈活現。如第三十六回，行者執著鐵棒對大雄寶殿上的神佛不敬，一位
燒晚香的道人看見，被行者咄了一聲，嚇得「跌」了一跤，「爬」起來，看見
行者的臉，又嚇得「跌」倒在地，「滾滾蹡蹡」地飛快逃走，將道人驚嚇之狀
清楚表現出來。第七十九回，三藏師徒救了一干小兒，城裏人來認領小兒時，
大大小小都不怕他們相貌醜陋，「抬」著豬八戒，「扛」著沙和尚，「頂」著孫
大聖，「撮」著唐三藏，「牽」著馬，「挑」著擔，一擁回城。此動作描繪得精
準恰當，將眾人欣喜感謝之情，生動地呈現出來。

　　而《續西遊記》中的三藏也總是哭哭啼啼的，顯得膽小無助，如第五回、
第九回、第十七回、第八十一回中，當他遇到困難時，都只會哭哭啼啼地眼
淚交流，心中懊惱，不知所措。其他如第二十八回，朱紫國中人見行者長得
尖嘴縮腮，八戒長嘴大耳，沙僧靛面青身時，有人「看見害怕的」、「看著笑
醜的」、「嚇得大叫的」，個個「跌的跌」、「爬的爬」，皆「齊喊躲入後面」，將
害怕的心境藉由動作描繪完全呈顯出來。

　　另《西遊補》中的人物行動描寫亦有獨到之處，如第六回，行者搖身一變
成為虞美人，為了讓項羽中計，乃佯裝故態，從袖中取出一尺冰羅，露出半邊
臉，不住地掩面哭泣，望著項羽，似怨似怒一般惹人憐惜。當時項羽不捨，不
顧名將身份，慌忙地跪在虞美人面前，虞美人隨即背轉，項羽又飛趨美人面前，

跪著憐求美人能聊開笑面，美人又故不作聲，項羽只得陪哭，美人方纔紅著桃花臉兒微露不忍之心，攙扶起跪在地上的項羽。此段項羽和虞美人的行動刻劃，將虞美人扭捏作態、恃寵而驕，以及項羽對美人的疼愛和不忍之心，栩栩如生地描繪出來，形成強烈的對比，達到文藝創作的審美效果。

《後西遊記》中角色的動作描寫亦能活靈活現，形象生動有趣，如第十一回，小行者遍尋豬一戒不著，來到寺中，忽聽哼哼唧唧的打鼾聲，四下一看不見人影，再聽，鼾聲大發似雷鳴一般，小行者一時性急，提起鐵棒將大水缸打得粉碎，並大聲叫喊，忽見豬一戒懵懵懂懂，自草柴堆中跳出，小行者驀然驚見，轉閃開一步讓豬一戒跑出來，由於一戒在草堆中熟睡，被小行者忽然嚇醒而大怒，遂氣呼呼跑到大殿拖一根鐵杵來打小行者。此處，將豬一戒貪懶、莽撞，行者易怒、反應快的性格特點描繪出來，具有明顯的個性特徵。又第二十回，太子命人捉拿偷吃饅頭的和尚，只見豬一戒在壁邊的草堆裡「抱著頭、彎著腰，像狗一般地睡著」，眾人遂跑到草鋪前，向豬一戒「扯頭得扯頭，扯腳得扯腳」，原來豬一戒吃了四個饅頭倒頭大睡，忽被眾人推搡，心下焦躁，不覺「將腰一伸，腳一蹬，把眾人蹬得跌跌倒倒，滾成一團」，其「將豎起頭，把兩隻蒲扇耳搖一頓」，眾人「爬起來，看見又嚇得屁滾尿流，往外亂跑，將燈火都撞滅了」。豬一戒睜眼看時，已不見人影，隨即「走到階前，撒了一泡尿，繼續睡」。此處將眾人驚慌失措，以及豬一戒好吃、貪睡、憨傻的形象及人格特徵，描繪得活靈活現，生動有趣。後來，豬一戒被眾人捉拿住，以繩綑綁，再被亂棒重打時，他欲用力迸斷繩索，怎奈繩索粗大，又橫綑豎縛，不能一條條掙脫，只能「掙斷頭上的兩根，露出頭來」，滑稽有趣地將豬一戒掙脫時的動作生動地描繪出來。除此，如第三十五回，唐長老師徒方從蜃妖腹中脫逃出來，望見眼前有一座高山攔阻，唐半偈要徒弟們小心，以免又是蜃妖氣化而成，豬一戒聽說是蜃氣化的，便「放下行李，立住腳不敢走」，沙彌笑他膽小，豬一戒才不情願地「挑起行李，谷突著嘴往前又走」，將豬一戒心不甘，情不願，又膽怯的心境以行動表現出來。同回中，師徒一行人離開挂礙關，道路十分崎嶇難走，唐長老不問險阻，策馬前行；小行者見師父馬去，也跟著走了；沙彌挑著重擔，低頭前奔；唯獨豬一戒，見道路歪斜，遍坑沙塵，滿心懊悔，但見唐長老等人已遠去，恐遲了失群，只得放步趕去，不期路上積雪濕滑，走不到三五十步，滑跌一跤，才急爬起來，衣裳又被路旁荊棘緊緊纏住扯不開，豬一戒忙撥開了上邊，下邊又黏成一片，

急清了左邊，右邊又攪成一團，而使出蠻力掙脫，雖然後來掙脫了，但衣裳扯破，臉部擦傷了，又因掙力過猛，撞上一塊尖石，頭上亦撞得鮮血直流。此處將豬一戒焦躁、惱怒、性急的性格表露無遺。豬一戒又好吃成性，如第三十六回，豬一戒看見美食當前，「喫了一碗，轉轉眼又是一碗，直到喫不下，才無可奈何地放下碗箸，抹抹嘴坐著」，將其貪吃相貌完全展現出來。由上所述，可見《後西遊記》中的豬一戒，其形象較同行其他角色更為真實生動，圓形化。

綜觀《西遊記》、《續西遊記》、《西遊補》、《後西遊記》四書，當以《西遊記》中的孫悟空與豬八戒最為凸出。孫悟空是猴精，聰明又神通廣大，能降妖捉怪；而八戒是豬怪，愚笨又膽小，故屢遭妖魔所擒，二者可從肖像、語言和行動描寫中形成強烈對比，故其形象塑造是極為成功的。

二、詼諧風趣筆法

《西遊記》、《續西遊記》、《西遊補》、《後西遊記》四書，以《西遊記》及《西遊補》最富詼諧幽默的特質，其中又以《西遊記》尤甚。

《西遊記》常以詼諧的筆法和風趣的人物口吻來諷刺世情，讓讀者在帝王仙佛、天宮地獄和妖魔鬼怪的嘲謔中，獲得心理的愉悅和滿足，進而增進故事的戲謔性與風趣性。因此，李贄在〈西遊記評〉中評得最多的藝術特點是「趣」。〔註114〕胡適亦認為《西遊記》是「以詼諧滑稽為宗旨」，表現出一種「玩世主義」。〔註115〕李悔吾認為《西遊記》「除具有流暢、明快、洗練、生動和善於吸收、提煉人民的口頭語言，特別是蘇北方言等特點外，還具有幽默、風趣和諷刺等風格特色。」〔註116〕方瑜認為《西遊記》的意旨，除了「空」之外，還有一個「笑」字，因為整部《西遊記》是一個精心設計的喜劇，作者運用智慧與幽默，將全書的「空」與「笑」表露無遺。〔註117〕這些

〔註114〕李贄於〈西遊記評〉中評《西遊記》用了 42 次「趣」、30 次「妙」、7「奇」、7 次「幻」。見朱一玄、劉毓忱編：《《西遊記》資料匯編》（天津：南開大學出版社），頁 227～315。

〔註115〕胡適：《《西遊記》考證》，參見《中國章回小說考證》（上海：上海書店，1980），頁 367。

〔註116〕李悔吾：《中國小說史》，（台北：洪葉文化事業有限公司），頁 345。

〔註117〕方瑜：〈論《西遊記》——智慧的喜劇〉，《中外文學》第 6 卷第 5 期、第 6 卷第 7 期（1977），後收於方瑜：《昨夜微霜》（台北：九歌出版社，1980 年 7 月），初版，頁 155～178。

都凸顯出《西遊記》戲謔風趣的藝術特點。

至於《西遊記》喜劇詼諧的來源，各家卻有不同的解讀。林庚認為來自於小說中的童話性質，因為童話往往是富於樂觀精神的。〔註118〕余國藩認為此和佛教的宗教性質有關，因為佛教能並存笑謔、幽默與眞理。〔註119〕夏志清認為來自於書中引用的俗語。〔註120〕

茲擬從小說中充滿童趣、對比性格與喜劇衝突、風趣的遊戲筆墨、豁達樂觀的態度、不協調的怪誕情節五項來呈顯書中詼諧幽默的特質。

（一）充滿童趣

《西遊記》中之所以充滿童話色彩，除了在展現一個動物世界之外，還包括書中所表現的遊戲性、非邏輯性的想像，以及天眞爛漫的童趣。

關於遊戲性，最明顯的是孫悟空每次在面對嚴峻考驗時，總彷彿歷經了一場興致盎然的遊戲一樣，如第七十五回、七十六回，孫悟空在獅駝洞被老魔吃進肚中時，他不但不慌張，還在老魔肚內發起酒瘋，不停地支架子、跌四平、踢飛腳，甚而抓住老魔的肝花大玩鞦韆、豎蜻蜓、翻跟頭亂舞，完全像個無法無天的頑童，使得老魔疼痛難禁，跌倒在地。而缺乏邏輯性的想像，可從孫悟空那充滿隨意性與即興式的行動，以及豬八戒那令人意想不到的行為中凸顯出來，如第二十九回，豬八戒不顧沙僧，一溜煙地往蒿草荊棘葛藤當中鑽去，許久不敢出來，僅留半邊耳朵聽著梆聲，這樣逗趣的形象，帶給兒童無比的想像和快樂，這亦是造成《西遊記》充滿喜劇效果的因素之一。至於天眞的童心，則可從妖魔的行為與對話中看出天眞的性格，增強了小說的喜劇效果。如七十回，金毛吼大聲地稱孫悟空為「外公」，這樣天眞無邪，不矯情造作的情懷，即是從兒童的心理和角度來描寫，呈現幽默的特性。〔註121〕

（二）對比性格與喜劇衝突

在人物塑造上，《西遊記》從孫悟空和豬八戒童心未泯似的，時常相互打鬧與捉弄的滑稽形象，最能凸顯出諧趣的文學風格。如第七十六回，當八戒出戰時，其向悟空借了一條繩子，繫於腰間當救命索。不料，悟空竟趁此向

〔註118〕林庚：《中國文學簡史》，頁624。

〔註119〕余國藩著、李奭學編譯：《《紅樓夢》、《西遊記》與其他》，頁380。

〔註120〕夏志清著、胡益民等譯：《中國古典小說史論》（南昌：江西人民出版社，2001），頁141～142。

〔註121〕林庚：《中國文學簡史》，頁626～631。

八戒惡作劇，在八戒戰敗時，八戒向悟空求救，要悟空趕緊拉索助其逃命，不料悟空竟將繩索放鬆並拋將出去，還絆倒八戒。這樣的描繪，使原本那天真幼稚的救命法，鋪上了一層頑皮惡作劇的童趣，增強故事幽默諧趣的特性。又「八戒」經常自稱為「癡漢」，其表裡不一，常常弄巧成拙、欲蓋彌彰，讓自己陷於被嘲笑的境地。除此，他那大大的耳朵、長長的嘴巴和隆起的大肚皮，亦令人不禁發笑。尤其是他言行不一的口吻更令人解頤不已。另外，其他人物亦不失諧謔幽默的特性，如庸弱性格的「唐僧」，卻執意要帶領三位靈怪西行取經，這一點，本身即帶又喜劇性。

除此，《西遊記》的作者亦善用人物性格的對比及行為衝突來呈顯小說的喜劇特性，令讀者會心一笑，尤其對悟空和八戒的描寫更是特別突出。在人物性格的對比上，以悟空和八戒最具複雜多重的對比性格，如悟空是猴精，八戒是豬怪；悟空瘦小，八戒肥胖；悟空神通廣大，能降妖捉怪，而八戒卻平庸膽小，屢遭妖魔所擒；悟空聰明，八戒愚笨，這些性格的反差皆形成了小說強烈的喜感效果。在行為衝突上，如第三十四回，孫悟空混入妖洞中裝扮成金角大王和銀角大王的母親，此時八戒被吊在梁上哈哈大笑道：「弼馬溫來了。」沙僧問八戒怎知行者到來，其道：「彎倒腰，叫『我兒來了』，那後面就掬起猴尾巴子。」喬裝魔王母親的悟空坐在魔中，魔王道：「母親啊，連日兒等少禮，不曾孝順的。今早愚兄弟拿得東土唐僧，不敢擅吃，請母親來獻獻生，好蒸與母親吃了延壽。」此時悟空故意道：「我兒，唐僧的肉，我倒不吃；聽見有個豬八戒的耳朵甚好，可割將下來整治整治我下酒。」孫悟空喬裝成魔王的母親，原本是為解救唐僧和八戒的，但知已被八戒識破，因此故意調侃捉弄他一番。又第八十五回，孫悟空打探到妖怪的消息，想到一個捉弄八戒的計謀。他向八戒道：「前面不遠，乃是一莊村。村上人家好善，蒸的白米乾飯，白麵饝饝齋僧哩。這些霧，想是那些人家蒸籠之氣，也是積善之應。」八戒當真，隨即變一和尚前去化齋，誰知那怪已在路口擺開圈陣等待，當八戒不慎撞入時，八戒還天真地道：「不要扯，等我一家家吃將來。」又道：「你們這些齋僧，我來吃齋的。」這些喜劇性的衝突在小說中多處可見。對於《西遊記》的戲劇衝突，蔡鐵鷹曾言：

> 吳承恩在創作豬八戒的時候，其實是想為《西遊記》賦予更多的戲劇衝突和喜劇色彩，對比一身正氣的孫悟空，吳承恩特意將豬八戒這個形象生動的賦予了人性化的色彩，而且更賦予了它人性中六根

不淨、愚笨懶惰，卻不失狡點練達的一面。〔註122〕

這些事件雖然具有衝突性，但在整部《西遊記》中卻顯得十分諧調，因為這樣的衝突符合了孫悟空隨機應變和調笑詼諧的性格，以及豬八戒貪吃憨傻的性格特徵。

（三）風趣遊戲筆墨

《西遊記》、《續西遊記》、《西遊補》、《後西遊記》中風趣的遊戲筆墨，可從生活俚俗語、人物風趣的對話、口頭禪、幽默的敘事語及說書人的口吻中顯露出來。

關於運用生活俚俗語來製造幽默氛圍者，如《西遊記》第三十九回，烏雞國王曾溺斃三年，後來經過唐僧師徒的幫忙終告還陽，一天，當一行人上朝廷倒驗關文時，假王懷疑老道的身份，問其來歷，悟空回道：「陛下，這老道是一個喑啞之人，卻又有些耳聾。只因他年幼間曾走過西天，認得道路。」原本「上西天」是生活中平常的俚俗用語，作者藉此以製造幽默，予人輕鬆風趣的一面。又第四十二回，觀音要悟空拔一根毫毛，悟空不肯，觀音遂罵道：「你這猴子！你便一毛也不拔，教我這善財也難捨。」這信手拈來的「一毛不拔」與「善財」的趣話，給人輕鬆的趣味效果。

關於人物風趣的對話，《西遊記》中的行者、八戒和三藏的對話，在許多地方皆能呈顯幽默的特性。如第二十一回，行者因被黃風大王噴了一口風，導致眼睛酸痛難耐，遂向一位老者尋求眼藥，老者又道：「那黃風大王，風最厲害。他那風，比不得甚麼春秋風、松竹風與那東南西北風。」八戒道：「想必那是夾腦風、羊耳風、大麻風、偏正頭風？」長老道：「那風，不是，不是。他叫做『三昧神風』。」行者道：「怎見得？」老者道：「那風，能吹天地暗，善刮鬼神愁。裂石崩崖惡，吹人命即休。你們若遇著他那風吹了時，還想得活哩！只除是神仙，方可得無事。」行者道：「果然！果然！我們雖不是神仙，神仙還是我的晚輩。」老者、八戒和長老以不同的「風」名相互對話，極為有趣與特別，而行者雖然褻瀆神明，但亦能於幽默中展現出自信心。另第四十回，唐僧師徒來到一座險峻山巖，行進間，聽見有人喊救命，三藏要行者聽是何人在喊「叫」，但行者並不以為意，風趣地回道：「師父只管走路，莫纏甚麼『人轎』、『騾轎』、『明轎』、『睡轎』。這所在，就有轎，也沒個人抬你。」

〔註122〕蔡鐵鷹：《戲‧西遊——70個你所不知道的《西遊記》之謎》（台北：咖啡田文化館，2005年1月），頁144。

悟空運用同音雙關，展現幽默，告知三藏莫管閒事。又如第五十三回，唐僧師徒經過西涼女國，誤飲了子母河之水，導致唐僧與八戒懷了身孕。唐僧不適，呻吟道：「腹痛。」八戒隨後也道：「腹痛。」話未說畢，唐僧又喚：「疼得緊。」八戒也隨之道：「疼得緊。」兩人疼痛難耐，雙手不停摸著漸漸隆起的肚子。八戒此處憨傻地重複著唐僧的語言，加上兩人抱著肚子呻吟的畫面，著實風趣。又第七十七回，唐僧受困於獅駝山，悟空遂前往靈山向如來求援，當佛祖說：「那妖精我認得他。」行者道：「如來！我聽見人說講，那妖精與你有親哩！」當如來說明妖精的來歷後，行者馬上接口道：「如來，若這般比論，你還是妖精的外甥哩！」行者沒大沒小的對談，尤其是最後一句話，增加了行者的生動形象與俏皮趣味。又第八十一回，孫悟空對鎮海寺的眾僧自誇手段時，說：「我也曾花果山伏虎降龍，我也曾上天堂大鬧天宮。飢時把老君的丹，略略咬了兩三顆；渴時把玉帝的酒，輕輕呼了六七鍾。睜著一雙不白不黑的金眼睛，天慘淡，月朦朧；拿著一條不短不長的金箍棒，來無影，去無踪。說什麼大精小怪，那怕他憊懶臕膿！一趕趕上去，跑的跑，顛的顛，躲的躲，慌的慌；一捉捉將來，銼的銼，燒的燒，磨的磨，舂的舂。」這樣的人物顯得詼諧有趣的。

而《續西遊記》中的人物語言，有許多類似饒舌歌的有趣對話，如第十一回，八戒因貪齋而被妖魔縛綁，行者與沙僧在旁一邊幫忙解開繩索，一邊笑道：「老孫呵呵笑，端不笑別個。一般都是人，挑擔與押垛。只見我們勤，偏生你懶惰。不是哼與唧，便是歇著坐。方才叫肩疼，忽見說腳破。不說肚皮寬，食腸本來大。一面未吃完，又叫肚裏餓。推開甚廟門，看見哪家貨？好友就化齋，惹了空頭禍。身上捆蔴繩，肚裏又難過。想是齋撐傷，倒在林中臥。經擔哪方向，難道不認錯。」行者饒舌歌似地譏笑八戒，呈顯出風趣幽默的氛圍。同樣如第十三回，三藏師徒走上嶺來，突然一陣冷氣吹來，八戒道：「這冷清清，陰慘慘，真難熬，倒不如熱熱吧。」果然一個四足猛獸手執一根大棍叫道：「那標致臉的兩個和尚，快把擔包內的經文留下。」八戒見妖精叫他「標致臉的和尚」，便笑嘻嘻的稱那妖精為「不標致臉的大王」，且以一串有趣的饒舌語，對那陣冷氣笑曰：「老漢精扯謊，嶺間有妖精。僧嫌人說熱，便有毒煙生。不是燒頭髮，便來燬眼睛。若要平安過，除非不作聲。老豬信了實，恐怕把妖驚。閉著喇叭嘴，躡著腳步行。哪更有炎熱，反倒冷清清。身上寒冰凍，喉中冷氣生。怎能滾湯喝，得些熱飯撐。再若熬一會，

這經擔不成。」其他如二十二回、第四十三回等，亦能見以饒舌歌來呈現的有趣對話方式。除此，尚如第十六回，一位長老要行者等人將經櫃打開，行者等人拒絕，那長老便生氣地叫行者為：「怪物臉」、「割氣臉」，又叫八戒為：「死屍臉」，叫沙僧為：「晦氣臉」，而八戒也氣憤地回應，稱那長老為；「骯髒齷齪臉」，這些對話讓場面及人物顯得滑稽有趣，化解僵硬的氣氛。又第三十二回、三十三回中，陰沉魔王有一個夜叉見了行者道：「希逢希逢，渴慕渴慕。」行者不明白地反問：「甚麼希逢，渴慕？」並稱其為「小鬼頭子」，夜叉問行者為何稱他為「小鬼頭子」，行者道：「我稱呼你小鬼頭子，是奉承、尊重、抬舉你。若是叫你做巡林夜叉，便是輕薄你。」又道：「若添上可惡二字，便是抬舉你。再添上憊懶二字，便是尊重你。」夜叉大喜道：「世間哪個不好奉承，況你抬舉、尊重你，便勞你尊重稱呼吧。」行者洒大叫夜叉為「憊懶可惡小鬼頭子」，夜叉並未生氣，反而高興答道：「多謝尊重、抬舉、奉承了。」行者隨後連聲大喊，那夜叉也聲聲答應，夜叉回去向小妖告知此事，小妖道：「真真尊重你這許多字眼，不說官銜，比陰沉大王四字還多哩。」遂問行者有何稱呼可奉承他？行者道：「只兩個字兒，叫你瘟奴吧。」又故意道：「瘟者，標也。奴者，致也。奉承你標致之意。」小妖也大喜，要行者多稱呼幾聲，行者隨後也連叫數聲。於第三十四回中，夜叉知道受騙，遇到八戒也想罵他，問八戒：「便是我要罵你，卻罵甚麼？」八戒道：「我最惱人罵我老祖宗。」夜叉不以為意，真罵八戒為「老祖宗」，八戒低聲答應，又大聲應道：「小孫兒，叫怎的？」此番對話，生動地將夜叉、小妖憨傻可愛，以及行者、八戒機智調皮的性格有趣地表現出來。此外，對話中稱人的用語也非常有趣，如第四十回，魔王稱八戒是「喇叭椎挺，脆骨牛筋嘴的和尚」。

另《後西遊記》，豬一戒風趣的對話亦能顯露幽默的文學特性，如第十四回，當他看見不滿山遍野的妖魔後，他便舉起釘鈀，笑嘻嘻得祝禱說：「阿彌陀佛，今日釘鈀發利市了。」第十六回，豬一戒被媚陰和尚的陰風吹得寒噤抖顫，河神迎面道：「小天蓬要到庵裡去乘涼，為何救回來了？」豬一戒連連搖頭道：「寧可熱殺，這個涼乘不得。」第二十六回，豬一戒自稱「我豬一戒是個坐懷不亂的高僧」，這些對話皆顯得生動，且十分幽默。另第三十二回，道旁閃出一個和尚，將唐長老師徒看了幾眼，唐長老說莫非是不太平，要應履真的口，豬一戒道：「師兄這張口，是終日亂嚼慣的。又不是斷禍福決生死的朱雀口，又不是說一句驗一句的鹽醬口，又不是只報憂不報喜的烏鴉口。

說來的話，只好一半當做耳根邊吹過去的秋風，一半當做尿孔裡放出來的臭屁，師父聽他做甚麼？」豬一戒幽默風趣的對話，將其可愛的性格表露無遺。然此回，又顯現出其膽小懦弱，好耍小聰明的人格特質。如當豬一戒被不老婆婆的玉火鉗夾殺時，他哀求道：「婆婆請息怒，我實在僱來挑擔，沒用的和尚，怎敢與婆婆相抗？實是被那姓孫的賊猴頭耍了。他雖有些本事，只好欺負平常妖怪，昨日見婆婆下了戰書，曉得婆婆是久脩得道的仙人，手段高強，不敢輕易出家對敵，故捉弄我二人出來擋頭陣，他卻躲在後面看風色。我二人若是贏了，他就出來賴功，今見我二人輸了，只怕要逃走也不可知。婆婆若果要見他，可快快放了我，趁他未走，等我去扯了他出來。」豬一戒在危急時好使小聰明，雖然顯得膽怯懦弱，但亦可見其足智多謀的一面。

關於口頭禪的運用，《西遊記》中以孫悟空的口頭禪「好耍子」最為明顯，連作者及書中人物亦受到感染。如第三十四回，當悟空與平頂山的妖魔激烈對戰時，作者忍不著插上一句「似這般手段，著實好耍子」。第六十七回，八戒聽到門外風聲作響，慌得跌倒在地，把嘴埋在地下，蒙著頭臉不敢看，待風聲消失，八戒才抖抖灰土，仰著臉，笑稱那妖怪是個有行止的妖精，該和他做個朋友，真是「好耍子！好耍子！」《續西遊記》亦有運用「好耍子」的逗趣口吻，如第八十一回，行者與山童的對話中就出現四次的「好耍子」。《西遊補》中亦有多處言及「好耍子」，如第七回中，就有三處言及「好耍子」。除此，其他的口頭禪，如《西遊記》中的悟空常稱自己是「歷代馳名第一妖」。八戒經常自稱為「痴漢」。諸如此類，皆使小說凸顯了詼諧的喜劇效果。

關於幽默的敘事語，如《西遊記》第二十三回，四聖在試煉禪心時，豬八戒卻禁不起美色富貴的誘惑，私自留下來陪婦人，他「跟著丈母，行入裡面，一層層也不知多少房舍，磕磕撞撞，盡都是門檻絆腳」。八戒為了美色，「緊跟著」丈母，不知要多遠，仍願「磕磕撞撞」，「絆著腳」一層層往裏走，這是八戒急求貪色的真切寫照，符合人物的心理感受與行動過程，敘事雖然簡單，言語不多，但卻能顯出人物形狀的風趣特性。

關於說書人的口吻，《西遊記》如第二十回，描寫一座險峻的高山：「高的是山，峻的是嶺；陡的是崖，深的是壑；響的是泉，鮮的是花。那山高不高，頂上接青霄；這澗深不深，底中見地府。山前面，有骨都都白雲，屹嶝嶝怪石，說不盡千丈萬丈挾魂崖。崖後有彎彎曲曲藏龍洞，洞中有叮叮噹噹滴水巖。又見些丫丫叉叉帶角鹿，泥泥癡癡看人獐；盤盤曲曲紅鱗蟒，要要

頑頑白面猿。至晚爬山尋穴虎，帶曉翻波出水龍，登的洞門唿喇喇響。草裏飛禽，撲轆轆起；林中走獸，掬律律行，猛然一陣狼蟲過，嚇得人心蹬蹬驚。正是那：當倒洞當當倒洞，洞當當倒洞當山。青岱染成千丈玉，碧紗籠罩萬堆烟。」又《西遊記》第五十九回，孫大聖見門裏走出一位老者，老者的形貌爲：「穿一領黃不黃，紅不紅的葛布深衣；戴一頂青不青，皂不皂的篾絲涼帽。手中挂一根彎不彎，直不直，暴節竹杖；足下踏一雙新不新，舊不舊，掰鞡翁鞋。面似紅銅，鬚如白鍊。兩道壽眉遮碧眼，一張哈口露金牙。」這樣具有節奏感的連續短語，加上繞口令，都像是說書人的口吻。而此形似說書人口吻的特點，也表現在人物的口語對話上，使得孫悟空更顯機智俏皮和伶牙俐齒，而老實笨拙的豬八戒也能變得口齒伶俐，詼諧俏皮，如《西遊記》第五十四回，豬八戒在西梁女國作客時，八戒「那管好歹，放開肚子，只情吃起。也不管什麼玉屑米飯、蒸餅、糖糕、蘑菇、香蕈、筍芽、木耳、黃花菜、石花菜、紫菜、蔓菁、芋頭、蘿蔔、山藥、黃精，一骨辣噇了個罄盡。喝了五七杯酒，口裏嚷道：『看添換來！拿大觥來！再吃幾觥，各人幹事去。』沙僧問道：『好筵席不吃，還要幹甚事？』獃子笑道：『古人云：造弓的造弓，造箭的造箭。我們如今招的招，嫁的嫁，取經的還去取經，走路的還去走路，莫只管貪杯誤事。快早兒打發關文。正是『將軍不下馬，各自奔前程。』」此段描寫，前半段有如說書人在歷數菜名，後半段，八戒一改平時的木訥笨拙，順嘴說來，有如說書人一般即興編排，一發不可收拾。又《西遊記》第八十一回，孫悟空對鎮海寺的眾僧誇耀自己的能力，道：「我也曾花果山伏虎降龍，我也曾上天堂大鬧天宮。飢時把老君的丹，略略咬了兩三顆；渴時把玉帝的酒，輕輕呼了六七鍾。睜著一雙不白不黑的金眼睛，天慘淡，月朦朧；拿著一條不短不長的金箍棒，來無影，去無踪。說什麼大精小怪，那怕他憊懶膿膿！一趕趕上去，跑的跑，顫的顫，躲的躲，慌的慌；一捉捉將來，銼的銼，燒的燒，磨的磨，舂的舂。正是八仙同過海，獨自顯神通。」亦簡短有力，節奏明快，如口語一般令人印象深刻。

另外，《西遊補》第二回中，行者按落雲頭，忽見一城頭上一面綠錦旗上篆著「大唐新天子」的字樣，不覺失聲連喊道：「假，假，假，假，假！」。《西遊補》第五回，行者對綠娘道：「文字艱深，便費詮解。天者，夫也；西者，西楚也；拜者，歸也；佛者，心也。蓋言歸心於西楚丈夫。他雖厭我，我只想他」。這些語言都帶有市民曲藝的誇張特點，如同市井說書人那機智、俏皮、

快板和幽默的口吻,使打市語的語言風格統攝於全書之中。

所以《西遊記》、《續西遊記》、《西遊補》、《後西遊記》,尤其是《西遊記》,穿插了大量的遊戲筆墨,使全書充滿著喜劇色彩和幽默詼諧的氛圍,這樣的寫作手法,似是作者信手拈來的,涉筆成趣,增添小說的趣味性。

(四)豁達樂觀的態度

《西遊記》的幽默與喜感特點,尚可表現在人物的樂觀態度上,尤其是孫悟空,他從來不灰心喪志,總是以樂觀的態度面對外界的磨難。如第五十一回,當太上老君的青牛下凡作亂,捉走唐僧時,孫悟空懇請天兵天將幫忙,但都無法收服,雖然他屢戰屢敗,然始終從容樂觀地面對,他自嘲地說:「我如今沒計奈何,哭不得,所以只得笑也。」由於他秉著泰山崩於前而面不改色的冷靜態度去面對困難,所以遇到困難時,總喜歡以戲謔、玩笑的方式應對,而這充滿戲謔玩笑的方式,其實是孫悟空豁達樂觀態度的展現。

吳承恩藉戲謔嬉笑的方式來表達孫悟空的樂觀與豁達,似乎是在展現自己懷才不遇的傲氣與不屈的精神,他曾在〈送我入門來〉中言:「狗有三分糠份,馬有三分龍性,況丈夫哉!」又於〈贈沙星士〉中言:「平生不肯受人憐,喜笑悲歌氣傲然。」所以孫悟空面對挑戰的處事態度,似乎是吳承恩的人生態度。〔註123〕

(五)不協調的怪誕情節

《西遊補》以「六夢」來構築故事情節,其夢境恍惚幻變有如現實的夢境一般,然而這樣不連續、不相關的怪誕情境,卻是促使小說呈顯荒謬滑稽的因素。姚一葦曾言:

> 怪誕的藝術當然不屬於純淨快感,因為它含了驚奇、怪異、荒謬、滑稽的成份;但是它所顯露的那一反常性,它的焦慮與不安與吾人的意識深處或潛意識相契合時,會拓開吾人禁閉的心扉,產生一種隱秘的喜悅。〔註124〕

此反常不協調的基調便是《西遊補》滑稽因素之一。

《西遊補》第九回,可謂是整部小說中描寫怪誕最精彩的回目,行者於

〔註123〕〈送我入門來〉,見楊家駱編:《吳承恩集》(台北:世界書局,1984),初版,頁182。〈贈沙星士〉,見《吳承恩集》,頁24。

〔註124〕姚一葦:《美的範疇論》(台北:開明書局,1978),頁303。

文中閻君審訊秦檜，下令對秦檜施以剮刑。施剮刑，每剮一遍，即擂鼓一通，場面極為血腥恐怖。然而，鬼差施刑的手法雖然可怕，卻也充滿著藝術的美感，作者將秦檜視為一個雕塑品，第一次將其剮成「魚鱗樣」，第二次將其剮成「冰紋樣」，使原本異常恐怖的場面，變成充滿藝術美感的藝術饗宴，頓時讓人釋放出恐懼的情緒，而此「一正一反所產生的不協調，便是怪誕文學的主調。」〔註125〕除了剮刑外，又將秦檜變為螞蟻、蜻蜓、花蛟馬、桃花紅粉水；幽昭都尉又將秦檜丟入滾油中，折開兩脇製成四翼，再變作蜻蜓模樣；判官又將秦檜變作一匹花蛟馬。此處以鮮艷的顏色來形塑黑心的秦檜，並將其可惡的形象變化成可愛的模樣，運用不協調的基調，於怪誕中呈顯出滑稽幽默的特點。

　　除了以不協調性造成幽默詼諧的效果之外，《西遊補》的人物百態亦能表現此藝術效果。如第四回，描繪科舉放榜時的士人百態，眾人喧嘩、哭泣、怒罵著，那些榜上無名的的考生，有呆坐石上的；有丟碎鴛鴦瓦硯的；有首髮如蓬，被父母師長打趕的；有開了親身匣，取出玉琴焚之，痛哭一場的；有拔床頭劍自殺，被一女奪住的；有低頭呆想，把自家廷對文字三迴而讀的；有大笑拍案叫「命，命，命」的；有垂頭吐紅血的；有幾個長者費些買春錢，替一人解悶的；有讀自吟詩，忽然吟一句，把腳亂踢石頭的；有不許僮僕報榜上無名的；有外假氣悶，內露笑容，若曰應得者的；有真悲真憤，強作喜容笑面的。而那些榜上有名的，則有換新衣新履的；有強作不笑之面的；有壁上寫字的；有看自家試文，讀一千遍，袖之而出的；有替人悼嘆的；有故意說試官不濟的；有強他人看刊榜，他人心雖不欲，勉強看完的；有高談闊論，話今年一榜大公的；有自陳半夜夢讖的；有云這番文字不得意的。這些人物的醜態畢露，於百態中流露著滑稽與詼諧，對當時科舉作了極大的嘲諷。促使《西遊補》流露著詼諧滑稽，進而達到兼具風趣、尖刻與譏諷的藝術特點。

　　綜觀《西遊記》、《續西遊記》、《西遊補》、《後西遊記》四部小說，應當以《西遊記》最具詼諧幽默的特質，其在諧謔與風趣的表達上，以孫悟空與豬八戒的互動最能表現出來，不僅脫俗親切，又喜感十足，將獸頭獸腦卻又好耍小聰明的豬八戒，以及聰明機智又靈活好動的孫悟空結合在一起，達到

〔註125〕劉燕萍：《古典小說論稿——神話‧心理‧怪誕》（台北：臺灣商務印書館，2006年7月），頁178。

極高的喜劇效果，刻劃得極為成功，達到寓莊於諧的娛樂效果。若從笑話文學來看《西遊記》，該書與民間笑話實有相通之處，然所不同者，是民間笑話一般都較簡短，所欲闡述的也多僅侷限於一點，不及其餘，限制了它的思想深度。而《西遊記》的諧謔卻是一種整體的風格，其能涉筆成趣、笑料叢生，表現出莊諧並用、雋永有味的藝術風格，不僅在中國小說史上是罕見的，即使在世界文壇上亦足稱道。〔註126〕

〔註126〕劉勇強：《中國古代小說史敍論》（北京：北京大學出版社，2007年10月），頁281。

第七章 結 論

　　本篇論文從寓言文學的角度來進行研究，擇取《西遊記》及其三本續書為範圍，包括《西遊記》、《續西遊記》、《西遊補》、《後西遊記》。內容依次為「寓言」及「寓言小說」之界定；明清長篇寓言小說之分類；此四部小說之作者考、版本流傳、創作背景及淵源、主題寓意與寫作藝術研究。

　　共分為七章，第一章為緒論，分四部分說明本篇論文的研究動機與目的、相關研究文獻、研究範圍與版本、研究步驟與方法。第二章為明清長篇寓言小說概述，分為寓言及寓言小說界說、明清長篇寓言小說類型二部份進行說明。第三章為《西遊記》及其三本續書作者考與版本考，分為《西遊記》續書界定、《西遊記》及其三本續書作者考、《西遊記》及其三本續書版本考三部份。第四章為《西遊記》及其三本續書創作的背景淵源，分四個部份說明之，第一部份為政治黑暗腐敗，包括專制集權宦官弄權、內憂頻仍外患危殆、科舉取士之害、逐利拜金奢侈相競、沉溺宗教迷信。第二部份為儒釋道三教合流，包括小說中的儒釋道思想、小說中的佛道事件、小說中的佛道神譜。第三部份為時代思潮轉變，包括作家自覺、晚明個性解放思潮。第四部份為對前代文學之傳承，包括傳承說話、戲曲與平話，以及與其他文學之傳承。第五章為《西遊記》及其三本續書的寓意，先將歷年來學者的不同寓意主張作分類，並舉例說明之；次論析《西遊記》、《續西遊記》、《西遊補》及《後西遊記》之寓意；末則將此四部小說的寓意歸類為「寓意一『修心破情以證佛道』」、「寓意二『諷刺人性與社會亂象』」，並舉例說明論析之。第六章為《西遊記》及其三本續書的寫作藝術，分為四部份，第一部份為修辭技法豐富圓熟，包括擬人、誇飾、隱喻、象徵、雙關。第二部份為角色多樣琳瑯滿目，

包括人物角色、動物角色、植物角色、神仙角色、魔怪角色。第三部份為奇幻想像超現實性，包括擬人化、神魔精怪、法術寶器、奇幻異境。第四部份為形象生動詼諧幽默，包括人物形象生動、詼諧風趣筆法。其中人物形象生動，從人物之肖像描寫、語言描寫、行動描寫來論析。詼諧風趣從充滿童趣、對比性格與喜劇衝突、風趣遊戲筆墨、豁達樂觀的態度、不協調的怪誕情節來論述。第七章為結論，總結本論文的研究成果。

希冀經過以上的研究論述，能讓讀者從寓意及寫作藝術兩方面中，更清楚《西遊記》、《續西遊記》、《西遊補》及《後西遊記》的寓言小說特性，並對此四部小說的相關背景有更全面深入的瞭解。

對於寓言及寓言小說的界定經過一番探討之後，筆者認為故事性及寄託性是寓言最根本的兩大要素及屬性。寓言是以短篇的虛構故事，運用擬人和譬喻等手法來間接呈顯寓意，主要目的是藉由故事情節來進行諷喻勸誡和寄託哲理教訓。而寓言小說則兼具寓言及小說的特質，是一種富有寓言色彩的小說體裁，具備故事性及寄託性，並以小說形式來呈顯寄託之寓意，乃以故事情節、寄託寓意、小說體裁為要素，若欠缺其中一個要素，便不可稱之為寓言小說。至於寓言小說和寓言在寫作上的異同，其共同點，是經常根據物性做擬人化的虛構；並對反面人物的性格和行為作較多誇張的描繪。而相異處，是寓言小說屬小說體式，篇幅較長，有較複雜的情節結構，但寓言的故事體裁則較簡短，無法像短篇小說或長篇小說般在故事情節、寫作技巧、人物刻畫及環境塑造上作細膩豐富的描繪書寫，例如人物的刻劃，長篇小說趨向於圓形，而寓言則趨向扁平。且寓言因篇幅短小精悍，故事情節須儘量緊湊集中，常只交代事件重點，不必如長篇小說般鋪敘細節，又因敘述精簡，所以僅著重於高潮與結局，開端與發展可從簡，不必如長篇小說般講求故事情節的發展。寓言的對話亦簡潔有力，不用多餘的解說與議論，不似長篇小說常有許多小說人物或作者的意念闡發。又一般小說的主題思想可從故事情節中直接顯露出來，而寓言小說之意涵卻是借由虛構的故事及人物間接影射，而不直接說明表露，由讓讀者自己聯想，即藉由言在此而意在彼的方式來表達呈顯出來。

《西遊記》、《續西遊記》、《西遊補》、《後西遊記》既為寓言小說，就一定具備了寓言文學最重要的寓意及虛構故事，故在寓意及寫作藝術上，寓言小說應有別於一般小說。

　　在寓意上，本論文將此四部小說的寓意，歸類爲「寓意一『修心破情以證佛道』」、「寓意二『諷刺人性與社會亂象』」。認爲《西遊記》整部故事是以求取佛經爲主要情節，其中描寫許多佛教神佛和佛教經典，唐僧師徒最終取得佛經，並參悟佛道修成正果，然而書中除了濃厚的禪宗明心見性思想之外，還有許多道家修心煉性的描寫，以及儒家修身修心的意涵，從儒、釋、道三家的鋪敘來達到修煉心性的目的，是一部融合儒、釋、道之「心學」著作，但內容主要著重於佛教修心的層面。該書除了「修心」的意涵外，又從吳承恩作品的字裡行間，透露出對明代世風的不滿，並於小說事件中輔以明代時代背景作對照，認爲《西遊記》蘊含了吳承恩對明代世風的諷刺，批判意味濃厚。而《續西遊記》，從小說內容及書中序文的描寫中，可以看出該書的主旨在於修心、滅除機心，以達到「明心見性」的目的。書中所描繪的心魔都是由人性衍生而來，凸顯出人心與人性之黑暗面，其中亦具有諷刺性，尤其是針對僧人與官吏。故該書主要的寓意，是在闡明「明心見性」的思想，同時又具有「諷刺性」，著重在「諷人性」及「諷僧人官吏」上。《西遊補》是借孫悟空之夢而幻化出各種世態。書序中描寫「思夢、噩夢、正夢、懼夢、喜夢、寤夢」等幻夢，夢中包含了思念、噩耗、正氣、恐懼、喜色、醒悟等，這應該是作者創作《西遊補》的目的，希冀讀者能借由此六夢省悟人生，明瞭現實世界的一切都是幻象的佛理，故有證佛道之意味。除了「修心」、「破情悟道」之外，該書又具有譏彈明季世風的「諷刺」意涵，如第四回，看榜文人的醜態是對科舉文人的諷刺。又第九、十回，嚴懲秦檜的情節，似是對明朝奸宦魏忠賢的撻伐。故《西遊補》並非戲謔之作，除了具有「破情悟道」之寓意外，還具有對明代朝政的諷刺性。《後西遊記》則描繪了許多貪婪虛僞的佛門弟子，以及妄想因果、誤解佛法之徒，書中塑造出許多慾望之魔，如七十二塹、六賊、十惡、不老婆婆情欲、造化小兒的圈套等。該書採用原著《西遊記》般嘻笑怒罵、調侃、幽默和荒誕方式來呈顯圓通之道法，故帶有「修心證道」之意涵。書中關於七十二塹、六賊、十惡、不老婆婆情欲、造化小兒圈套等的描繪，便是強調慾望的束縛，藉以考驗心性，闡明禪宗「不立文字」、「即心即佛」、「自性自度」之佛教義理。除了對佛教義理的重視之外，作者亦強調儒家的仁義道德，有調和佛儒的意味。又具「諷刺性」，文中對專會咬文嚼字，外雖仁義，內實奸貪的世儒，以及佛教中聚斂財物、殘害民眾的僧徒極爲不滿。故作者雖然崇信儒佛思想，然其眞正用意，乃在於借

儒佛真諦來闡除當時社會之醜惡面相，而此也與明末社會思潮相符。

在寫作藝術上，本論文針對形式與內容兩部分進行論述，形式方面為「修辭技法豐富圓熟」，內容方面為「角色多樣琳瑯滿目」、「奇幻想像超現實性」、「形象生動詼諧幽默」。

在修辭技法豐富圓熟方面，大量的擬人描繪及誇張的法術變化場面，都讓小說充滿了豐富的想像力和趣味性。隱喻和象徵的運用亦別具特色，其隱喻分為「隱喻權貴欺壓」、「隱喻醜惡品性」、「隱喻貪財好利」、「隱喻科舉醜態」、「隱喻人心百樣」、「隱喻背逆佛理」、「暗喻性愛場面」，藉由這些隱喻，來揭開許多偽善的面目，進而譏諷嘲弄一番，達到發人深省的效果。象徵的運用上，《西遊記》有五聖關係之象徵、人物的象徵、事件的象徵及其他象徵。而《續西遊記》中所有的妖魔和災厄都是由唐僧師徒的機心所產生，這些妖魔都具有象徵寓意，許多是象徵著人的情緒、思想與倫常觀念的心理之魔，將「心理魔」與「倫理魔」構築於一個充滿強烈寓意的象徵上，亦即將人之心靈視為神與魔交戰的小天地，促使《續西遊記》充滿著強烈的寓言色彩。《西遊補》中許多的人物和事件亦都具有象徵性，其中諸多關於「情」的象徵，運用許多人和物來呈顯。《後西遊記》中除了唐半偈師徒四眾、大力鬼王、國妃玉面娘娘、黑孩兒太子及承襲自原書的人物之外，其餘的角色大多具有象徵意義。這些象徵性人物，體現了作者的理念思想，藉以達到諷刺和勸戒的警惕效用，顯示出作者在故事題材與人物設計上的獨到之處。在雙關的應用上，有運用諧音雙關、字音雙關、詞義雙關與借義雙關，表現突出。

除了以上關於寫作藝術的描寫之外，角色亦多樣豐富，具有變化神通的能力，即使是人物，亦有特異法術。其角色，運用了擬人手法，將動植物人格化；並加入神怪的元素，塑造出大量的神怪，讓小說充滿神奇虛幻的超現實色彩。可細分為人物、動物、植物、神仙、魔怪五大類。其中以動物角色居多，植物角色並不多。神仙角色分類為佛教神、道教神、自然神、列入神譜之其他諸神四類，其中以佛教神最多。魔怪則多由動物幻化而成，其中《西遊記》出現過的動物繁多，且妖魔神佛的原型本相亦多為動物。《續西遊記》中出現的動物亦非常多樣，而這些動物也都能幻化為妖魔鬼魂。《西遊補》中出現的動物則較少，除了鯖魚、行者、八戒、沙僧之外，其餘則都為陰間魔鬼。《後西遊記》中出現的動物較少，但其亦能幻化為神魔。

在充滿奇特幻想的超現實方面，不僅在於構成無所不包的光怪陸離世

界，也表現在自然與神怪的鬥爭與法術的施展上。如《西遊補》採用另一創作手法，跨越「思夢、噩夢、正夢、懼夢、喜夢、寤夢」及「青青世界、古人世界、未來世界」等「三界六夢」，來去自如，似夢似醒，令人分不清現實與夢境，眼花撩亂。綜觀《西遊記》、《續西遊記》、《西遊補》、《後西遊記》之所以能達到神奇的虛幻效果，其要素雖然不盡相同，但可概括為超現實描寫來探討，包括擬人化、神仙魔怪、法術寶器、奇幻異境等方面。

在形象生動詼諧幽默方面，《西遊記》、《續西遊記》、《西遊補》、《後西遊記》角色的肖像描寫，以《西遊記》中的「悟空」和「八戒」描寫得最為鮮明。對話描寫上，《西遊記》描寫得極為生動有趣，充滿人物語言個性化特徵，尤以孫悟空和豬八戒最為突出。《續西遊記》中的人物對話，取經五聖皆能從語言對話中凸顯人物性格特徵，其中「八戒」老實憨厚、「沙僧」恭敬務實、「玉龍馬」有不平之鳴之氣、「唐三藏」志誠慈悲、「孫行者」善機變。《西遊補》中的人物對話，以第九回「行者審秦檜」一段最為突出。《後西遊記》中的人物對話描寫，「唐半偈」、「豬一戒」、「沙彌」、「孫履真」皆相當成功。表現出「唐半偈」的心性慈悲；「豬一戒」的開朗主動，有團隊精神；「沙彌」的穩重務實，又帶有幽默感；「孫履真」的慈悲、細心，有解決問題的智慧與能力。在行動描寫上，八戒和虞美人描繪得栩栩如生，達到文藝創作的審美效果。綜觀《西遊記》、《續西遊記》、《西遊補》、《後西遊記》四書，其中《西遊記》中的悟空與八戒，悟空是猴精，聰明又神通廣大，能降妖捉怪；而八戒是豬怪，愚笨又膽小，故屢遭妖魔所擒，二者的性格有著強烈的對比性。從二者的肖像、語言、行動的對比來看，其形象塑造是極為成功的。在詼諧幽默方面，以《西遊記》及《西遊補》最富風趣的特質，其中以《西遊記》尤甚。《西遊記》常以詼諧的筆法和風趣的人物口吻來諷刺世情，讓讀者在帝王仙佛、天宮地獄和妖魔鬼怪的嘲謔中，獲得心理的愉悅和滿足，進而增進故事的戲謔性與風趣性。本論文從小說中充滿童趣、對比性格與喜劇衝突、豁達樂觀的態度、風趣的遊戲筆墨、不協調的怪誕情節來呈顯書中詼諧風趣的特質。觀《西遊記》、《續西遊記》、《西遊補》、《後西遊記》四部小說，當以《西遊記》最具詼諧幽默的特質，其在諧謔與風趣的表達上，以孫悟空與豬八戒的互動最能表現出來，不僅脫俗親切又喜感十足，將獸頭獸腦卻又好耍小聰明的豬八戒，以及聰明機智又靈活好動的孫悟空結合在一起，達到極高的喜劇效果，刻劃得極為成功，達到寓莊於諧的愉樂效果。

　　《西遊記》、《續西遊記》、《西遊補》、《後西遊記》作為寓言小說,實藉虛構的故事來呈顯旨趣,不僅能於文中見理,亦在虛構藝術上,塑造許多奇特的法術、寶器及環境,虛擬出不同的角色類型,讓小說能呈現幻中見真,真中見幻的特點。

　　由本論文的闡述來看,《西遊記》、《續西遊記》、《西遊補》、《後西遊記》在寫作藝術上確有獨到之處,尤其是《西遊記》題材的創新性,啓迪了明清通俗小說的創作,也促使神魔小說在萬曆後期迅速崛起。而在藝術成就方面,《西遊記》作者敢於揭示神佛的可笑之處,同時又運用幽默風趣的筆調來描寫,促使小說中的角色形象趨向生動性與圓形化。

　　晚清以後的西遊故事已非西遊取經的內容,創作上也跳脫古典小說的模式而自成一格,敘事的內容傳承了明清現實色彩,作者的創作態度明顯有遊戲筆墨之跡,作品有《也是西遊記》、冷血《新西遊記》、煮夢《新西遊記》、柏楊《雲遊記》、鄧偉雄《大話西遊》、童恩正《西遊新記》、《東遊新記》等。

　　如晚清《也是西遊記》的主題不同取經母題,寫孫悟空入羅刹女腹內,陰陽交融後生下一酷似孫悟空之孩童,取名為「第二孫行者」,玉帝恐其大鬧天宮,遂命栴檀尊者下凡成為小唐僧,以取經為由收了新猴,又網羅小沙僧和小八戒同往,從上海出發,延途出現了無線電話器、方針等許多西方科技產品,一行人因見到許多不可思議之事而洋相盡出,故《西遊記》的取經母題已完全消失,繼承的是嬉笑怒罵的風格,借遊戲筆墨寓諷刺之意。書中第八回末,陸士諤曾對此書作了結論:

> 《也是西遊記》八回,奚晃周先生遺著也。……第主人譎諫,旨在醒迷,涉筆詼諧,豈徒罵世。既有意激揚,吾又何妨遊戲。魂而有靈,默為何者歟!己酉十月青浦陸士諤識。〔註1〕

陸士諤認為《也是西遊記》是藉詼諧遊戲的筆法來寄託諷世之意。冷血(原名陳景韓)《新西遊記》,共五回,董文成依清宣統元年(1909)小說林鉛印的版本校點之。書中敘唐僧師徒四眾求得正果的一千三百年後,奉如來佛之旨至西牛賀洲考察新教,來到上海,見到電話、電線、電扇等許多新奇的事物,鬧出了許多笑話,該書故事性不強,卻充滿荒誕的筆法,書中提到:

> 《新西遊記》雖借《西遊記》中人名、事物以反演,然《西遊記》

〔註 1〕 內容介紹參見江蘇省社會科學中心編:《中國通俗小說總目提要》(北京:中國文聯出版公司,1990 年 2 月),頁 1154。

　　皆虛構，而《新西遊記》皆實事。以實事解釋虛構，作者實略寓祛

　　人迷信之意。〔註2〕

可見此書是作者借荒誕筆法記述實事，以寓托祛迷之深意，帶有寓言小說的
色彩。另煮夢的《新西遊記》，書敘唐三藏、孫悟空、豬八戒、沙悟淨等下凡
當學生，其言行舉止荒唐不稽，人物與主題與《西遊記》有諸多不同。〔註3〕

　　民國以後，有柏楊的《雲遊記》，該書為六〇年代的作品，於 1980 年重新
排版刊行，改名為《古國怪遇記》。〔註4〕此書取材於唐僧取經東歸後再度西
行出發的經歷。言唐僧回國後，成為皇帝寵臣而名噪一時，後來皇帝聽了趙
高的讒言而冷落唐僧，使唐僧差一點餓死於華山，在不得已之下，唐僧只好
再組朝聖團至車遲國朝聖。途中所歷之事卻賦予極大的諷刺，如「紅包國」
中，人們若中紅包寶物之毒，足以六親不認；「開會國」中，面對大敵當前，
只得一再開會商討對策，最後國中之人皆餓死於開會議程中；「詩人國」中，
牛魔王、粘魚精、黃袍怪皆成詩人，而且官階愈高者作詩愈佳。從這些情節
的安排，可見作者是在對社會亂象進行嘲諷。〔註5〕鄧偉雄的《大話西遊》，
寫唐僧一行人取經之後，因過度貪污導致名聲敗壞，只得再度西遊，沿途所
遇風土民情皆荒謬可笑，如「苦學城」中的孩子個個面容苦楚，戴著厚厚的
眼鏡，念念有詞，只為了升學；「面具城」中，人人皆戴著能呈顯忠厚、誠懇、
慈祥等面容的面具來表達自己，不戴者反而讓人視為離經叛道；「報告國」中，
凡事皆以報告代之，且報告中的內容不須實地訪查，僅寫出心得感想即可；「顧
曲城」中，一位當紅歌星過世，有許多冒稱是其友人，只為了賺取逝世紀念
品的商機。從這些情節的安排，可見書中雖套用《西遊記》的模式與人物，
其實是取材於現實社會中教育、政治、價值觀等偏差現象，借嬉笑怒罵來進
行強烈的諷刺，具有深刻的寓意。〔註6〕可見《西遊記》及其續書的文學魅力
及文學史上的影響性。

〔註2〕陳景韓著、董文成校點：《新西遊記》，收錄於《中國近代珍稀本小說》第 18
　　　　輯（瀋陽：春風文藝出版社，1997）。
〔註3〕煮夢的《新西遊記》存於《中國通俗小說總目提要》（北京：中國文聯出版公
　　　　司，1990 年 2 月）。
〔註4〕收錄於柏楊：《柏楊全集》（台北：遠流出版公司，2000）。
〔註5〕參考張素貞：〈遊走在神魔與歷史之間──論柏楊的《古國怪遇記》〉，收錄於
　　　　黎活仁等編：《柏楊的思想與文學──柏楊思想與文學國際學術研討會論文
　　　　集》（台北：遠流出版公司，2000），初版，頁 424～425。
〔註6〕鄧偉雄：《大話西遊》（台北：堯舜出版社，1983），初版。

　　本論文針對《西遊記》、《續西遊記》、《西遊補》及《後西遊記》四部小說，且著重於寓意及寫作藝術的研究，鑑往知來，對於未來研究的方向提出三點建議，即（一）、完整蒐輯明清長篇寓言小說，並作詳細分類。（二）、針對《西遊記》及其全部續書作整體研究。（三）、對《西遊記》及其續書作文學史評價及影響研究，以對《西遊記》及其續書有整體深入的瞭解。

參考書目

（依姓氏筆劃數由少至多排序）

一、書　籍

（一）小說版本

1. 《繡像繪圖後西遊記》（上海：上海進步書局石印本，1921）。

2. 天花才子評點：《後西遊記》（長沙：岳麓書社，2000 年 1 月），第 1 版。

3. 天花才子點評點：《後西遊記》（台北：老古文化公司，庚申 1980 年 8 月），初版。

4. 古本小說委員會編：《古本小說集成》本《西遊真詮》（上海：上海古籍出版社，1990 年 8 月，據上海古籍出版社所藏乾隆四十五年庚子 1780 年刊本影印），第 1 版。

5. 古本小說集成編委會編：《古本小說集成》本《八仙出處東遊記》（上海：上海古籍出版社，1990 年 8 月），第 1 版。

6. 古本小說集成編委會編：《古本小說集成》本《西遊記》（上海：上海古籍出版社，1990 年 8 月），第 1 版。

7. 古本小說集成編委會編：《古本小說集成》本《西遊補》（上海：上海古籍出版社，1990），第 1 版。

8. 古本小說集成編委會編：《古本小說集成》本《李卓吾先生批評西遊記》（上海：上海古籍出版社，1990 年 8 月），第 1 版。

9. 古本小說集成編委會編：《古本小說集成》本《後西遊記》（上海：上海古籍出版社，1990 年 8 月），第 1 版。

10. 古本小說集成編委會編：《古本小說集成》本《新刻出像官板大字西遊記》（上海：上海古籍出版社，1990 年 8 月），第 1 版。

11. 古本小說集成編委會編：《古本小說集成》本《新說西遊記》（上海：上

海古籍出版社，1990），第 1 版。

12. 古本小說集成編委會編：《古本小說集成》本《續西遊記》（上海：上海古籍出版社，1990 年 8 月），第 1 版。

13. 未題撰人、固亮校點：《後西遊記》（北京：寶文堂書店，1989 年 11 月），第 1 版。

14. 朱傳譽主編：《罕本中國通俗小說叢刊》（台北：天一出版社，1975 年 6 月），初版。

15. 作者未詳：《後西遊記》（瀋陽：春風文藝出版社，1982 年 2 月）。

16. 吳承恩：《西遊記校注》（台北：里仁書局，1996），第 1 版。

17. 吳承恩：《西遊記》（台北：台灣古籍出版有限公司，2005 年 5 月），初版。

18. 吳承恩：《西遊記》（台北：桂冠圖書公司，1994 年 7 月），再版。

19. 吳承恩：《西遊記》（圖文本）（上海：上海古籍出版社，2006 年 10 月）。

20. 吳承恩著，李卓吾、黃周星評：《西遊記》（山東：山東文藝出版社，1996 年 2 月），第 1 版。

21. 吳承恩著，徐少知校，周中明、朱彤注，《西遊記校注》（台北：里仁書局，1996 年 2 月）。

22. 吳承恩著，黃永年、黃壽成點校：《西遊記》（北京：中華書局，1993 年 10 月），第 1 版。

23. 吳承恩著、李卓吾評點：《李卓吾先生批評西遊記》（鄭州：中州書畫社，1983），第 1 版。

24. 李安綱：《新評新校西遊記》（太原市：山西古籍出版社，1995），第 1 版。

25. 李志常：《長春眞人西遊記》（北京：中華書局，1985），新 1 版。

26. 季跪：《續西遊記》（瀋陽：春風文藝出版社，1986 年 7 月），第 1 版。

27. 季跪撰；鍾夫、世平標點，《續西遊記》（中和：建宏出版社，1995 年 7 月），初版。

28. 柏楊：《雲遊記》，收錄於柏楊，《柏楊全集》（台北：遠流出版社，2000）。

29. 國立政治大學古典小說研究中心主編：《明清善本小說叢刊初編》（台北：天一出版社，1985 年 5 月）。

30. 陳景韓著（筆名冷血）、董文成校點：《新西遊記》，收錄於《中國近代珍稀本小說》第 18 輯（瀋陽：春風文藝出版社，1997）。

31. 陳景韓著、董文成校點：《新西遊記》，收錄於《中國近代珍稀本小說》第 18 輯（瀋陽：春風文藝出版社，1997）。

32. 無名氏著、徐元校點：《後西遊記》（浙江：浙江文藝出版社，1985 年 12 月），第 1 版。

33. 黃周星定本：《西遊證道書》（北京：中華書局，1993 年 10 月），第 1 版。

34. 經莉、陳湛綺等編：《綉像珍本集》（北京：全國圖書館文獻縮微復制中心，2009 年 3 月）。

35. 董說：《西遊補》（北京：文學古籍刊行社據明崇禎刊本重印，1955 年 6 月），第 1 版。

36. 董說：《西遊補》（台北：河洛圖書出版社，1978 年 5 月），初版。

37. 董說著、楊家駱主編：《西遊補》（台北：世界書局，1983 年 12 月），第 3 版。

38. 蒲松齡：《聊齋誌異》（台北：漢京文化，1984 年 4 月）。

39. 劉一平編：《北京圖書館藏珍本小說叢刊》（北京：北京書目文獻出版社，1996 年 3 月）。

40. 鄧偉雄：《大話西遊》（台北：堯舜出版社，1983），初版。

（二）專　書

1、小說類論著

1. 大連圖書館參考部編：《明清小說序跋選》（瀋陽：春風文藝出版社，1983 年 5 月），第 1 版。

2. 大塚秀高：《中國通俗小說書目改訂稿》（台北：城邦文化，2003）。

3. 大塚秀高：《增補中國通俗小說書目》（東京：日本東京汲古書院，1987 年 5 月 15 日）。

4. 中國古典文學研究會主編：《古典文學第十五集》（台北：臺灣學生書局，2000 年 9 月），初版

5. 王文濡輯：《說庫》（上海：文明書局，1915）。

6. 王以炤編：《王以炤存中國通俗小說書目》，無版權頁，版權項不詳。

7. 王旭川：《中國小說續書研究》（上海：學林出版社，2004 年 5 月），第 1 版。

8. 王定璋：《白話小說：從群體流傳到作家創造的社會圖卷》（桂林：廣西師範大學出版社，1999 年 7 月），第 1 版。

9. 王國光：《《西遊記》別論》（上海：學林出版社，1990 年 2 月），第 1 版。

10. 王增斌、田同旭：《中國古代小說通論綜解》（北京：中國文聯出版公司，1999 年 1 月），第 1 版。

11. 幼獅月刊編輯委員會主編：《中國古典小說論集》第 2 輯（台北：幼獅文化事業公司，1982），第 3 版。

12. 玄奘口述、辯機筆錄：《大唐西域記》（台北：商周出版社，2005），初版。

13. 朱一玄、劉毓忱編：《《西遊記》資料彙編》（天津：南開大學出版社，2002 年 12 月），第 1 版。

14. 朱一玄編：《《金瓶梅》資料彙編》（天津：南開大學出版社，2002 年 6 月），第 1 版。

15. 江蘇省社會科學院文學研究所編：《明清小說研究》第 1 輯（北京：中國文聯出版公司，1985 年 8 月），第 1 次印刷。

16. 江蘇省社會科學院明清小說研究中心文學研究所編：《中國通俗小說總目提要》，北京：中國文聯出版公司，1990 年 2 月），第 1 版。

17. 西遊記文化學刊編委會：《西遊記文化學刊》【1】（北京：東方出版社，1998）。

18. 何滿子：《《西遊記》研究》（江蘇：古籍出版社，1984），第 1 版。

19. 何錫章：《幻象世界中的文化與人生──《西遊記》》（雲南：雲南人民出版社，1999 年 6 月），第 1 版。

20. 余國藩著、李奭學編譯：《《紅樓夢》、《西遊記》與其他》（北京：生活、讀書、新知三聯書店，2006 年 10 月），第 1 版。

21. 余國藩著、李奭學編譯：《余國藩《西遊記》論集》（台北：聯經出版事業公司，1989），初版。

22. 作家出版社編輯部編：《《西遊記》研究論文集》（北京：作家出版社，1957 年，）第 1 版。

23. 吳宏一主編，徐志平、黃錦珠著：《明清小說》（台北：黎明文化事業公司，1997 年 4 月），初版。

24. 吳邨：《200 種中國通俗小說述要》（台北：漢欣文化事業公司，1990 年 9 月），初版。

25. 吳淳邦：《清代長篇諷刺小說研究》（北京：北京大學出版社，1995 年 12 月），第 1 版。

26. 吳組緗：《中國小說研究論集》（北京：北京大學出版社，1998 年 1 月），第 1 版。

27. 吳聖昔：《西遊新解》（北京：中國文聯出版公司，1989），第 1 版。

28. 吳達芸：《《後西遊記》研究》（台北：華正書局，1991 年 7 月），初版。

29. 李辰冬：《三國、水滸與西遊》（台北：水牛出版社，1977 年 6 月），初版。

30. 李忠昌：《古代小說續書漫話》（瀋陽：遼寧教育出版社，1992 年 10 月），第 1 版。

31. 李保均：《明清小說比較研究》（成都：四川大學出版社，1996 年 10 月），初版。

32. 李時人、蔡鏡浩校注：《大唐三藏取經詩話》（北京：中華書局，1997 年 12 月），第 1 版。

33. 李時人：《西遊記考論》（杭州：浙江古籍出版社，1991 年 3 月），第 1 版。

34. 李夢生：《中國禁毀小說百話》（增訂本）（上海：上海世紀出版公司，2006年4月），第1版。

35. 李漢秋、胡益民：《清代小說》（合肥：安徽教育出版社，1997），第1版。

36. 沈承慶：《話說吳承恩——《西遊記》作者問題揭秘》（北京：北京圖書館出版社，2000年7月），第1版。

37. 周文志：《看破西遊記》（昆明：雲南人民出版社，1999年12月），第1版。

38. 周光培編：《歷代筆記小說集成・元代筆記小說》（石家莊：河北教育出版社，1994年4月），第1版。

39. 屈小強：《《西遊記》中的懸案》（成都：四川人民出版社，1994年6月），第1版。

40. 林庚：《西遊記漫話》（北京：北京出版社，2004年1月），第1版。

41. 金榮華：《民間故事論集》（台北：三民書局，1997年6月），初版。

42. 金鑫榮：《明清諷刺小說研究》（南京：鳳凰出版社，2007年12月），第1版。

43. 阿英：《小說閑談》（上海：上海古籍出版社，1985），初版。

44. 阿英：《晚清文學叢鈔小說戲曲卷》（台北：新文豐出版公司，1989年4月）。

45. 俞曉紅：《古代白話小說研究》（合肥：安徽人民出版社，2005年8月），第1版。

46. 姜宗妊：《談夢——以中國古代夢觀念評析唐代小說》（天津：南開大學出版社，2006年9月），第1版。

47. 春風文藝出版社編：《明清小說論叢》（瀋陽：春風文藝出版社，1986年6月），第1版。

48. 柳存仁：《全真教與小說《西遊記》》，見《和風堂文集》（上海：上海古籍出版社，1991）

49. 柳存仁：《倫敦所見中國小說書目提要》（北京：北京書目文獻出版社，1982年12月），北京第1版。

50. 紀曉嵐：《閱微草堂筆記》（台南：第一書店，1985年6月），再版。

51. 胡光舟：《吳承恩和《西遊記》》（上海：上海古籍出版社，1978年9月），第1版。

52. 胡益民、李漢秋：《清代小說》（合肥：安徽教育出版社，1997年10月）。

53. 胡適：《《西遊記》考證》（台北：遠流出版公司，1986年5月），初版。

54. 胡適：《中國章回小說考證》（合肥：安徽教育出版社，2006年8月），第2版。

55. 苗壯：《中國歷代小說辭典》（雲南：人民出版社，1993 年 3 月）。

56. 茅盾：《神話雜論》（台北：世界書局，1929）。

57. 夏志清：《中國古典小說導論》（合肥：安徽文藝出版社，1994 年 5 月），第 1 版。

58. 夏志清等著：《中國古典小說論集第二輯》（台北：幼獅文化事業公司，1988 年 7 月），第 5 版。

59. 夏志清著、胡益民等譯：《中國古典小說史論》（南昌：江西人民出版社，2001）。

60. 孫楷第：《中國通俗小說書目》（重訂本）（北京：人民文學出版社，1982 年 12 月），北京新 1 版第 1 次印刷。

61. 孫楷第：《日本東京所見中國小說書目》（北京：人民文學出版社 1958 年 5 月），北京第 1 版。

62. 孫遜、孫菊園：《明清小說叢稿》（台北：中國文化大學出版部，1992 年 9 月），第 1 版。

63. 徐朔方：《小說考信編》（上海：上海古籍出版社，1997 年 10 月），第 1 版。

64. 徐揚尚：《明清經典小說重讀——尋找失落的傳統》（北京：中國社會科學出版社，2006 年 6 月），第 1 版。

65. 皋于厚：《明清小說的文化審視》（北京：學苑出版社，2004 年 12 月），第 1 版。

66. 袁珂：《神話論文集》（台北：漢京文化公司，1987 年 1 月）。

67. 高玉海：《古代小說續書序跋釋論》（北京：中國社會科學出版社，2007 年 5 月），第 1 版。

68. 張易克：《《西遊記》研究》（高雄：學術擂台出版社，1998 年 3 月），初版。

69. 張錦池：《《西遊記》考論》（哈爾濱：黑龍江教育出版社，1997 年 2 月），第 1 版。

70. 張靜二：《《西遊記》人物研究》（台北：學生書局，1984 年 8 月），初版。

71. 梁歸智：《禪在紅樓第幾層》（北京：中國人民大學出版社，2007 年 3 月），第 1 版。

72. 梅新林、崔小敬編：《20 世紀《西遊記》研究》（北京：文化藝術出版社，2008 年 10 月），第 1 版。

73. 陳大康：《古代小說研究及方法》（北京：中華書局，2006 年 12 月），第 1 版。

74. 陳文新、魯小俊、王同舟：《明清章回小說流派研究》（湖北：武漢大學出版社，2003 年 7 月），第 1 版。

75. 陳平原、夏曉虹編：《二十世紀中國小說理論資料》（1897～1916）第 1 卷（北京：北京大學出版社，1997 年 2 月），第 1 版。

76. 陳敦甫：《《西遊記》釋義》（台北：全眞教出版社，1976 年 10 月），初版。

77. 傅世怡：《《西遊補》初探》（台北：臺灣學生書局，1986 年 2 月），初版。

78. 程毅中：《宋元小說研究》（南京：江蘇古籍出版社，1998）。

79. 程毅中：《明代小說叢稿》（北京：人民文學出版社，2006 年 12 月），北京第 1 版。

80. 超然：《《西遊記》探源》（北京：民族出版社，2005 年 1 月），第 1 版。

81. 黃子平：《中國小說與宗教》（香港九龍：中華書局，1998 年 8 月），初版。

82. 黃清泉、蔣松源、譚邦和：《明清小說的藝術世界》（台北：洪葉文化事業公司，1995 年 5 月），初版。

83. 黃鈞：《新譯《搜神記》》（台北：三民書局，2000 年 4 月），初版。

84. 黃慶萱：《與君細論文》（台北：東大圖書公司，1999 年 3 月），初版。

85. 黃霖、楊紅彬：《明代小說》（合肥：安徽教育出版社，2001）。

86. 楊利慧：《女媧的神話與信仰》（北京：中國社會科學出版社，1997 年 12 月），第 1 版。

87. 楊家駱編：《吳承恩集》（台北：世界書局，1984），初版，

88. 蒲安迪：《明代小說四大奇書》（北京：中國和平出版社，1993 年 10 月），第 1 版。

89. 趙景深：《中國古典小說戲曲論集》（上海：上海古籍出版社，1985）。

90. 齊裕焜：《明清小說》（上海：上海古籍出版社，1998 年 12 月），第 1 次。

91. 劉世德、陳慶浩、石昌渝編：《古本小說叢刊》（北京：中華書局，1991 年 6 月），第 1 版。

92. 劉世德：《中國古代小說研究》（上海：上海古籍出版社，1983 年 5 月），第 1 版。

93. 劉勇強：《《西遊記》論要》（台北：文津出版社，1991 年 3 月），初版。

94. 劉炳澤、王春桂：《中國通俗小說概論》（台北：志一出版社，1999）。

95. 劉耿大：《《西遊記》迷境探幽》（上海：學林出版社，1998 年 5 月），第 1 版。

96. 劉復：《《西遊補》作者董若雨傳》（附錄董說《西遊補》）（台北：河洛圖書出飯社，1978 年 5 月），初版。

97. 劉葉秋、朱一玄、張守謙、姜東賦主編：《中國古典小說大辭典》（石家莊：河北人民出版社，1998 年 7 月），第 1 版。

98. 劉蔭柏：《《西遊記》研究資料》（上海：上海古籍出版社，1990 年 8 月），

第 1 版。

99. 劉蔭柏：《《西遊記》發微》（台北：文津出版社，1995 年 9 月），初版。

100. 劉燕萍，《古典小說論稿——神話・心理・怪誕》（台北：臺灣商務印書館，2006 年 7 月），初版。

101. 歐陽健：《明清小說采正》（台北：貫雅文化出版社，1992 年 1 月），初版。

102. 蔡鐵鷹：《覗・西遊——70 個你所不知道的《西遊記》之謎》（台北：咖啡田文化館，2005 年 1 月），初版。

103. 蔣瑞藻：《小說考證》（上海：上海古籍出版社，1984 年 7 月），第 1 版。

104. 鄭明娳：《《西遊記》探源》（台北：里仁書局，2003），初版。

105. 鄭明娳：《古典小說藝術新探》（台北：時報文化出版公司，1987 年 12 月）。

106. 魯迅：《小說舊聞鈔》（山東：齊魯書社，1997 年 11 月），第 1 版。

107. 魯迅：《古小說鉤沉》（上海：魯迅先生紀念委員會編，1947）。

108. 鍾嬰：《《西遊記》新話》（瀋陽市：遼寧教育出版社，1992 年 10 月），第 1 版。

109. 聶紺弩：《中國古典小說論集》（上海：復旦大學出版社，2005 年 5 月），初版。

110. 薩孟武：《《西遊記》與中國古代政治》（台北：三民書局，1984 年 1 月）。

111. 魏鑒勛：《名著迭出——清代小說芻議》（瀋陽：遼寧人民出版社，1997 年 8 月，）第 1 版。

112. 譚正璧：《古來稀見小說匯考》（杭州：浙江文藝出版社，1984），初版。

113. 蘇興：《《西遊記》及明清小說研究——試論《後西遊記》》（上海：上海古籍出版社，1989），第 1 版。

114. 顧青、韓秋白：《中國小說史》（台北：文津出版社，1995 年 6 月），初版。

115. 龔鵬程：《中國小說史論》（台北：學生書局，2003 年 8 月），初版。

2、史學類論著

1. 《天一閣藏明代方志選刊續編》（上海：上海書店，1990 年 12 月），第 1 版。

2. 《叢書集成續編》（上海：上海書店，1994 年 6 月）。

3. 丁晏：《石亭紀事》（台北：藝文印書館，年 1971），據清咸豐至同治間山陽丁氏六藝堂刊同治元年彙印本影印。

4. 中國社科院文學研究所：《中國文學史》（北京：人民文學出版社，1991 年 5 月），第 1 版。

5. 方尚祖纂修：《淮安府志》（明代天啓【1621～1627】刊清順治五年【1648】

印本）。

6. 牛建強：《明代中後期社會變遷研究》（台北：文津出版社，1997 年 8 月）。

7. 王夢鷗等合著：《中國文學的發展概述》（台北：中央文物供應社，1982 年 9 月），初版。

8. 令狐德棻等撰：《周書》第 1 冊（北京：中華書局，1971），第 1 版。

9. 余繼登：《典故紀聞》（北京：中華書局，1981），第 1 版。

10. 李文治：《晚明流寇》（台北：食貨出版社，1983 年 8 月），初版。

11. 李庚：《中國文學簡史》（台北：五南圖書公司，2002 年 1 月），初版。

12. 李盾：《中國古代小說演進史》（台北：文津出版社，1990 年 10 月），初版。

13. 李修生、趙義山：《中國分體文學史：小說卷》（上海：上海古籍出版社，2001），第 1 版。

14. 李悔吾：《中國小說史》（台北：洪葉文化事業有限公司，1995 年 4 月），初版。

15. 李悔吾：《中國小說史漫稿》（武漢：湖北教育出版社，2001），第 3 版。

16. 李喬：《清代官場圖記》（北京：中華書局，2005 年 4 月），第 1 版。

17. 李富軒、李燕：《中國古代寓言史》（台北，漢威出版社，2001 年 4 月）。

18. 李劍國：《中國小說通史》（北京：高等教育出版社，2007 年 6 月），第 1 版。

19. 杜繼文、魏道儒：《中國禪宗通史》（南京：江蘇古籍出版社 1995 年 2 月）。

20. 沈德符：《萬曆野獲編》（北京：中華書局，1959），第 1 版。

21. 谷應泰：《明史紀事本末》（北京：中華書局，1997）。

22. 周駿富輯：《明代傳記叢刊》（台北：明文書局，1991 年 1 月～1991 年 10 月），初版。

23. 周駿富輯：《清代傳記叢刊》（台北：明文書局，1985 年 5 月 10 日～1986 年 1 月 10 日），初版。

24. 孟森：《明清史講義》（北京：中華書局，1981 年 1 月）。

25. 孟瑤：《中國小說史》（台北：傳記文學出版社，1986 年 1 月 1 月 15 日）。

26. 林辰：《神怪小說史》（杭州：浙江古籍出版社，1998 年 12 月），第 1 版。

27. 林庚：《中國文學簡史》（台北：五南圖書出版公司，2002 年 1 月），初版。

28. 金啓華：《新編中國文學簡史》（中州：中州古籍書社，1989 年 1 月），第 1 版。游國恩：《中國文學史》（香港：三聯書局，1990 年 7 月），第 1 版。

29. 阿英：《晚清小說史》（北京：作家出版社，1955 年 8 月）。

30. 前嶋信次著、李君奭譯：《玄奘三藏》（台北：李君奭出版，1971 年 12 月，專心文庫第 1 輯），初版。

31. 洪修平:《中國禪學思想史》(台北:文津出版社,1994 年 4 月)。

32. 胡雲翼:《中國文學史》(台北:三民書局,1966 年 8 月)。

33. 胡適:《白話文學史》(台北:東方出版社,1996),第 1 版。

34. 徐君慧:《中國文學史》(南寧:廣西教育出版社,1991 年 12 月),第 1 版。

35. 袁行霈、吳燕萍:《中國文學史》(台北:五南圖書公司,2003 年 1 月),初版。

36. 馬基高、黃均:《中國古代文學史》(台北:萬卷樓圖書公司,1998 年 7 月),初版。

37. 張廷玉等撰:《明史》(台北:鼎文書局,1975 年 6 月),臺 1 版。

38. 張其昀:《中國文學史論集》(台北:中華文化出版委員會,1958 年 4 月),初版。葉慶炳:《中國文學史》(台北:臺灣學生書局,1987 年 8 月)。

39. 張俊:《清代小說史》(杭州:浙江古籍出版社,1997 年 6 月),第 1 版。

40. 張國風:《中國古代小說史話》(北京:商務印書館,1996 年 12 月),第 1 版。

41. 張曼濤:《明清佛教史篇》(台北:大乘文化出版社,1977 年 11 月)。

42. 清史稿校著編纂小組:《清史稿校著》(台北縣:台北縣國史館,1986 年 2 月～1991 年 6 月)。

43. 章培垣、駱玉明:《中國文學史》(上海:復旦大學出版社,1997 年 4 月),初版。

44. 陳大康:《明代小說史》(北京:人民文學出版社,2007 年 4 月),北京第 1 版。

45. 陳文新:《文言小說審美發展史》(武漢:武漢大學出版社,2002 年 10 月),第 1 版。

46. 陳文燭撰,明郭大綸、于時保、馮鑲、諸大倫等同修:《淮安府志》(上海:上海書店,1990 年 12 月),第 1 版。

47. 陳邦俊輯:《廣諧史》(台南縣:莊嚴文化事業有限公司,1995),初版。

48. 陳炎、王小舒:《中國審美文化史——唐宋卷、元明清卷》(濟南:山東畫報出版社,2007 年 9 月),第 1 版。

49. 陳洪謨:《繼世紀聞》(北京:中華書局,1985)。

50. 陳美林、馮保善、李忠明:《章回小說史》(浙江:浙江古籍出版社,1998 年 12),第 1 版。

51. 陳捷先:《明清史》(台北:三民書局,1990),初版。

52. 陳蒲清:《中國古代寓言史》(湖南:湖南教育出版社,1996 年 10 月),第 2 版。

53. 陸以湉：《冷廬雜識》（北京：中華書局，1984 年 1 月），第 1 版。

54. 游國恩：《中國文學史》（香港：三聯書局，1990 年 7 月）。

55. 馮天瑜：《明清文化史札記》（上海：上海人民出版社，2006 年 12 月），第 1 版。

56. 黃仁宇：《中國大歷史》（台北：聯經出版社，1994 年 7 月），初版。

57. 黃仁宇：《萬曆十五年》（台北：台灣食貨出版社，1994 年 1 月），增訂 2 版。

58. 黃公偉：《中國文學史》（台北：帕米爾書店，1967 年 8 月）。

59. 黃彰健校勘：《明世宗實錄》（據中央研究院歷史語言研究所民國五十一年刊本縮編）。

60. 楊國楨、陳支平：《明史新編》（台北：昭明出版社，1999 年 9 月）。

61. 葉慶炳：《中國文學史》（台北：學生書局，1997）。

62. 蔡曉芹：《科舉》（重慶：重慶出版社，2007 年 1 月），第 1 版。

63. 趙爾巽：《清史稿》（北京：中華書局，1986），第 1 版。

64. 趙翼：《廿二史箚記》（台北：王記書坊，1984）。

65. 齊裕昆：《中國古代小說演變史》（蘭州：敦煌文藝出版社，2002），第 3 版。

66. 齊裕焜、陳慧琴：《鏡與劍──中國諷刺小說史略》（台北：文津出版社，1995 年 9 月），初版。

67. 齊裕焜：《明代小說史》（杭州：浙江古籍出版社，1997 年 6 月），第 1 版。

68. 劉大杰：《中國文學史》（台北：漢京文化事業有限公司，1992 年 6 月 20 日），台版 1 刷。

69. 劉勇強：《中國古代小說史敘論》（北京：北京大學出版社，2007 年 10 月），第 1 版。

70. 劉昫等撰、楊家駱主編：《新校本《舊唐書》》（台北：鼎文書局，1976），第 5 版。

71. 慧立、彥悰著，孫毓棠、謝方點校：《大慈恩寺三藏法師傳》（北京：中華書局，2000 年 4 月），第 1 版。

72. 歐陽修：《于役志》，清康熙間刊本五朝小說本。

73. 歐陽健：《中國神怪小說通史》（南京：江蘇教育出版社，1997 年 8 月），第 1 版。

74. 鄭天挺：《清史》（台北：昭明出版社，1999 年 9 月），第 1 版。

75. 鄭振鐸：《插圖本中國文學史》（北京：人民文學出版社，1982 年 3 月），第 1 版。胡雲翼：《中國文學史》（台北：三民書局，1966 年 8 月），第 1 版。

76. 魯迅：《中國小說史略》（釋評本）（上海：上海文化出版社，2005 年 1 月），第 1 版。

77. 凝溪：《中國寓言文學史》（昆明：雲南人民出版社，1992 年 1 月），第 1 版。

78. 閻崇年：《明亡清興六十年》（台北：聯經出版社，2007 年 5 月），初版。

79. 錢念孫：《中國文學演義》（上海：上海文藝出版社，1996 年 11 月），第 1 版。

80. 韓秋白、顧青：《中國小說史》（台北：文津出版社，1995 年 6 月），初版。

81. 魏收：《魏書》（北京：中華書局，1985 年 10 月）。

82. 譚正璧：《中國小說發達史》（台北：啟業書局，1973 年 3 月）。

83. 譚邦和：《明清小說史》（上海：上海古籍出版社，2006 年 12 月），第 1 版。

3、哲學類論著

1. 王先謙：《莊子集解》（台北：文津出版社，1988 年 8 月）。

2. 王陽明：《傳習錄》（台北：柏室科技藝術出版，2006），初版。

3. 史次耘註譯：《《孟子》今註今譯》（台北：臺灣商務印書館，1995），初版。

4. 伍守陽：《天仙正理》（台北：新文豐出版社，1978 年 2 月），初版。

5. 朱熹：《四書集註》（台南：東海出版社，1976 年 2 月），初版。

6. 呂宗力、欒保群：《中國民間諸神》（台北：臺灣學生書局，1991 年 10 月），初版。

7. 宋兆麟：《中國民間神像》（台北：漢揚出版社，1995）。

8. 李叔還：《道教大辭典》（台北：巨流圖書公司，1979）。

9. 林希逸：《莊子口義》（台北：弘道文化事業有限公司，1971）。

10. 宣穎：《南華經解》（上海：上海古籍出版社，2002）。

11. 烏丙安：《中國民間神譜》（瀋陽：遼寧人民出版社，2007 年 6 月），第 1 版。

12. 馬書田：《中國道教諸神》（北京：團結出版社，1996 年 4 月），第 1 版。

13. 郭象注、成玄英疏、郭慶藩集釋：《《莊子》集釋》（台北：廣文書局，1971）。

14. 郭象註：《莊子》（台北：藝文印書館，2000 年 12 月），初版。

15. 郭慶藩：《《莊子》集釋》（台北：木鐸出版社，1982 年 9 月），初版。

16. 陳伯海：《近四百年中國文學思潮》（上海：東方出版中心，2007 年 8 月），第 2 版第 1 次印刷。

17. 彭致中編：《鳴鶴餘音》，收錄於《正統道藏》（台北：藝文印書館，1962）。

18. 程顥、程頤：《二程集》（北京：中華書局，1981），初版。

19. 黃錦鋐：《新譯《莊子》讀本》（台北：三民書局，1989 年 10 月），第 9 版。

20. 楊起元輯：《諸經品節》（台南柳營鄉：莊嚴文化事業有限公司，1995），初板。

21. 鄭志明：《中國社會的神話思維》（台北：谷風出版社，1993 年 6 月），初版。

22. 鄭志明：《神明的由來──中國篇》（嘉義，南華管理學院，1997 年 10 月），初版。

23. 羅宗強：《明代後期士人心態研究》（天津：南開大學出版社，2006 年 6 月），第 1 版。

4、文學寫作論著

1. 方祖燊：《小說結構》（台北：東大圖書公司，1995 年 10 月），初版。

2. 王先霈：《小說大辭典》（小說理論）（長江文藝出版社，1991 年 18 月），第 1 版。

3. 何滿子、李時人：《明清小說鑒賞辭典》（浙江：浙江古籍出版社，1994 年 11 月），第 1 版。

4. 何滿子：《古代小說藝術漫話》（瀋陽：遼寧教育出版社，1992）。

5. 佛斯特（E. M. Forstor）著、李文彬譯：《小說面面觀》（台北：志文出版社，1998 年 11 月），新版 2 刷。

6. 吳功正：《小說美學》（南京：江蘇人民出版社，1985）。

7. 李辰冬：《文學欣賞的新途徑》（台北：三民書局，1970），初版。

8. 李初喬：《寫作大辭典》（上海：漢語大詞典出版社，2003 年 8 月），第 1 版。

9. 李喬：《小說入門》（台北：大安出版社，1998 年 10 月），第 1 版。

10. 周中明：《中國的小說藝術》（台北：貫雅文化事業公司，1994 年 1 月），第 1 版。

11. 周英雄：《小說・歷史・心理・人物》（台北：東大圖書，1989 年 3 月），初版。

12. 金健人：《小說結構美學》（台北：木鐸出版社，1988 年 9 月），初版。

13. 姚一葦：《美的範疇論》（台灣：開明書局，1978），初版。

14. 洪炎秋：《文學概論》（台北：中國文化大學出版部，1991 年 12 月），新 5 版。

15. 張健：《文學概論》（台北：五南書局出版公司，1983），初版。

16. 陳平原：《小說史：理論與實踐》（北京：北京大學出版社，1999）。

17. 陳正治：《修辭學》（台北：五南圖書有限公司，2001 年 9 月），初版。

18. 陸志平、吳功正：《小說美學》（台北：五南出版社，1993 年 11 月），初版。

19. 傅騰霄：《小說技巧》（北京：中國青年出版社，1997），第 1 版。

20. 黃慶萱：《修辭學》（台北：三民書局，1975 年 1 月），初版。

21. 黃霖等編：《古代小說鑑賞辭典》（上海：上海辭書出版社，2004 年 12 月），第 1 版。

22. 楊昌年：《現代小說》（台北，三民書局，1997 年 5 月）。

23. 董乃斌等編：《古代小說鑑賞辭典》（上海：上海辭書出版社，2004 年 5 月），第 1 版。

24. 錢谷融、魯樞元：《文學心理學》（台北：新學識文教出版中心，1990 年 9 月），初版。

25. 魏飴：《小說鑑賞入門》（台北：萬卷樓圖書有限公司，1999），第 1 版。

26. 龔鵬程：《文學與美學》（台北：業強出版社，1995）。

5、其他論著

1. 《永樂大典》殘卷（北京：中華書局影本，1960）。

2. 《新書簡報》（台北：新興書局，1977）。

3. 上海古籍出版社編：《古典文學三百題》（台北：建宏出版社，1993 年 11 月），初版。

4. 中國戲曲研究院編：《中國古典戲曲論著集成（三）》（北京：中國戲劇出版社，1959 年 7 月），第 1 版。

5. 方瑜：《昨夜微霜》（台北：九歌出版社，1980 年 7 月），初版。

6. 王雲五主編：《萬有文庫第二集七百種》（上海：商務印書館，1937 年 12 月），初版。

7. 北京書目文獻出版社編：《文獻》（北京：北京書目文獻出版社，1983 年 6 月），第 1 版。

8. 北京圖書館編：《西諦書目》（北京：北京文物出版社，1963 年 10 月），第 1 版。

9. 四庫全書存目叢書編纂委員會編：《四庫全書存目叢書》（台南縣：莊嚴文化事業公司，1995 年 9 月），初版。

10. 佚名撰、崔世珍諺解：《老乞大諺解朴通事諺解》（台北：聯經出版社，1978）。

11. 李時珍：《本草綱目》（台北：新文豐出版公司，1987），崇禎庚辰武林錢蔚起刊本。

12. 李詡撰、魏連科點校:《戒庵老人漫筆》(北京:中華書局,1982)。

13. 李福清:《李福清論中國古典文學》(台北:洪葉出版股份有限公司,1997年7月)。

14. 李贄:《李贄文集》(北京:社會科學文獻出版社,2000年5月),第1版。

15. 沈德鴻:《中國寓言初編》(上海:上海商務印書館,1930)。

16. 阮葵生撰:《茶餘客話》(台北:藝文印書館,1968)。

17. 林文寶、徐守濤、陳正治、蔡尚志合著:《兒童文學》(台北:五南圖書公司,1996),初版。

18. 林淑貞:《中國寓言詩析論》(台北:里仁書局,2007年2月),初版。

19. 林淑貞:《明清笑話型寓意論詮》(台北:里仁出版社,2006年10月),初版。

20. 阿英:《晚清文學叢鈔》(北京:中華書局,1961年9月),第1版。

21. 俞樾:《九九消夏錄》(北京:中華書局,1995),第1版。

22. 柏楊:《柏楊全集》(台北:遠流出版社,2000)。

23. 胡適:《胡適文存》(香港:遠東圖書公司,1962)。

24. 胡適:《胡適古典文學研究論集》(上海:上海古籍出版社,1988年8月)。

25. 胡適:《胡適作品集》(台北:遠流出版公司,1994年1月1日),初版。

26. 徐季子、姜光斗主編:《中國古代文學》(上海:華東師範大學出版社,2000年5月),第1版。

27. 張希舜、濮文起、高可、宋軍主編:《寶卷》(太原:山西人民出版社,1994)。

28. 張翰:《松窗夢語》(北京:中華書局,1985)。

29. 曹衛東:《中國文學》(彩圖版)(北京:海潮出版社,2007年6月),第1版。

30. 章培恆:《獻疑集》(長沙:岳麓書社,1993年1月),第1版。

31. 許義宗:《兒童文學論》(台北:成文出版社,1981),初版。

32. 陳蒲清:《寓言文學理論‧歷史與應用》(台北:駱駝出版社,1992年10月),初版。

33. 曾永義:《說俗文學》(台北:聯經出版事業公司,1980年4月),初版。

34. 湯顯祖:《湯顯祖詩文集》(上海:上海古籍出版社,1982)。

35. 焦循:《劇說》(台北:廣文書局,1970)。

36. 隋樹森編:《元曲選外編》(北京:中華書局,1980年3月),北京第3次印刷。

37. 雲南叢書處編:《雲南叢書》(初編)(據1914年雲南叢書處刊雲南叢書

初編本）。

38. 新文豐編輯部編：《叢書集成三編》（台北：新文豐出版公司，1999），台 1 版。

39. 解縉等纂：《永樂大典》（北京：中華書局，1986），第 1 版。

40. 劉仲宇：《中國精怪文化》（上海：上海人民出版社，1997 年 10 月），第 1 版。

41. 黎活仁等編：《柏楊的思想與文學——柏楊思想與文學國際學術研討會論文集》（台北：遠流出版公司，2000），初版。

42. 錢大昕：《潛研堂文集》（上海：上海商務印書館，1965）。

43. 錢南揚輯錄：《宋元戲文輯佚》（上海：上海古典文學出版社，1956 年 12 月），第 1 版。

44. 謝肇淛：《五雜俎》（上海：上海古籍出版社，2001），第 1 版。

45. 鍾嗣成、賈仲明著，浦漢明校：《新校《錄鬼簿》正續編》（成都：巴蜀書社，1996 年 10 月），第 1 版。

46. 羅立乾注譯：《新譯《文心雕龍》》（台北：三民書局，1999 年 8 月），第 3 版。

47. 譚達先：《中國民間寓言研究》（台北：臺灣商務印書館，1988 年 8 月），初版。

48. 蘇興編：《吳承恩年譜》（北京：人民文學出版社，1980 年 12 月），北京第 1 次印刷。

49. 顧建華：《寓言：哲理的詩篇》（北京：北京大學出版社，1994 年 12 月），第 1 版。

二、期刊論文

（一）單篇論文

1. 袁丁黎：〈從神魔關係論《西遊記》的主題思想〉，《學術月刊》第 9 期（1982）。

2. 方勝：〈《西遊記》是一部遊戲之作〉，《文學評論》第 2 期（1988）。

3. 方瑜：〈論《西遊記》——一個智慧的喜劇〉（上），《中外文學》第 6 卷第 5 期（1977）。

4. 王為民：〈對於《西遊記》的一種闡釋：《西遊補》與《西遊記》關係〉，《明清小說研究》第 1 期（2001）。

5. 王齊洲：〈孫悟空與神魔世界〉，《學術月刊》第 7 期（1984）。

6. 王燕萍：〈試論《西遊記》的主題思想〉，《廣西師範大學學報》第 1 期（1985）。

7. 田中嚴：〈西遊記の作者〉，《斯文》新第 8 號（1953）。

8. 田同旭：〈《西遊記》是部情理小說——《西遊記》主題新論〉，《山西大學學報》第 2 期（1994）。

9. 朱式平：〈試論《西遊記》的政治傾向〉，《山東師院學報》第 6 期（1978）。

10. 朱彤：〈論孫悟空〉，《安徽師大學報》第 1 期（1978）。

11. 朱其愷：〈論《西遊記》的滑稽詼諧〉，《山東師範大學學報》第 1 期（1987）。

12. 何滿子：〈《西遊記》研究的不協合音〉，《江海學刊》第 1 期（1983）。

13. 余國藩撰、李奭學譯：〈宗教與中國文學——論《西遊記》的玄道〉，《中外文學》第 15 卷第 6 期（1986）。

14. 吳聖昔：〈《西遊記》作者諸說追踪和述錄〉，《古典文學知識》第 6 期（2001）。

15. 呂建忠：〈花燈與禪性——論《西遊記》的一則主題寓言〉，《中外文學》第 14 卷第 5 期（1985）。

16. 呂晴飛：〈《西遊記》的主題思想〉，《北京社會科學》第 4 期（1990）。

17. 沈清松：〈莊子的語言哲學初考〉，載於國立台灣大學創校四十週年《國際中國哲學研討會論文集》（台北：國立台灣大學哲學系，1986）。

18. 那宗訓：〈《西遊記》中的孫悟空〉，《中外文學》第 10 卷 11 期（1982）。

19. 周克良：〈明尊暗貶神道儒，中興佛教成大道：《西遊記》主題辨析〉，《大慶師專學報》第 2 期（1993）。

20. 花三科：〈佛表道裏儒骨髓——《西遊記》〉，《寧夏大學學報》第 16 卷第 2 期（1994）。

21. 金紫千：〈也談《西遊記》的主題〉，《文史哲》第 2 期（1984）。

22. 侯會：〈從烏雞國的增插看《西遊記》早期刊本的演變〉，《文學遺產》第 4 期（1996）。

23. 姜云：〈《西遊記》：一部以象徵主義爲主要特色的作品〉，《文學遺產》第 6 期（1986）。

24. 胡光舟：〈對《西遊記》主題思想的再認識〉，《江漢論壇》第 1 期（1980）。

25. 徐扶明：〈關於《西遊補》作者董說的生平〉，《文化遺產增刊》第 3 期。

26. 浦安迪撰、孫康宜譯：〈西遊記、紅樓夢的寓意探討〉，《中外文學》第 8 卷第 2 期（1979 年（。

27. 皋于厚：〈理想世界的探尋和理想人格的設計——論明清小說主潮及其流向〉，《江海學刊》第 6 期（1999）。

28. 張錦池：〈論孫悟空形象的演化與《西遊記》的主題〉，《學術交流》第 5 期（1987）。

29. 曹炳建：〈回眸《西遊記》作者研究與我見〉，《遼寧師範大學學報》第 5

期（2002）。

30. 章培恆：〈再談百回本《西遊記》是否吳承恩所作〉，《復旦大學學報》（社會科學版）第 1 期（1986）。

31. 章培恆：〈百回本《西遊記》是否吳承恩所作〉，《社會科學戰線》第 4 期（1983）。

32. 許金如：〈近代自然人性論美學的晨輝——評李贄的美學思想〉，《揚州師院學報》第 1 期（1995）。

33. 郭建：〈建國以來《西遊記》主題研究述評〉，《江淮論壇》第 12 期（2004）。

34. 陳君謀：〈百回本《西遊記》作者臆斷〉，《蘇州大學學報》第 1 期（1990）。

35. 陳昱珍：〈《西遊記》中法術之變形——以孫悟空之七十二變為考察〉，《大仁學報》第 16 期（1998）。

36. 陸又新：〈臺港及大陸小學國語科寓言教材比較研究〉，《八十四學年度師範學院教育學術論文發表會論文集》（1996）。

37. 傅繼俊：〈我對《西遊記》的一些看法〉，《文史哲》第 5 期（1982）。

38. 寒爵（韓道成），〈《西遊補》創作的時代背景〉，《國立編譯館館刊》第 1 卷第 3 期（1970）。

39. 曾廣文：〈世間豈謂無英雄——《西遊記》的主題思想新探〉，《成都大學學報》第 3 期（1985）。

40. 童瓊：〈從「真假猴王」到「鯖魚世界」——《西遊補》寓意淺論〉，《中國文學研究》第 1 期（2001）。

41. 黃強：〈《續西遊記》的作者不是季跪〉，《晉陽學刊》第 5 期（1998）。

42. 黃毅、許建平：〈百年《西遊記》作者研究的回顧與反思〉，《雲南社會科學》第 2 期（2004）。

43. 黃霖：〈關於《西遊記》的作者和主要精神〉，《復旦大學學報》第 2 期（1998）。

44. 楊義：〈《西遊記：中國神話文化的大器晚成》〉，《中國社會科學》第 1 期（1995）。

45. 趙明政：〈孫悟空是「新興市民」的形象嗎？〉，《安徽大學學報》第 3 期（1978）。

46. 趙梅英：〈《西遊記》思想性的再認識〉，《明清小說研究》第 1 期（2000）。

47. 劉遠達：〈試論《西遊記》的思想傾向〉，《思想戰線》第 1 期（1982）。

48. 諸葛志：〈《西遊記》主題思想新論〉，《浙江師大學報》第 2 期（1991）。

49. 諸葛志：〈《西遊記》主題思想新論續編〉，《浙江師大學報》第 4 期（1993）。

50. 羅東升：〈試論《西遊記》的思想傾向〉，《遼寧師院學報》第 1 期（1979）。

51. 嚴耀中：〈論「三教」到「三教合一」〉，《歷史教學》第 11 期（2002）。

52. 蘇興：〈也談百回本《西遊記》是否吳承恩所作〉，《社會科學戰線》第 1 期（1985）。

53. 蘇興：〈介紹簡評國外及我國台灣學術界對《西遊記》作者問題的論述〉，《東北大學學報》第 3 期（1986）。

54. 鐘嬰：〈論《西遊記》的思想與主題〉，《文史哲》第 2 期（1986）。

55. 柳存仁：〈毘沙門天王父子與中國小說之關係〉，《新亞學報》第 3 卷第 2 期（1958 年 2 月 1 日）。

56. 王拓：〈對《西遊補》（董說著）的新評價〉，《現代學苑》第 8 卷第 9 期（1971 年 9 月）。

57. 曾永義：〈董說的「鯖魚世界」──略論《西遊補》的結構、主題和技巧〉，《中外文學》第 8 卷第 4 期（1971 年 9 月）。

58. 王杰謀：〈吳興董說與《西遊補》〉，《浙江月刊》第 3 卷第 12 期（1971 年 12 月）。

59. 夏志清著、何欣譯：〈《西遊記》研究〉，《現代文學》第 45 期（1971 年 12 月）。

60. 夏濟安著、郭繼生譯：〈《西遊補》：一本探討夢境的小說〉，《幼獅月刊》第 40 卷第 3 期（1974 年 9 月）。

61. 林佩芬：〈董若雨的《西遊補》〉，《幼獅文藝》第 45 卷第 6 期（1977 年 6 月）。

62. 羅龍治：〈《西遊記》的寓言和戲謔特質〉，《書評書目》第 52 期（1977 年 8 月）。

63. 方瑜：〈論《西遊記》──一個智慧的喜劇〉（下），《中外文學》第 6 卷第 7 期（1977 年 12 月）。

64. 蒲安迪：〈《西遊記》、《紅樓夢》的寓意探討〉，《中外文學》第 8 卷第 2 期（1979 年 7 月）。

65. 張靜二：〈論《西遊記》的結構和主題〉，《中華文化復興月刊》第 13 卷第 3 期（1980 年 3 月）。

66. 張靜二：〈論沙僧〉，《中外文學》1980 年 6 月（第 9 卷第 1 期）。

67. 吳達芸：〈天地不全──《西遊記》主題試探〉，《中外文學》第 10 卷第 11 期（1982 年 4 月）。

68. 張靜二：〈論西遊故事中的悟空〉，《中外文學》第 10 卷第 11 期（1982 年 4 月）。

69. 黃永武：〈中韓兩國共同熟悉小說──西遊記小考證〉，《文學思潮》第 13 期（1982 年 11 月 10 日）。

70. 張靜二：〈論西遊故事中的八戒〉，《中華文化復興月刊》第 16 卷第 8 期

（1983 年 8 月）。

71. 陳美林：〈《後西遊記》的思想、藝術及其他〉，《文學評論》第 5 期（1985 年 9 月 15 日）。

72. 林保淳：〈《後西遊記》略論〉，《中外文學》第 14 卷第 5 期（1985 年 10 月 1 日）。

73. 高洪鈞：〈《西遊補》作者是誰？〉，《天津師大學報》總第 63 期（1985 年 12 月 20 日）。

74. 劉光華：〈《西遊記》裡的政治意境〉，《聯合月刊》第 60 期（1986 年 7 月）。

75. 慕閒：〈近幾年來國內學術界關於百回本《西遊記》作者的爭論〉，《西遊記研究》第 1 輯（1986 年 10 月）。

76. 陳惠琴：〈善取善創，別開生面——《西遊記》續書略論〉，南京《明清小說研究》（總第九輯）第 3 期（1988 年 7 月 30 日）。

77. 高洪鈞：〈《西遊補》作者是誰之再辯——答馮保善同志〉，《明清小說研究》（總第十一輯）第 1 期（1989 年 4 月 30 日）。

78. 傅承洲：〈《西遊補》作者董斯張考〉，《文學遺產》第 3 期（1989 年 6 月 7 日）。

79. 石麟：〈略論《西遊記》續書三種——《續西遊記》《西遊補》《後西遊記》考略〉，《明清小說研究》第 2 期（1990 年 4 月 30 日）。

80. 王若：〈淺談明清小說的「續書」問題〉，《遼寧師範大學學報》（社會科學版）第 5 期（總第 73 期）（1990 年 9 月 20 日）。

81. 馮文樓：〈取經：一個多重互補的意義結構〉，《明清小說研究》第 23 期（1992 年 1 月）。

82. 段文杰：〈玄奘取經圖研究〉，《藝術家》第 210 期（1992 年 11 月）。

83. 張橋貴：〈西遊記與明代道教〉，《道教學探索》第 8 期（1994 年 12 月）。

84. 王崗：〈《西遊記》——一個完整的道教內丹修煉過程〉，《清華學報》第 25 期（1995 年 3 月）。

85. 干樹德：〈二郎神信仰的嬗遞〉，《文史知識》第 6 期（1995 年 6 月 13 日）。

86. 吳聖昔：〈《西遊記》世本三題〉，《古籍整理研究學刊》第 5 期（1995 年 10 月 25 日）。

87. 洪志明：〈談寓言〉，《語文教育通訊》第 16 期（1996 年 6 月）。

88. 王增斌：〈機心滅處諸魔伏自證菩提大覺林——禪學的心界神話《續西遊記》〉，《運城學院學報》第 15 卷第 3 期（1997 年 9 月）。

89. 謝明勳：〈百回本《西遊記》之唐僧「十世修行」說考論〉，《東華人文學報》第 1 期（1999 年 7 月）。

90. 賴瀅宇：〈千變萬化神通大指物騰那手段高——談「西遊記」中孫悟空之

七十二變〉,《人文及社會學科教學通訊》第 10 卷第 3 期（1999 年 10 月）。

91. 吳聖昔：〈《西遊記》作者辯〉,《社會科學報》,2000 年 10 月 19 日。

92. 王增斌、李衍明：〈《續西遊記》主題探奧〉,《山西大學學報哲學社會科學版》第 24 卷第 5 期（2001 年 5 月）。

93. 胡義成：〈「西遊記」作者和主旨再探〉,《卓越雜誌》第 255 期（2001 年 6 月）。

94. 王洪軍：〈董斯張：《西遊補》的作者〉,《廣州大學學報社會科學版》第 2 卷第 8 期（2003 年 8 月）。

95. 何良昊：〈《西遊補》的背景鋪墊〉,《西南師範大學學報》第 29 卷第 6 期（2003 年 11 月）。

96. 石櫻櫻：〈《西遊記》政治諷喻的時代考察〉,《僑光技術學院通觀洞識學報》第 5 期（2006 年 5 月）。

97. 朱可鑫：〈《西遊記》修辭格淺析〉,《嶺東通識教育研究學刊》第 1 卷第 4 期（2006 年 8 月）。

（二）學位論文

1. 王姵棻：《《西遊記》宇宙建構及人物探源》（台中：私立東海大學中國文學研究所，碩士論文，2001 年 6 月）。

2. 安稟呁：《中國寓言傳記研究》（台北：國立政治大學中國文學研究所，博士論文，1986 年 6 月）。

3. 吳淡如：《《郁離子》寓言研究》（台北：國立台灣大學中國文學研究所，碩士論文，1988 年 6 月）。

4. 吳淳邦：《清代長篇諷刺小說研究》（台北：國立台灣大學中國文學研究所，博士論文，1989 年 6 月）。

5. 吳璧雍：《《西遊記》研究》（台北：國立臺灣師範大學國文研究所，碩士論文，1980 年 6 月）。

6. 李嘉珣：《《西遊記》反諷意識之研究》（台北：國立臺灣師範大學國文學系在職進修研究所，碩士論文，2007 年 6 月）。

7. 林景隆：《《西遊記》續書審美敘事藝術研究》（高雄：國立中山大學中國文學研究所，碩士論文，2000 年 6 月）。

8. 林雅玲：《清三家西遊評點寓意詮釋研究》（台中：私立東海大學中國文學研究所，博士論文，2002 年 7 月）。

9. 胡玉珍：《《西遊記》中的精怪與神仙研究》（嘉義：南華大學文學研究所，碩士論文，2002 年 6 月）。

10. 徐貞姬：《《西遊記》八十一難研究》（台北：輔仁大學中國文學研究所，碩士論文，1980 年 6 月）。

11. 張家仁:《《西遊記》與三種續書之比較研究》(台北:中國文化大學中國文學研究所,碩士論文,2001 年 6 月)。

12. 莊淑華:《《西遊記》續書論——人物主題轉變與新類型之建立》(台北:淡江大學中國文學研究所,碩士論文,2006 年 6 月)。

13. 陳俊宏:《《西遊記》主題接受史研究》(台北:國立政治大學中國文學研究所,碩士論文,2001)。

14. 傅世怡:《《西遊補》研究》(台北:國立臺灣師範大學國文研究所,碩士論文,1984 年 6 月)。

15. 曾國瑩:《《西遊記》接受史研究》(台中:私立東海大學中國文學研究所,碩士論文,2004 年 6 月)。

16. 黃芬絹:《董説《西遊補》新論》(台北:國立臺灣師範大學國文學系研究所,碩士論文,2005 年 6 月)。

17. 葉有林:《明代神魔小説中的法術研究》(台北:中國文化大學中國文學研究所,碩士論文,2000 年 6 月)。

18. 蔣建智:《兒童故事中的隱喻框架和概念整合:哲學與認知的關係》(嘉義:國立中正大學哲學系,碩士論文,2001)。

19. 蔣建智:《兒童故事中的隱喻框架和概念整合:哲學與認知的關係》(嘉義:國立中正大學哲學研究所,碩士論文,2001)。

20. 鄭明娳:《《西遊記》探源》(台北:臺灣師範大學國文研究所,博士論文,1981 年 10 月)。

21. 賴玉樹:《明代神魔小説之神格化人物研究》(台北:中國文化大學中國文學研究所,碩士論文,1999 年 6 月)。

22. 謝文華:《金陵世德堂本西遊記成書考》(花蓮:國立東華大學中國語文學系研究所,碩士論文,2006 年 4 月)。

23. 謝玉娟:《《西遊記》中的孫悟空形象研究》(彰化:國立彰化師範大學中國文學研究所,碩士論文,2007 年 6 月)。

24. 顏瑞芳:《劉基、宋濂寓言研究》(台北:國立台灣師範大學中國文學研究所,碩士論文,1990 年 5 月)。

附　表

表一、現代寓言定義表

學者或辭典	寓　言　定　義
許義宗	寓言是用淺近假託的事物，隱射另一件事，來闡述人生哲理，表達道德教化，含有啓發性、積極性、教育性的簡短故事。（許義宗：《兒童文學論》，台北：成文出版社，1981 年，頁 61）
大英百科全書	寓言：以散文或詩歌體寫成的短小精悍、有教誨意義的故事，每則故事往往帶有一個寓意。（《大英百科全書》，台北：中華書局，1986）
吳淡如	寓言是一則短篇故事，以散文或韻文爲之。其主要角色可包括生物或無生物。故事本身有一個核心意義，包括在虛構的故事情節之中。運用隱喻的技巧，使得故事中的人、物，在文學敘述中能發揮意在言外的效果。（吳淡如：《郁離子寓言研究》，台北：臺灣大學中文研究所碩士論文，1988 年，頁 12～14）
譚達先	寓言就是民間作者根據從生活和社會實踐中得到的某種哲理概念或處世教訓，虛構出一個和這兩者相合拍、相適應的巧妙故事，以便更好地印證哲理或教訓，增強其說服力，務使聽者相信。這樣，故事中寫人也好，記事也好，全都是作爲說明哲理或教訓的隱喻而虛構出來的。（譚達先：《中國民間寓言研究》，台北：台灣商務印書館，1988 年 8 月，頁 1）
顏瑞芳	寓言，是由故事體和寓意構成，二者缺一不可。故事情節或爲完全虛構，或爲部分虛構；寓意可以於篇末直接點明，亦可以直接由情節、對話中呈示。（顏瑞芳：《劉基、宋濂寓言研究》，台北：國立台灣師範大學，中國文學研究所碩士論文，1990 年 5 月，頁 3）
凝溪	寓言本質特性的三大要素——寄託性、故事性、哲理性。一篇作品無論缺少其中的任何一個要素，都不能稱之爲寓言。（凝溪：《中國寓言文學史》，昆明：雲南人民出版社，1992 年 1 月，頁 3）
中國大百科全書	文學體裁的一種，是含有諷刺或明顯教訓意義的故事。它的結構大都簡單，具有故事情節。主人公可以是人，可以是動物，也可以是無生物。多用借喻手法，通過故事借此喻彼，借小喻大，使富有教育意義的主題或深刻的道理，在簡單的故事中體現出來。（《中國大百科全書·中國文學（2）》，錦繡出版社，1992 年，頁 1150）

陳蒲清	寓言是作者另有寄託的故事。寓言有兩個必不可少的要素：一是它的故事；二是它的寓意。（陳蒲清：《寓言文學理論・歷史與應用》，台北：駱駝出版社，1992 年 10 月，頁 4、11～12）
顧建華	寓言是寄寓著某種哲理的小故事。（顧建華：《寓言：哲理的詩篇》，台北：淑馨出版社，1994 年，初版，頁 1～5）
李悔吾	寓言故事是一種短小精悍而又富於諷刺力量的文學樣式。其特點是透過假托的故事，說明一個抽象的道理。（李悔吾：《中國小說史》，台北：洪葉文化事業有限公司，1995 年 4 月，頁 17）
陸又新	寓言，是故事的一種，屬於記敘文。它具有鮮明的哲理，強烈的教訓意味。在形式上，故事簡短、語言精煉。在內容上，具有鮮明的寓意。由於故事是手段，教訓是目的，通常運用譬喻的手法隱喻主題。（陸又新：〈臺港及大陸小學國語科寓言教材比較研究〉，《八十四學年度師範學院教育學術論文發表會論文集》，1996 年，頁 5）
李富軒、李燕	寓言是一般由寓體（故事）和寓意組成，主要用於勸誡諷喻，而較少用於讚頌抒情和展現理想。（李富軒、李燕：《中國古代寓言史》，台北：志一出版社，2001 年，頁 1～5）
皋于厚	寓言，指的是具有言外意旨的敘事話語，通俗言之是寄寓著一定道理的簡短故事。（皋于厚：《明清小說的文化審視》，北京：學苑出版社，2004 年 12 月，頁 142）
蔡尚志	寓言是一種用來闡釋哲理、揭露世態、諷刺人事、勸誡人生故事或寄託道德教訓、啓發思想觀念等實用目的的簡短風趣故事。（陳正治、蔡尚志、林文寶、徐守濤合著：《兒童文學》，第六章，〈寓言〉，台北：五南圖書出版有限公司，2005 年，初版，頁 267）

表二、《續西遊記》之善惡心分類表

回數	善　　　心	惡　　　心
1		
2	方便心	
3	志誠心、老實心、恭敬心	姦心、盜心、邪心、淫心、詐心、僞心、詭心、欺心、忍心、逆心、亂心、歹心、誣心、騙心、貪心、嗔心、惡心、瞞心、昧心、誇心、逞心、凶心、暴心、偏心、疑心、奸心、險心、狠心、殺心、痴心、恨心、爭心、競心、驕心、媚心、諂心、惰心、慢心、妒心、嫉心、賊心、讒心、怨心、私心、忿心、殘心、獸心、恚心
4		疑忌心
5		除妖滅怪心
6		嗔怒心
8		不敬經心、欺瞞心、淫心、風流邪心、怒心
9	眞心、志誠心、老實心、恭敬心	貪心、矜驕心、好勝心
10	恭敬心	矜驕心、三心二意心、喜心
11		貪心、貪痴心
12		自誇心
13	志誠心、忠厚心	
14	善心	暴躁心、狐疑心
15	老實心、恭敬心	慢師心、妄誕心、機變心、狐疑心
16	敬畏心、恭敬心	多心、錢鈔利心、邪心、急躁心、嗔心
17		機變心、毒心、憎嫌心
18		不善心、打妖心
19	老實心、齋洗心	憂貧心、毒心、疑心、機變心
20	老實心、恭敬心	機變心、滅怪心
21		欺狡心、機變心
23		機變心、妒嫉心
24	不貪不競心	爭心、痴心
25	不爭不競心	騙心
26	正念心	機變心、惹妖魔心
27		機變心、騙經心
28		怒心
29	無叛道心、善心	嗔心

30		怠慢心、競業心、不平心
31	善化心	機心
32	回心	
33	志誠心、恭敬心、老實心	好勝心、機心、貪心、痴心
34	志誠心	不一心
35		拗氣心
36	誠信心、忠厚心、方便心	淫色心、貪財心、好色心
37		飢餓求飽心、沒仁心
38		機變心、剿滅心、疑心
39		機心
40		欺騙心
41	眞心	防魔戒心
44		嗟嘆抱怨心、機變心
45		機變心
46	志誠心	機心
47		嘲笑心、仇心
48		怒心、爭心、嗔心
49	恭敬心、不敢怠慢心	好潔心
50	兢業心	疑心
51		不忿爭心、利慾心
52		競能心、驕傲心、嗔心
53	定心	復仇心
54	正念心、道心	
55	志誠心	焦心、機變心、偷心
56		報仇心
57	方便心、誠心	
58	道心	機變心、存想心
59	化人回心	機變心
60	眞心、方便心	
61	寡慾清心	不良心
62	取經方便心、老實心	機心、欺瞞心
63	老實心	機變心、好勝心
64	敬心	疑心
65	志誠恭敬心	
66		惜花心
67	慈悲方便心、仁心、志誠心、善心	作惡心、不佈施嗔心、爭競心

68	仁心	搶奪心、毒心
69	孝心、不淫心	機變心、嗔心
70	志誠心、老實心、恭敬心	機變心、躁心
71	禪心、好心、志誠心	捉怪心、機心、疑心
72		詛咒心、真不忿心、利名心、機變心、癡心
73	方便心、洗心、仁心	機心
74	方便心、慈悲心	機心、不平等心、嗔心、滅妖降怪心、妄心
75	明心、禪心、酬他心、謝心、好心	喜怒動心、機心
76		機心、妄想心、邪心
77		邪心
78	濟貧心、甘貧心、不傷生心	嗔心
80		邪心、貪心、多心、賊心
81		嗔怒心、貪心、敵鬥心、殺害心、機變心、滅怪心
82	方便心、慈心、洗心	疑心、報仇心
83	守戒心	多心、色心、恨心、機心、酒色財氣心
84	方便心	利慾心、不老實心、怯懼心
85		機變心、疑心、妖心
86	志誠恭敬心	二意三心、不定心、疑心、怒心、好勝心、恐懼心
87	真心、老實心	機變心、畏懼心
88	安心、慈心	
89	向善心	恨心、引動人心、不信心、機變心
90		疑畏心、傷生心
91	善心	忿恨心、辭佈施心
92	恭敬心	不捨心、機心、不挑經擔心、繫心
93		懶惰心、機心、驚心、凶心、性急心、無明心
94		不正心、機心、利名心
95	方便慈心、向善心	貪嗔心、邪心、機心
96		貪錢鈔喜心、嗔心
97		機變心、仇心
98		機心、欺心
99		機變心、打鬥心、不安心
100	善心	

表三、《西遊記》角色、法術、寶器與奇境分類表

回數	1	2
人物	樵夫、須菩提祖師	須菩提祖師
動物	猴	猴
植物		
神明	玉皇大天尊玄穹高上帝、千里眼、順風耳	
魔怪	孫悟空（由東勝神洲傲來國之花果山仙石所化而成）	混世魔王、小妖、孫悟空
法術		孫悟空念咒變松樹、身外身法變小猴
寶器		孫悟空持觔斗雲可越十萬八千里
奇境	花果山、水簾洞	水臟洞

回數	3	4
人物		
動物	赤尻馬猴（馬元帥原型）、通背猿猴（流元帥原型）。七十二洞妖王原型爲狼、蟲、虎、豹、麞、麂、獐、狐、狸、獾、獅、象、狻猊、熊、猩猩、鹿、野豕、山牛、羚羊、青兕、狡兒、神獒等。水晶宮中東海龍王敖廣、南海龍王敖欽、北海龍王敖順、西海龍王敖閏之原型爲「龍」；蝦兵、蟹將、鱖都司、鱔力士、鯉提督、鯉總兵、鼉將、鱉帥之原型爲「蝦、蟹、鱖、鱔力、鯉、鼉、鱉」。牛魔王、蛟魔王、鵬魔王、獅駝王、獼猴王、禺狨王之原型爲「牛、蛟、鵬、獅駝、獼猴、禺狨」。	孫悟空（猴）、七十二洞妖王的原型爲牛、蛟、鵬、獅駝、獼猴、禺狨、狼、蟲、虎、豹、麞、麂、獐、狐、狸、獾、獅、象、狻猊、熊、猩猩、鹿、野豕、山牛、羚羊、青兕、狡兒、神獒等。
植物		
神明	牛頭、馬面、十代冥王（秦廣王、初江王、宋帝王、忤官王、閻羅王、平等王、秦山王、都市王、卞城王、轉輪王）、地藏王菩薩、玉帝、邱弘濟眞人、葛仙翁天師、千里眼、順風耳、太白金星、文曲星、東海龍王敖廣、南海龍王敖欽、北海龍王敖順、西海龍王敖閏	太白金星、增長天王、大力天丁（龐、劉、苟、畢、鄧、辛、張、陶等）、玉帝、木德星官、張天師、托塔李天王、哪吒三太子、五斗星君與張、魯二班、
魔怪	七十二洞妖王、蝦兵、蟹將、鱖都司、鱔力士、鯉提督、鯉總兵、鼉將、鱉帥。牛魔王、蛟魔王、鵬魔王、獅駝王、獼猴王、禺狨王。	六魔王（牛魔王自稱平天大聖、蛟魔王稱覆海大聖、鵬魔王稱混天大聖、獅駝王稱移山大聖、獼猴王稱通風大聖、禺狨王稱驅神大聖）、七十二洞妖王
法術	孫悟空念咒能飛砂走石、變小猴、施閉水法	哪吒變三頭六臂。孫悟空亦變三頭六臂，並將金箍棒變三條。

寶器	孫悟空之如意金箍棒可縮小似繡花針，大至二丈長，叫一聲，可上抵三十三天，下至十八層地獄	金箍棒。二郎眞君有三尖兩刃神鋒。菩薩有净瓶楊柳。太上老君有金鋼琢（又名金鋼套）
奇境	水晶宮、幽冥界	

回數	5	6
人物		梅山六兄弟（康、張、姚、李四太尉，郭申、直健二將軍）
動物	猴	猴
植物		
神明	三清、四帝、九曜星官、二十八星宿、四大天王、十二元辰、五方五老（西天佛老、南方南極觀音、東方崇恩聖帝、北方北極玄靈、中央黃極黃角大仙）、許旌陽眞人、王母娘娘、土地、七衣仙女（紅衣仙女、青衣仙女、素衣仙女、皂衣仙女、紫衣仙女、黃衣仙女、綠衣仙女）、五斗星君、太乙天仙、玉皇大帝、幽冥教主、注世地仙、太上老君、燃燈古佛、赤腳大仙、托塔李天王、哪吒三太子、五方揭諦、四值功曹	觀世音菩薩、惠岸行者、四大天師、赤腳大仙、邱弘濟、太上老君、王母娘娘、玉帝、長庚星、二郎眞君、五嶽神、四大天王、哪吒、托塔李天王、大力鬼王
魔怪	獨角鬼王、孫悟空	孫悟空
法術	孫悟空偷吃仙桃變二吋長；使定身法、隱身法、分身法；念咒變赤腳大仙、瞌睡蟲、千百個大聖。	二郎眞君變身高萬丈、變雀鷹兒、大海鶴、灰鶴。孫悟空變麻雀兒、二郎眞君、大鶿老、魚、水蛇、花鴇、土地廟、旗竿。
寶器		
奇境	天宮、瑤池蟠桃園	

回數	7	8
人物		
動物	猴	猴、豬、馬
植物		
神明	大力鬼王、玉帝、六丁六甲、太上老君、佑聖眞君、三十六員雷將、四金剛、菩薩、如來、阿儺尊者、迦葉尊者、釋迦牟尼、南無阿彌陀佛、玉清元始天尊、上清靈寶天尊、太清道德天尊、四御、五老揭諦、九曜眞君、四大天師、九天仙女、五斗星君、左輔、右弼、哪吒、王母娘娘、壽星、赤腳大仙、土地、天蓬、天佑	如來、玉帝、五百羅漢、八大金剛、木叉惠岸行者、觀世音菩薩、邱天師、張天師、土地、山神、城隍、社令、玉眞觀金頂大仙

魔怪	孫悟空	豬悟能原型「豬」孫悟空、豬悟能（本爲天河中天蓬元帥，因帶酒戲弄嫦娥而被玉帝貶下凡塵）、玉龍（本爲西海龍王敖閏之子，後因縱火燒毀殿上明珠而被吊在空中，不日遭誅，後來化爲白馬）、沙悟淨（本爲靈霄殿捲簾將軍，後因蟠桃會上失手打碎玻璃盞，而被玉帝貶下界）
法術	孫悟空變三頭六臂、濃墨雙毫筆，並自稱有七十二變。如來佛祖將五指化作金、木、水、火、土「五行山」，並將孫悟空壓在五行山下。	
寶器	孫悟空有「火眼金睛」	惠岸行者使「鐵棒」
奇境	天宮	水晶宮

回數	9	10
人物	唐太宗、漁翁張稍、樵子李定、袁守誠、魏徵、房玄齡、杜如晦、許敬宗、王珪、馬三寶、段志賢、殷開山、程咬金、劉洪紀、胡敬德、秦叔寶	秦叔寶、徐茂功、魏徵、唐太宗、護國公、尉遲公、崔珪、崔判官等文武官
動物	龍、蝦、蟹、鱒、鱖、鯉、魚鯽	
植物		
神明	風伯、雷公、雲童、電母、龍王	觀音菩薩、十代閻君（秦廣王、楚江王、宋帝王、仵官王、閻羅王、平等王、秦山王、都市王、卞城王、轉輪王）、判官
魔怪	蝦臣、蟹士、鱒軍師、鱖少卿、鯉太宰、魚鯽	
法術	龍王變身爲白衣秀士	
寶器	如來有「緊箍兒」	
奇境	水晶宮	地府幽冥背陰山、十八層地獄、奈河橋、枉死城

回數	11	12
人物	唐太宗、秦叔寶、徐茂功、魏徵、房玄齡、杜如晦、王珪、馬三寶、段志賢、程咬金、胡敬德、秦叔寶、崔判官、朱太尉、高士廉、蕭瑀、張道源、張士衡、傅奕、尉遲公等文武官。又有劉全、玄奘法師。	唐太宗、蕭瑀、玄奘
動物		
植物		
神明	閻王	南海普陀山觀世音菩薩、如來佛

魔怪		
法術		
寶器		
奇境	六道輪迴、鬼門關	

回數	13	14
人物	三藏、老叟、劉伯欽、伯欽老母	劉伯欽、三藏、老者及其妻兒、六毛賊（眼看喜、耳聽怒、鼻嗅愛、舌嘗思、意見慾、身本憂）
動物	野牛、熊羆、老虎	猴、龍
植物		
神明		南海菩薩、龍王
魔怪	魔王、特處士爲野牛精、熊山君爲熊羆精、寅將軍爲老虎精	孫悟空
法術		孫行者拔毫毛變牛耳尖刀；其金箍棒可變成繡針兒樣。
寶器		孫悟空有如意金箍棒（又稱「天河鎮底神珍鐵」）、觔斗雲。三藏有「緊箍咒」。
奇境	雙叉嶺	兩界山、水晶宮

回數	15	16
人物	唐僧、老者	三藏、老僧
動物	猴、馬	猴
植物		
神明	六丁六甲、五方揭諦、四值功曹、一十八位伽藍、土地、山神、菩薩	龐、劉、苟、畢四大天王
魔怪	孫悟空、龍馬	孫悟空
法術	小龍變水蛇。菩薩以楊柳枝甘露將龍變爲原來的馬匹毛片；又將三葉楊柳葉變作三根救命的毫毛。	孫悟空變蜜蜂
寶器	行者有「火眼金睛」可看一千里路吉凶	孫悟空向四大天王借「辟火罩兒」
奇境	蛇盤山鷹愁澗、蛇盤山	南天門

回數	17	18
人物	觀音院大小和尚、頭陀、幸童、三藏	三藏、僧人、高才、高太公
動物	猴、白衣秀士原型爲白花蛇、黑大王原型爲熊羆、道人原型爲蒼狼	猴、馬、豬

植物		
神明	菩薩	
魔怪	小妖、孫悟空、白衣秀士、黑大王、道人	孫悟空、龍馬、豬八戒
法術	孫悟空變老和尙、仙丹。菩薩變凌虛仙子	孫悟空變女子
寶器	黑大王有「黑纓槍」、孫悟空有「金箍鐵棒」	豬八戒有天罡數變化的「九齒釘鈀」
奇境	黑風山黑風洞	黑風洞、烏斯藏國界高老莊

回數	19	20
人物	三藏、高太公。豬八戒之丈母、大姨、二姨、姨夫、姑舅諸親	三藏、老者
動物	猴、豬	豬、猴、馬、虎、黃風怪原型爲黃毛貂鼠
植物		
神明		
魔怪	孫悟空、豬八戒（又名豬悟能）	小怪、豬八戒、孫悟空、龍馬、虎先鋒、黃風怪
法術	孫悟空變三古麻繩	孫悟空使「金蟬脫殼計」
寶器	豬八戒有「九齒釘鈀」、行者有「金箍鐵棒」	行者有「金箍鐵棒」、豬八戒使「九齒釘鈀」
奇境	浮屠山、	八百里黃風嶺黃風洞

回數	21	22
人物	老漢、三藏、老公公、道人	三藏
動物	豬、猴、虎、貂鼠	猴、豬、馬
植物		
神明	菩薩	菩薩、惠岸行者
魔怪	小妖、老妖、虎先鋒、孫悟空、豬八戒、黃風怪	孫悟空、豬八戒、龍馬、沙悟淨
法術	孫悟空使「身外身法」變百十個行者、變花腳蚊蟲	
寶器	老妖持「三股鋼叉」。黃風怪有「三昧神風」能吹天暗地、裂石崩崖。老者有「三花丸子膏」能治一切風眼。如來賜孫悟空「定風丹」、「飛龍寶杖」	孫悟空縱「觔斗雲」可上南海。菩薩袖中取「紅葫蘆兒」，拿到流沙河水面叫悟淨一聲，可引他出河面；並將悟淨的九個骷髏穿一起按九宮排列，將葫蘆安在其中，可變法船一隻，能渡唐僧過流沙河。
奇境	黃風洞	流沙河

回數	23	24
人物	三藏、婦人	三藏（爲金蟬子轉生，西方聖老如來佛第二個徒弟）
動物	豬、猴、馬	豬、猴、馬
植物		
神明		土地、鎮元大仙、清風仙童、明月仙童
魔怪	豬八戒、孫悟空、龍馬、沙僧	豬八戒、孫悟空、龍馬、沙僧
法術	孫悟空變紅蜻蜓	
寶器		
奇境		萬壽山五莊觀（觀中出一異寶，乃天地未開之際所產的靈根，名曰「草還丹」，又名「人參果」，三千年一開花，三千年一結果，再三千年才成熟，一萬年方能吃，而果子的模樣如三朝未滿小孩，四肢俱全，五官皆備，人若聞那果子，就能活三百二十歲；吃一個，就能活四萬七千年）、天界

回數	25	26
人物	三藏	三藏
動物	猴、豬、馬	猴、豬、馬
植物		
神明	鎮元大仙、清風仙童、明月仙童	壽星、福星、鎮元大仙（乃地仙之祖）、祿星、東方朔仙、菩薩
魔怪	孫悟空、豬八戒、沙悟淨、龍馬	孫悟空、豬八戒、沙悟淨、龍馬
法術	孫悟空變假行者、變兩條熟鐵腿、變長老、變沙僧、變八戒、使「解鎖法」。鎮元大仙念咒噴一口水，可解除瞌睡魔。鎮元大仙變行腳全真。	
寶器	孫悟空使「金箍棒」；其帶在東天門與增長天王猜枚要子贏來的「瞌睡蟲兒」，可讓人沉睡不醒。豬八戒持「釘鈀」。沙僧持「寶杖」。	菩薩淨瓶中的「甘露水」可治仙樹靈苗
奇境		方丈仙山

回數	27	28
人物	三藏	唐僧
動物	猴、豬、馬	猴、豬、馬
植物		

神明		
魔怪	妖精（白骨夫人）、孫悟空、龍馬、沙僧、八戒	大小群妖、孫悟空、八戒、沙僧、龍馬
法術	妖精變月貌花容美女、使「解屍法」、變八旬老婦人、變老公公。唐僧施「緊箍兒咒」。孫悟空使「身外法」。	
寶器		
奇境	白虎嶺	花果山、碗子山波月洞

回數	29	30
人物	三藏、公主、寶象國國王、文武百官	公主、國王、武將、宮娥
動物	豬、馬	馬、豬、猴
植物		
神明	六丁六甲、五方揭諦、四值功曹、一十八位護教伽藍	六丁六甲、五方揭諦、四值功曹、一十八位護教伽藍
魔怪	黃袍郎怪、八戒、沙僧、龍馬	黃袍郎怪、沙僧、白馬（原型為西海小龍王）、豬八戒、孫悟空
法術	豬八戒有三十六般變化，念咒可達八九丈長；又可騰雲。	黃袍郎怪變俊俏之人、施「黑眼定身法」、念咒將長老變一隻斑斕猛虎。小龍王變宮娥，使「逼水法」。
寶器	八戒「釘鈀」可押八萬水兵	
奇境		花果山

回數	31	32
人物	小孩子、公主、國王、三藏	唐僧、樵子
動物	豬、猴	豬、猴
植物		
神明	張、葛、許、邱四大天師。玉帝、九曜星官、二十八宿、奎星（奎木狼，下天界化作黃袍怪與寶象國公主結為夫妻，而寶象國公主亦非凡人，本為天界披香殿侍女，欲與魁星私通）	日值功曹
魔怪	黃袍怪、八戒、行者、沙僧	金角大王、銀角大王兩魔頭、小妖、行者、八戒、沙僧
法術	孫悟空變公主、變三頭六臂、幌一下金箍棒就變成三根	行者變蟭蟟蟲兒、啄木蟲兒
寶器	孫悟空使「金箍棒」	八戒使「釘鈀」
奇境	天門	平頂山蓮花洞

回數	33	34
人物	三藏	轎夫
動物	豬、猴、馬	猴、虎、龍、老怪原型爲九尾狐狸、豬
植物		
神明	山神、土地、五方揭諦、日遊神、夜遊神、玉帝、哪吒三太子	
魔怪	金角大王、銀角大王二魔怪、老魔、小妖、八戒、悟空、沙僧、龍馬	精細鬼、伶俐蟲（二小妖）、二魔、老魔、女怪、孫悟空、巴山虎、倚海龍、老怪、豬八戒、沙僧
法術	二魔怪變年老道者；又會遣山，使「移山倒海法」，捻訣，把一座須彌山、峨嵋山和泰山遣在空中，壓住行者；又起攝法把三藏師徒一陣風捉到蓮花洞。孫悟空變老眞人、毫毛變一尺七寸長的大紫金紅葫蘆、毫毛變銅錢。	孫悟空眞身變小妖、變倚海龍、變老怪、變蟭蟟蟲；毫毛變巴山虎、毫毛變大燒餅、變假身、變假幌金繩、變半截身子、變假葫蘆；又使「瘦身法」；將金箍棒變純鋼的銼兒。
寶器	二魔使「七星劍」、又有「紫金紅葫蘆」和「羊脂玉淨瓶」。沙僧使「降妖棒」。北天門眞武的「皀雕旗」一揮，可將日月星辰關閉。	二魔有「七星劍」、「芭蕉扇」、「幌金繩」。老魔有「緊繩咒」、「鬆繩咒」。
奇境	南天門	

回數	35	36
人物	三藏	三藏、道人、僧官
動物	猴、豬、孤阿七大王原型爲狐狸精、馬	猴、豬、馬
植物		
神明	太上老君	持國、多聞、增長、廣目「四大天王」（按東北西南風調雨順之意）
魔怪	老魔、小妖、行者、豬八戒、孤阿七大王原型爲狐狸精、沙僧、白馬	孫行者、八戒、龍馬、沙僧
法術	孫悟空使「身外身法」，將毫毛變許多個自己；使「分身法」變假身。	
寶器	老魔使「芭蕉扇」，能煽天熾地，烈火飛騰；其又有「羊脂玉淨瓶」。孫悟空捻「避火訣」、縱「觔斗雲」。	
奇境		

回數	37	38
人物	三藏、烏雞國王（鬼魂）與太子、採獵軍	烏雞國太子與正宮娘娘、三藏
動物	豬、猴、馬	猴、豬、龍王原型爲「龍」
植物		

神明		龍王
魔怪	妖魔、八戒、行者、沙僧	行者、八戒、沙僧
法術	妖魔幻化成全真，再幻化成烏雞國國王。孫悟空變白兔、變小和尚、毫毛變紅金漆匣兒。	
寶器		金箍棒、定顏珠（定住烏雞國王屍首，使其不腐壞）
奇境		水晶宮

回數	39	40
人物	三藏、烏雞國閣門大使及黃門官等文武百官	烏雞國王、三藏
動物	猴、豬、魔王原型為「青毛獅子」	猴、豬
植物		
神明	太上老君、仙童、六丁六甲、五方揭諦、四值功曹、一十八位護教伽藍、土地、山神、文殊菩薩	山神
魔怪	魔王（幻化成烏雞國國王）、行者、八戒、沙僧	孫悟空、豬八戒、沙僧、紅孩兒
法術	行者使「定身法」	孫悟空念咒使「移山縮地之法」、變三頭六臂、金箍棒一根變三根。妖怪使「重身法」、「解屍法」。
寶器	觔斗雲、太上老君有「還魂丹」	金箍棒、「火眼金睛」可認好歹、牛魔王之子「紅孩兒」（又稱聖嬰大王），持有「三昧真火」
奇境	南天門	六百里鑽頭號山、枯松澗火雲洞

回數	41	42
人物		
動物	猴、豬、龍、蝦、蟹	猴、龜
植物		
神明	北海龍王敖閏、南海龍王敖欽、西海龍王敖順、東海龍王敖廣	菩薩、善財龍女、惠岸行者、土地
魔怪	孫悟空、豬八戒、沙僧、小妖、紅孩兒、龍子、龍孫、蝦兵、蟹卒、六健將（六精靈，為「雲裏霧」、「霧裏雲」、「急如火」、「快如風」、「興烘掀」、「掀烘興」）	六健將妖魔、孫悟空、妖王紅孩兒
法術	孫行者捻「閉火訣」、使「逼水法」、念咒變鎖金包袱、蒼蠅。紅孩兒假變觀世音模樣	孫悟空變牛魔王。紅孩兒吐「三昧真火」。菩薩把楊柳枝垂下，念咒，天罡刀變作倒鬚鉤兒，狼牙一般。

寶器	紅孩兒有「火尖槍」、「三昧眞火」。孫行者有「金箍棒」	孫悟空縱「觔斗雲」。菩薩有「金緊禁」三個箍兒，其中「緊箍兒」給孫悟空戴；「禁箍兒」收了守山大神；「金箍兒」給弘還而戴。
奇境	水晶宮	天上仙境

回數	43	44
人物	三藏、船夫	三藏、僧人、道士
動物	猴、豬、魚、龍	豬、猴、虎、鹿、羊、馬
植物		
神明	菩薩、河神、龍王、	
魔怪	孫悟空、沙僧、八戒、黑魚精、九妖龍（小黃龍、小驪龍、青背龍、赤髯龍、徒勞龍、穩獸龍、敬仲龍、蜃龍、鼉龍）、龍王太子（摩昂）	八戒、孫悟空、虎力大仙、鹿力大仙、羊力大仙、龍馬、沙僧
法術	孫悟空捻「避水訣」。河神有阻水的法術，將上流擋住，使下流枯乾，開出一條水道。	孫悟空變全眞；念咒，吸一口氣後狂風大起，變元始天尊。虎力大仙、鹿力大仙、羊力大仙能呼風喚雨、指水爲油、點石成金。八戒變太上老君。沙僧變靈寶道軍。
寶器	觔斗雲、水府	
奇境	黑水河、水晶宮	

回數	45	46
人物	三藏、道士、國王	國王、三藏、道童
動物	虎、鹿、羊、猴、豬	猴、豬、虎力大仙原型爲黃毛虎、鹿力大仙原型爲白毛角鹿、羊力大仙原型爲羚羊
植物		
神明	風神、推雲童子、佈霧郎君、雷公、殿母、四海龍王、鄧天君	土地神、北海龍王
魔怪	虎力大仙、鹿力大仙、羊力大仙、八戒、孫悟空、沙僧	孫悟空、虎力大仙、八戒、沙僧、鹿力大仙
法術	虎力大仙念咒，將一道符在燭上燒起來。孫悟空毫毛變假行者。	孫悟空有呼龍使聖之法、毫毛變假像、毫毛變蟭蟟蟲、變蜈蚣、變棗核釘兒、變黃犬、變破鐘、變老道士、使「遁法」、將道童穿的白色花絹衣服變成土黃色的直裰兒。鹿力大仙短髮變大臭蟲、使「隔板猜枚」、有「五雷法」。虎力三大仙都有神通，能砍下頭再安上去；剖腹剜心再長好；下油鍋洗澡無傷。
寶器		
奇境	南天門	

回數	47	48
人物	國王、僧人、三藏、陳清、陳澄、大王	三藏、陳老
動物	猴、豬、馬	猴、豬、妖怪原型爲魚鱗、鱖
植物		
神明		
魔怪	孫悟空、八戒、龍馬、沙僧	八戒、孫悟空、妖怪、鱖婆、沙僧
法術	八戒變女童，名爲一秤金。孫悟空變男童，名爲陳關保。	
寶器		八戒有「九環錫杖」
奇境	通天河	通天河水府

回數	49	50
人物	三藏、陳清兄弟	三藏、老者
動物	豬、猴、黿	猴、豬、馬
植物		
神明	山神、善財童子、菩薩	土地、山神
魔怪	八戒、孫悟空、沙僧、老黿	八戒、孫悟空、沙僧、龍馬、妖魔、小妖、獨角兕大王
法術	孫悟空變長腳蝦婆、使「避火訣」	孫悟空捻訣使「隱身遁法」、變千百條鐵棒
寶器		
奇境		

回數	51	52
人物		
動物	猴	猴、兕大王元行爲青牛
植物		
神明	馬、趙、溫、關四大天王。廣目天王、張道陵、葛仙翁、許旌陽、丘弘濟、南斗六司、北斗七元、玉皇大帝。陶、張、辛、鄧、苟、畢、龐、劉等雷霆官將。二十八宿（「東七宿」有「角、亢、氐、房、參、尾、箕」；「西七宿」有「斗、牛、女、虛、危、室、壁」）。「七政」（太陽、太陰、水、火、木、金、土）。「四餘」（羅侯、計都、孛、炁）。玉帝、哪吒三太子。鄧、張雷公。火德星君、托塔天王、水德星君、黃河水伯神。	哪吒三太子、火德星君、李天王、如來、十八尊羅漢、八大金剛、觀世音、太上老君
魔怪	孫悟空、魔王、小妖	孫悟空、兕大王

法術	哪吒三太子變作三頭六臂（哪吒乃三壇海會大神，曾降九十六洞妖魔，神通廣大）。孫悟空毫毛變三五十個小猴。	孫悟空變促織兒、黃皮虼蚤、使「解鎖法」、念咒，毫毛變三五十個小猴。
寶器	哪吒持六兵器（砍妖劍、斬妖刀、縛妖索、降魔杵、繡毬、火輪兒）。妖魔有「火龍、火馬、火鴉、火鼠、火刀、火弓、火箭」。	金箍棒、如來之「金丹砂」。太上老君之「七返火丹」、「金剛琢」（能使水火莫能近身）
奇境	南天門	金兜山

回數	53	54
人物	三藏、老婆婆、老道人	三藏、女官、迎陽驛丞、女王、太師、文武官
動物	猴、豬、馬	馬、猴、豬
植物		
神明	山神、土地	
魔怪	孫悟空、八戒、龍馬、沙僧	龍馬、孫悟空、八戒、沙僧
法術		
寶器	老道人以「如意鉤」和行者對戰	
奇境	西梁女國「子母河」（喝子母河的河水「照胎泉」，不管男人或女人皆會生孩兒）。西梁女國解陽山中的「破兒洞」（喝洞中的「落胎泉」，可解胎氣）。	

回數	55	56
人物	西梁國君臣女輩、唐僧	三藏、一群盜賊、楊姓老者、婆婆、小孩兒
動物	豬、猴、馬、蠍子	猴、豬、馬
植物		
神明	菩薩、增長天王。陶、張、辛、鄧四大元帥。昴日星官	
魔怪	孫悟空、八戒、沙僧、蠍子精、龍馬	孫悟空、八戒、龍馬、沙僧
法術	孫悟空捻訣念咒變蜜蜂。昴日星官手摸一下嘴唇，吹一口氣，就將八戒被女妖子精的毒消除。	孫悟空金箍棒變的「繡花針兒」幌一幌，變作如碗粗細的棍子。
寶器	女妖怪使「三股鋼叉」、孫悟空觔斗雲	
奇境	東天門、毒敵山	

回數	57	58
人物	三藏	三藏

動物	猴、馬、豬、白鸚哥	猴（靈明石猴、赤尻馬猴、通背猿猴、六耳獼猴）、豬、白鸚哥
植物		
神明	木叉惠岸行者、善財童子、菩薩	木叉惠岸行者、善財童子、菩薩、廣目天王。馬、趙、溫、關四大天王。張、葛、許、邱四天師。玉帝、托塔李天王、十殿閻君、地藏王菩薩、八、大金剛、如來
魔怪	孫悟空、龍馬、八戒、沙僧	真假孫悟空、沙僧、八戒
法術	豬八戒捻訣念咒變食癆病黃胖和尚	六耳獼猴變假孫悟空、蜜蜂兒。豬八戒可駕風。行者駕觔斗雲。沙僧駕仙雲。
寶器	唐僧使「緊箍兒咒」、孫悟空使「觔斗雲」、如來賜菩薩三件寶器（「錦襴袈裟」、「九環錫杖」、「金緊禁三個箍兒」）、沙僧使「寶杖」戰猴精	三藏念「緊箍兒咒」、托塔李天王有「照妖鏡」
奇境	花果山水濂洞	天門、陰司

回數	59	60
人物	三藏、老者、少年男子、樵子	
動物	猴、豬、馬	猴、狐、龍、蟹
植物		
神明	靈吉菩薩	土地
魔怪	孫悟空、八戒、沙僧、龍馬、毛女、鐵扇仙（鐵扇公主，又稱羅剎女，為牛魔王之妻）、	孫悟空、玉面狐王、牛魔王、玉面公主、辟水金晶獸、龍精、羅剎女、蟹精
法術	孫悟空毫毛變銅錢	孫悟空捻訣念咒變螃蟹
寶器	羅剎女有「芭蕉扇」，可一搧息火，二搧生風，三搧下雨，該扇本是崑崙山後，自混沌開闢以來，天地間產生的一個靈寶，乃太陰之精葉，故能滅火氣，若搧人，可飄八萬四千里。羅剎女亦有「青鋒寶劍」。孫悟空觔斗雲。孫悟空使「芭蕉扇」，盡力一搧，那山上火光烘烘騰起；再一搧，更著百倍；又一搧，火足有千丈之高。	牛魔王持「青鋒寶劍」
奇境	斯哈哩國（俗稱「天盡頭」）。火焰山（山有八百里火焰，四周圍寸草不生，若過此山，就是銅腦袋、鐵身軀也要化成汁）。翠雲山「芭蕉洞」。	

回數	61	62
人物	三藏	三藏、祭賽國眾僧、國王、錦衣衛

動物	猴、豬、牛魔王原型爲大白牛、玉面娘子的原型爲玉面狐狸	猴、豬、鮎魚、黑魚
植物		
神明	土地、潑法金剛、勝至金剛、永住金剛、托塔李天王、哪吒三太子、魚肚藥叉、巨靈神將、四大金剛、六丁六甲、護教伽藍	
魔怪	牛魔王、孫悟空、八戒、玉面娘子（牛魔王之妻）、沙僧、羅利女	孫悟空、八戒、沙僧、萬聖龍王。鮎魚精（亂石山碧波潭妖，名爲奔波兒灞）、黑魚精（亂石山碧波潭妖，名爲灞波兒奔）
法術	牛魔王念咒變身成豬八戒、黃鷹、白鶴、香獐、大豹、人熊。孫悟空念咒變海東青、烏鳳、丹鳳、餓虎、金眼狻猊、賴象。哪吒三太子變三頭六臂，持斬妖劍連十數次砍牛魔王之頭，牛魔王落處隨即長出十數個頭。羅利女將念咒將芭蕉扇變作杏葉兒。	孫悟空使「解鎖法」
寶器	芭蕉扇（孫悟空持芭蕉扇，一扇，那火焰山平息焰，寂寂除光；二扇，只聞得習習瀟瀟，清風微動；三扇，滿天雲漠漠，細雨霏霏）、金箍棒、豬八戒釘鈀、哪吒三太子使「斬妖劍」、「照妖鏡」。	
奇境	火燄山	

回數	63	64
人物	祭賽國大小公卿、三藏、國王、梅山六兄弟（康、張、姚、李、郭、直）	祭賽國王、三藏
動物	猴、豬、魚、龍	猴、豬
植物		十八公原型爲松樹、孤直公原型爲柏樹、凌空子原型爲檜樹、拂雲叟原型爲竹竿、赤身鬼使原型爲楓樹、杏仙原型爲杏樹、女童原型爲丹桂（即臘梅），皆爲樹精。
神明	二郎神	
魔怪	孫悟空、八戒、鮎魚精、黑魚精、萬聖龍王、九頭駙馬（是一條九頭蟲）、老龍婆	孫悟空、八戒、十八公（號勁節）、孤直公、凌空子、拂雲叟、赤身鬼使、杏仙、女童
法術	孫悟空將金箍棒變戒刀、螃蟹。八戒使「隱身法」、「分水法」	孫悟空變斑斕猛虎。豬八戒念咒變二十丈長的身軀、並將釘鈀變成三十丈長
寶器	金箍棒、九頭駙馬使「月牙鏟」、八戒使「釘鈀」、萬聖龍王有「九葉靈芝」	
奇境		八百里荊棘嶺

回數	65	66
人物	三藏	
動物	猴、豬、馬。二十八星宿的原型皆爲動物、包括蛟、龍、蝠、兔、狐、虎、豹、獬、牛、貉、鼠、燕、豬、貐、狼、狗、犰、雞、烏、猴、猿、犴、羊、獐、馬、鹿、蛇、蚓	猴、龜、蛇、龍、馬
植物		
神明	五方揭諦、六丁六甲、一十八位護伽藍、二十八宿（角木蛟、亢金龍、女土蝠、房日兔、心月狐、尾火虎、箕水豹、斗木獬、牛金牛、氐土貉、虛日鼠、危日燕、室火豬、壁水貐、奎木狼、婁金狗、胃土彘、昴日雞、畢月烏、觜火猴、參水猿、井木犴、鬼金羊、柳土獐、星日馬、張月鹿、翼火蛇、軫水蚓）	二十八宿、龜神、蛇神、龍神、日值功曹、小張太子（大聖國師王菩薩之徒帝）、四大神將、彌勒、佛祖
魔怪	孫悟空、八戒、沙僧、龍馬、群妖、黃眉大王	孫悟空、黃眉大王、山精樹怪等小妖、龍馬
法術	孫悟空捻訣，身子可長千百丈高、又可小如芥菜子兒、變仙鼠（蝙蝠）；將金箍棒變幡竿、鑚鑽兒；毫毛變梅花頭；使「隱身法」。	孫悟空變大熟瓜、佛祖念咒將碎金復還原成金鐃一副。
寶器	金箍棒	觔斗雲、小張太子使「楮白槍」、四大神將使「錕鋙劍」、黃眉大王使「狼牙棒」及「搭包兒」（爲佛祖的後天袋子，稱爲「人種袋」，而「狼牙棒」是敲磬的槌子）、金鐃
奇境		天門

回數	67	68
人物	三藏、老者、稀柿衕眾人	三藏、朱紫國大使、國王、國人、太監、文武眾臣
動物	猴、豬、馬	豬、猴
植物		
神明		
魔怪	孫悟空、八戒、沙僧、龍馬	八戒、孫悟空
法術	豬八戒自稱有三十六變化，捻訣變大豬	孫悟空念咒使「隱身術」；毫毛變絲線，並以絲線向朱紫國王「懸絲診脈」。
寶器	豬八戒九齒釘鈀	
奇境	稀柿衕（每年爛熟柿子落地，將一條夾石衕衕填滿，又被雨露雪霜，經微過夏成一路汙穢，俗稱「稀屎衕」）。七絕山（山有八百里，滿山皆爲柿果，柿果有七絕，一絕益壽、二絕多陰、三絕無鳥巢、四絕無蟲、五絕霜葉可玩、六絕嘉實、七絕枝葉肥大，故名「七絕山」）	

回數	69	70
人物	朱紫國館使、多官、國王、法師	國王、金聖娘娘
動物	猴、豬、馬	猴、豬、猩猩、狐、鹿、虎、豹頭、彪、獺象、蒼狼、獐、狡兔、蛇、蟒
植物		
神明	東海龍王敖廣	
魔怪	孫悟空、八戒、沙僧、龍馬、賽太歲大王	孫悟空、麒麟山豸獬洞賽太歲部下先鋒、小妖、豬八戒、妖狐、妖鹿、魔王、虎將、熊師、豹頭、彪帥、獺象、蒼狼、乖獐、狡兔、長蛇、大蟒、猩猩等妖將
法術		孫悟空變鷂子、猛蟲兒。
寶器		賽太歲大王有三個金鈴，第一個幌一幌，有三百丈火光燒人；第二個幌一幌，有三百丈烟光醺人；第三個幌一幌，有三百丈黃沙迷人。
奇境		豸獬洞

回數	71	72
人物	金聖娘娘、國王、三藏	三藏、三女子
動物	猴、狐狸、鹿、妖、犰、孔雀	豬、猴、馬、鮎魚、鷹。七妖精乾兒子原型爲蜜蜂、螞蟻、蠦蜂、班毛、牛蜢、抹蠟、蜻蜓。
植物		
神明	西天佛母孔雀大明王菩薩、紫陽眞人	土地
魔怪	賽太歲、孫悟空、金聖娘娘侍女（原型爲玉面狐狸）、怪鹿妖狐、	八戒、沙僧、孫悟空、龍馬、盤絲洞七妖精、七妖精乾兒子
法術	孫悟空變蒼蠅兒；毫毛變假春嬌、虱子、臭蟲、虼蚤、鈴兒；使「解鎖法」、「隱身法」；念咒引起風催火勢，火挾風威，紅焰焰，黑沉沉，滿天烟火，遍地黃沙	孫悟空變蒼蠅、老鷹；毫毛變黃鷹、麻鷹、白鷹、雕鷹、鶻鷹、魚鷹。八戒變鮎魚精。七妖精現出本相，個個都變成無窮之數。
寶器	金箍棒	
奇境		

回數	73	74
人物	三藏、婦人、毘藍婆	三藏、老者
動物	猴、豬、七妖精原型爲蜘蛛、百眼魔君原型爲蜈蚣精、昂日星官原型爲公雞	猴、豬
植物		

神明	土地、菩薩、昴日星官	太白金星
魔怪	孫悟空、豬八戒、沙僧、七蜘蛛精、百眼魔君（又名「多目怪」，有一千隻眼，化身爲道士）	孫悟空、八戒、沙僧、小妖、三位大王
法術	孫悟空捻訣念「唵」字眞言，可將土地神自雲上拘來。孫悟空尾巴毛變七十個小行者；對金箍棒吹仙氣，變七十個雙角叉兒棒；變川山甲。	孫悟空變小和尚、蒼蠅、小鑽風妖魔。一大王可吞十萬天兵。二大王的鼻似蛟龍，一捲鼻，即使鐵背銅身也會魂亡魄喪。
寶器	觔斗雲、菩薩有「繡花針」可對付多目怪。毘藍婆有「解毒丹」。	三大王有「陰陽二氣瓶」（人裝入瓶中，一時三刻會化爲漿水）
奇境	紫雲山千花洞	八百里獅駝嶺獅駝洞

回數	75	76
人物		唐僧
動物	猴、豬	猴、豬
植物		
神明		
魔怪	孫悟空、小鑽風小妖、魔王、八戒	孫悟空、三妖魔、八戒、沙僧、眾小妖
法術	孫悟空變金蒼蠅、捻「避火訣」；毫毛變金鋼鑽、竹片、棉繩、喇叭口。	孫行者捻訣變蟭蟟蟲
寶器		
奇境		

回數	77	78
人物	三藏	三藏、老軍、驛丞、比丘國國王
動物	猴、豬、馬；三妖魔原型爲獅、象、鵬	猴、馬、豬
植物		
神明	北海龍王、如來佛、十八尊羅漢、菩薩	城隍、土地、社令、五方揭諦、四值功曹、六丁六甲、護教伽藍
魔怪	孫悟空、三妖魔（爲獅王、象王、大鵬）、八戒、沙僧、小妖、龍馬	孫悟空、龍馬、八戒、沙僧。妖魔化成的國丈道人（向國王提議取一千一百一十一個小兒心肝做藥引，指望長生）。
法術	孫悟空毫毛變假行者；搖身變黑蒼蠅兒；捻訣念咒拘喚北海龍王。	孫悟空捻訣變蜜蜂、蟭蟟蟲；念眞言，吹仙氣，把三藏變假行者模樣；捻訣念咒，把悟空自己變假唐僧。
寶器	觔斗雲	八戒釘鈀
奇境		

回數	79	80
人物	錦衣官、國王	三藏、道人、喇嘛和尚
動物	豬、猴、國杖道人原型爲白鹿、美人原型爲白面狐狸	豬、猴、馬
植物	樹精原型爲九叉楊樹。	
神明	土地、南極星、壽星、城隍、社令、五方揭諦、四値功曹、六丁六甲、護教伽藍	
魔怪	國杖道人、沙僧、孫悟空、八戒、樹精、美人	八戒、沙僧、孫悟空、妖精化成女子、龍馬
法術	行者變的假唐僧，用牛耳短刀把肚皮剖開，裏頭有許多心，包括「紅心、白心、'黃心、慳貪心、利名心、嫉妒心、計較心、好勝心、望高心、侮慢心、殺害心、很毒心、恐怖心、謹愼心、邪妄心、無名隱暗之心、種種不善之心，更無一個黑心」，後因忍耐不住，收法現出本相。	
寶器		觔斗雲
奇境		黑松大林

回數	81	82
人物	三藏、鎮海禪林寺眾僧	三藏
動物	豬、猴	豬、猴
植物		
神明	山神、土地	
魔怪	八戒、孫悟空、沙僧、女妖精	八戒、女妖精、孫悟空、沙僧、小妖
法術	孫悟空變小和尚、使「小坐跌法」、變三頭六臂	八戒變黑胖和尚。孫悟空變蒼蠅兒、蟭蟟兒、老鷹
寶器		釘鈀、火眼金睛
奇境	陷空山無底洞	

回數	83	84
人物	三藏	三藏、趙媽媽、女兒、孩子、二十多個賊、巡城總兵、東城司馬、國王、宮女、太監、皇后、大小官員
動物	猴、豬、鼠	馬、猴、豬
植物		
神明	張、葛、許、邱四大天師、長庚太白金星、玉帝、托塔李天王	觀音菩薩化身爲老母。善財童子化身爲小孩兒。土地。

魔怪	孫悟空、女妖精（原型爲金鼻白毛老鼠精，因偷香花寶燭，改名爲半截觀音，如金鐃她下界，又喚作地湧夫人）、八戒、沙僧、小妖怪	龍馬、孫悟空、八戒、沙僧
法術	孫悟空變棗核釘兒	孫悟空變爲老鼠；起攝法駕雲出去；變三尖頭鑽兒；變螻蟻兒；使「大分身普會神法」，將毫毛變假小行者、瞌睡蟲，使小行者都穩睡不醒；將金箍棒幌一幌變千百口剃頭刀兒，將宮中眾人都剃成光頭；念咒喝退土地神祇。
寶器		火眼金睛、金箍棒
奇境	南天門	

回數	85	86
人物	國王、文武多官、三藏、樵子	三藏、樵子
動物	豬、猴、馬	馬、猴、豬、先鋒原型爲蒼狼怪、南山大王原型爲豹子精
植物		
神明		
魔怪	八戒、孫悟空、龍馬、群妖、妖精	孫悟空、龍馬、八戒、沙僧、南山大王、群妖、先鋒
法術	八戒捻訣變矮瘦子	孫悟空使「分身法」，將毫毛變本身模樣；自己又變成水老鼠、螞蟻兒；毫毛變瞌睡蟲兒
寶器		
奇境		隱霧山折嶽連環洞

回數	87	88
人物	三藏、眾官人	唐僧、老師父、三個王子、眾官、老王
動物	猴、豬	馬、猴、豬
植物		
神明	東海龍王敖廣（化作人形）、葛仙翁、玉帝、許旌陽、邱洪濟、張道陵。葛、許四眞人。鄧、辛、張、陶四將。土地、城隍、社令、閃電娘子、雷神、龍神	
魔怪	孫悟空、八戒、沙僧	龍馬、孫悟空、八戒、沙僧、妖精
法術	眾神合作，賜來滂沱甘澍。	
寶器	觔斗雲	金箍棒、九齒釘鈀、降妖杖
奇境	西天門	豹頭山虎口洞

回數	89	90
人物	三個王子、老王、三藏、大小官員、匠作人	三藏、三個小王子、老王、大小官員、鐵匠
動物	猴、豬、狼、老妖原型爲金毛獅子。妖孫原型爲雪獅、狻猊獅、白澤獅、伏狸獅、搏象獅	猴、豬、獅
植物		
神明		土地、神祇、城隍、金頭揭諦、六丁六甲、太乙救苦天尊
魔怪	孫悟空、八戒、老妖、狼頭妖怪、沙僧、小妖、九靈元聖、妖孫。刁鑽、古怪二妖精	孫悟空、沙僧、八戒、黃獅精、雪獅精、狻猊獅精、白澤獅精、伏狸獅精、搏象獅精、九頭獅子精、青臉兒怪、刁鑽古怪兒、股怪刁鑽兒、九頭九口老怪、金毛獅子精
法術	孫悟空捻訣變蝴蝶	孫悟空使「身外身法」，將毫毛變百十個小行者；有使「遁法」。太乙救苦天尊念咒收伏獅奴兒。
寶器		獅精的武器有鐵蒺藜、三楞簡、悶棍、銅鎚、鋼槍、鉞斧。孫悟空有金箍棒。
奇境	九曲盤桓洞	豹頭山虎口洞

回數	91	92
人物	唐僧、天竺國外郡金平府眾僧	三藏、縣官
動物	猴、犀牛、豬	猴、豬、馬。犀牛怪的原型爲兕犀、雄犀、牯犀、斑犀、胡冒犀、墮羅犀、通天花文犀。蛟、獬、狼、犴。龜、鱉、鯾、鯉、鼉、鱯、黿、蝦、蟹、龍。
植物		
神明	四值功曹	太白金星、龍王、二十八宿、增長天王。殷、朱、陶、許四大靈官。葛、邱、張、許四大天師。
魔怪	孫悟空、辟暑大王、辟寒大王、辟塵大王、小妖、山牛精、水牛精、黃牛精、八戒、沙僧	孫悟空、龍馬、沙僧、辟暑大王、辟寒大王、辟塵大王、八戒、犀牛怪。水晶宮中的老龍王及龜、鱉、鯾、鯉、鼉、鱯、黿、蝦、蟹等兵卒。
法術		孫悟空捻訣變火焰蟲兒、使「解鎖法」
寶器		
奇境	青龍山玄英洞	水晶宮

回數	93	94
人物	寺僧、三藏、老僧、驛丞、天竺國王、宮娥、彩女、太監	天竺國王、三藏、儀制司官、侍衛官、后妃、驛丞
動物	猴、豬、蜈蚣	猴、豬
植物		
神明		
魔怪	孫悟空、八戒、沙僧、蜈蚣精	孫悟空、八戒、沙僧、公主為妖精化身
法術	妖精變假天竺國公主	孫悟空毫毛變本身模樣，而真身變蜜蜂兒。
寶器		火眼金睛
奇境		

回數	95	96
人物	三藏、國王、彩女、皇后、嬪妃、眾官	三藏、寇員外（名洪）、大小家僮、員外母親、兩秀才（名寇梁、寇棟）、兩班僧道
動物	猴、豬	豬、猴、馬
植物		
神明	土地、山神、太陰星君、姮娥仙子	
魔怪	孫悟空、化身宮主的妖精、八戒	八戒、孫悟空、沙僧、龍馬
法術	孫悟空金箍棒以一變千，以十變百，以百變千，亂棒打妖精；又捻訣，念動真言喚來土地和山神。	
寶器	火眼金睛、金箍棒	
奇境	西天門；百腳山（有蜈蚣成精，傷害來往行旅）	

回數	97	98
人物	三藏、眾賊、寇員外母親、兩秀才（名寇梁、寇棟）、眾官兵、刺使、獄官、兩媳婦、地靈縣縣官、知縣、寇員外	寇員外、三藏、長老
動物	猴、馬	猴、豬
植物		
神明	獄神、土地、城隍、十閻王、地藏王菩薩、金衣童子	玉真觀金頂大仙、南無寶幢光王佛、八大金剛、如來至尊釋迦牟尼佛
魔怪	孫悟空、龍馬、沙僧	孫悟空、沙僧、八戒
法術	孫悟空念咒使「定身法」、變猛蟲兒	
寶器	觔斗雲	火眼金睛
奇境	幽冥地界森羅殿	唐僧師徒上靈山，於「凌雲渡橋」邊搭無底船。

回數	99	100
人物	三藏、漁人（名陳澄）、陳清	唐太宗、三藏、長安眾僧、群臣
動物	豬、猴、老黿、馬	猴、豬、馬、龍
植物		
神明	五方揭諦、四值功曹、六丁六甲、護衛伽藍、觀音菩薩	八大金剛、如來、南無燃燈上古佛、南無藥師琉璃光王佛、南無釋迦牟尼佛、南無過去未來現在佛、南無清淨喜佛、南無毘盧尸佛、南無寶幢王佛、南無彌勒尊佛、南無阿彌陀佛、南無無量壽佛、南無接引歸真佛、南無金剛不壞佛、南無寶光佛、南無龍尊王佛、南無精進善佛、南無寶月光佛、南無現無愚佛、南無婆留那佛、南無那羅延佛、南無功德華佛、南無才功德佛、南無善遊步佛、南無栴檀光佛、南無摩尼幢佛、南無慧炬照佛、南無海德光明佛、南無大慈光佛、南無慈力王佛、南無賢善首佛、南無廣莊嚴佛、南無金光華佛、南無才光明佛、南無智慧勝佛、南無世靜光佛、南無日月光佛、南無日月珠光佛、南無慧幢勝王佛、南無妙音聲佛、南無常光幢佛、南無觀世燈佛、南無法勝王佛、南無須彌光佛、南無大慧力王佛、南無金海光佛、南無大通光佛、南無才光佛、南無栴檀功德佛、南無鬥戰勝佛、南無觀世音菩薩、南無大勢至菩薩、南無文殊菩薩、南無普賢菩薩諸菩薩、南無清淨大海眾菩薩、南無蓮池海會佛菩薩、南無西天極樂諸菩薩、南無三千揭諦大菩薩、南無五百阿羅大菩薩、南無比丘夷塞尼菩薩、南無無邊無量法菩薩、南無金剛大士聖菩薩、南無淨壇使者菩薩、南無八寶金身羅漢菩薩、南無八部天龍廣力菩薩、
魔怪	八戒、孫悟空、沙僧、龍馬	孫悟空、八戒、沙僧、龍馬
法術	孫悟空使「解鎖法」	
寶器		金箍棒
奇境		靈山

表四、《續西遊記》角色、法術、寶器與奇境分類表

回數	1	2
人物	法號到彼（剃度出家的比丘僧）、靈虛子（優婆塞道者，為一久修禪和子）、賣法術之人（名萬化因）	比丘僧到彼、靈虛子道者、陳玄奘、童兒
動物		猴、豬、馬
植物		
神明	如來、菩薩	如來
魔怪		豬八戒、孫悟空、沙悟淨、玉龍馬
法術	靈虛子好變幻之術，變老樸人、變童兒、變優婆夷老婦。賣法術之人變巨人三頭六臂、變蒼龍、變猛虎、變女子	靈虛子變成丈二法身、須彌山、大漢子、蜻蜓兒、蚊子、蟭蟟蟲兒
寶器		
奇境		

回數	3	4
人物	三藏、靈虛子、比丘僧到彼	三藏、靈虛子、比丘僧到彼、秀士
動物	猴、豬、馬	
植物		
神明	如來、大力神王	大力神王、如來、阿難
魔怪	行者、八戒、沙僧、龍馬	行者、八戒、沙僧
法術	靈虛子變老鼠、行者變黧貓	
寶器	孫悟空的金箍棒、八戒的釘鈀、沙僧的寶杖	孫悟空的金箍棒、八戒的釘鈀、沙僧的寶杖皆被大力神王收去，換了三條禪丈。八十八顆菩提數珠子（如來給比丘僧到彼八十八顆菩提數珠子，此珠子一粒一佛，迺五十三佛之念頭，三十五佛之心印，遇妖魔，只要持諸手內，一粒撥動，萬邪自清，有轉圓不竭之正覺）。木魚梆子（可淨心驅魅，凡遇經聞有阻，一擊自無留難）。
奇境	行者因向靈虛子誇逞名姓來歷，於入靜時現出昔日鬧天宮的景象；鬧地獄的情形；黃風怪猙獰現形；紅孩兒猖狂作橫；牛魔王弄神通，諸此，讓行者產生金箍棒難打、翻筋斗會偏遲的聯想。	

回數	5	6
人物	寇梁、寇棟、三藏、家僕、靈虛子、比丘僧到彼	三藏、比丘僧到彼、婆子、小僧、靈虛子、客人
動物	蠹魚（蝕紙蟲）、豬、猴	馬、猴、豬、桑蠶、青蛙
植物		
神明		
魔怪	蠹魚妖、八戒、悟空、沙僧、小妖	蠹妖、八戒、沙僧、行者、老蛙精、龍馬
法術	蠹魚妖變作寇梁、寇棟之狀。行者使「泰山壓頂法」；其火眼金睛可知妖邪變化變小蠅兒；用手指叫聲「定」，小妖如同泥塑一般。到彼僧拋下菩提數珠一顆，唸動法語將經櫃一塊生成。蠹魚妖用移經之計；又變成寇老員外；變凶惡漢子。靈虛子將石片唸動眞言，變了經包與眞的無異；變老人。	蠹妖於荒僻臨中變出一處草屋茅檐；老蠹變蠶桑婆子；兩蠹妖變蠶簸；眾小妖變蠶蟲。靈虛子變靈鵲、犀牛角。比丘僧變客商。
寶器	行者有火眼金睛；一般禪杖	木魚兒
奇境		

回數	7	8
人物	客人、三藏、比丘僧到彼	三藏、客商、賣豆腐老者
動物	猴、豬、蛙、蠹魚。小妖原型爲小蛙、蛤蟆、馬	蠹魚、桑蠶（蠹妖所變）、豬、猴、鹿、麋
植物		
神明	神王	
魔怪	行者、八戒、蛙怪、蠹妖、沙僧、小妖、玉龍馬	蠹妖、行者、八戒、麋妖
法術	蠹妖使金蟬脫殼之計。行者變假行者、蜜蜂兒、重擔法。菩提珠子變大石子。	行者毫毛變一群猴子。蠹妖變店家、變寇梁、變寇棟。小鹿變吉士。麋妖變老叟
寶器	禪杖。蠹妖有長槍、寶劍。比丘僧到彼使菩提珠子。	
奇境		三藏只說了「騙」字，便生出一種騙經的妖孽

回數	9	10
人物	三藏、老叟、靈虛子、比丘僧到彼	三藏、靈虛子、比丘僧到彼
動物	龍馬、麋、猴、豬	猴、豬、鹿、麋、靈龜、玄鶴
植物		古柏
神明		

魔怪	麋妖、行者、八戒、沙僧、小妖	行者、八戒、沙僧、小妖、麋妖、南山頭峰五老、年長澗靈龜老、北山後玄鶴老、闢寒大王、闢暑大王、闢塵大王、
法術	靈虛子變老道士、變老虎。比丘僧到彼將菩提珠子變經包。靈虛子把木魚梆槌變兩個小漢子揹著。	靈虛子變鷹兒、移山倒海法。峰五老變小廟兒。
寶器		禪杖
奇境		

回數	11	12
人物	三藏、老僧、小沙彌、比丘僧、靈虛子	靈虛子、比丘僧、沙彌、三藏
動物	豬、猴、玄鶴、麋	玄鶴、靈龜、麋鹿、豬、猴、蛇
植物	柏	柏
神明		
魔怪	八戒、行者、古柏老、峰五老、小妖、老麋（幽谷洞的千年老麋）	古柏老、玄鶴老、峰五老、麋妖、沙僧、靈龜老妖、八戒、行者、赤花蛇精
法術	齋心廟是古柏老所變化的。玄鶴老變老道者。行者有筋斗神通兒，一個筋斗可翻十萬八千里遠。峰五老取石子變饃饃。	古柏老變假廟。玄鶴老變道者。峰五老取石頭變石頭饃饃漢經擔包。靈龜與麋鹿變漢子。靈虛子變小鳥和老虎。比丘僧變樵夫、老僧；將菩提珠變經包
寶器		菩提珠
奇境		赤炎嶺，此嶺多夏多暖，行人走道不可說熱，但閉口不言，行過十餘里方清涼，若說一個熱字，變暖氣吹來，有如炎火。其中赤炎洞中有條赤花蛇精，毒餤甚惡，人過嶺若說一個熱字，妖精便會放毒氣，越說越放。

回數	13	14
人物	比丘僧、靈虛子、三藏、漢子	靈虛子、比丘僧、三藏
動物	蛇、猴、豬、馬	猴、豬、蛇、龜
植物		
神明		
魔怪	赤花蛇精、行者、八戒、沙僧、玉龍馬	行者、赤花蛇精、八戒、龜精、小妖、沙僧
法術	赤花蛇精變小花蛇、山精蜓怪。靈虛子變老叟、四足猛獸。玉龍馬原是海中龍子化身，牠不畏水火，反噴出幾口水來抵擋火焰。	行者使金剛不壞身法術；變小火蛇兒；變經包。八戒有磁石吸鐵法，把剛鬚變成磁石。靈虛子變老叟。靈虛子、比丘僧變全真道士。赤花蛇精、龜精變兩個善眉善眼男女。

寶器	妖精有流星錘。
奇境	

回數	15	16
人物	三藏、靈虛子、比丘僧、沙彌	三藏、鎮海寺眾僧、靈虛子、長老、沙彌、脫凡和尚、富家子
動物	猴、豬、蜥蜴、虺、蝮、蝎	豬、猴、狐狸、蝎
植物		
神明		金甲神人
魔怪	沙僧、行者、八戒、虺蛇妖（蜥蜴）、虺妖、蝮大王、蝎大王	沙僧、行者、八戒、狐狸精、蝎妖
法術	靈虛子變小虺兒。靈虛子、比丘僧變唐僧、行者。	靈虛子敲木魚嚇走妖精。狐狸變婦人。行者變無數大毒蜂。
寶器		
奇境		

回數	17	18
人物	三藏、長老、眾僧、脫凡和尚、富家子、靈虛子、比丘僧	沙彌、寺僧、三藏
動物	虺、蛇、蝮、蝎、豬、猴、狐狸	猴、蝎、狐狸、豬、馬
植物		
神明		
魔怪	虺妖、蛇妖、蝮妖、蝎妖、八戒、行者、沙僧、狐妖	行者、蝎妖、狐妖、八戒、龍馬
法術	虺精、蛇精、蝮精、蝎精假變人形成僧徒。狐妖變婦人。	行者一筋斗到靈山。狐妖被毒餤燒傷顏面，變殘面婦人
寶器		
奇境		

回數	19	20
人物	脫凡和尚、靈虛子、比丘僧、三藏、沙彌、老叟、樵子	三藏、瞎聾老婆子
動物	豬、馬、狐狸、猴	豬、虎、獅、狐狸、猴
植物		
神明		
魔怪	八戒、狐妖、行者、小妖、龍馬	虎威魔王、八戒、小妖、沙僧、獅吼魔王、狐妖、行者

法術	靈虛子變白鶴、婦人、老鼠、住持長老。比丘僧變老僧。狐妖變婦人。	狐妖變美貌婦。八戒變俊俏小沙彌。行者變大猴子模樣、變三昧長老。
寶器		禪杖
奇境	八百里莫耐山，長有八百里，險峻難行，高高低低無三里平坦路，約走三五十里時，一陣風吹來，初微微似春峰坦蕩，漸次狂大，凜冽生寒，有妖魔出入。	

回數	21	22
人物	三昧長老、道人、老漢	老漢、三藏、啞道人、靈虛子、比丘僧、小漢子
動物	虎、狐、獅、猴	猴、豬、虎、狐、鸞、鳳
植物		
神明		
魔怪	虎威大王、小妖、狐妖、獅吼大王、行者	行者、八戒、虎威大王、狐妖、獅吼大王、鸞簫夫人、鳳管娘子、小妖
法術	行者把三昧長老變成八戒一般；又把自己變作三昧長老，再變回自己原形；變小妖；變老鼠；變道人。三藏誦經念咒，將眼瞎耳聾多年的婆子治好。	靈虛子變靈鵲。狐妖變行路客人、鵁雁。鸞簫夫人變七八十歲老婆子。鳳管娘子變六七十歲醜婦人。
寶器		
奇境		

回數	23	24
人物	一真隱士（又名陸地仙，為仙鸞所化）、三藏、童子	一真隱士（又名陸地仙，為仙鸞所化）、三藏、靈虛子、比丘僧
動物	虎、獅、鸞、鳳、猴、豬、龍馬、鸞	猴、豬、虎、獅、鸞、鳳
植物		
神明		
魔怪	小妖、虎威魔王、獅吼魔王、鸞簫夫人、鳳管娘子、八戒、行者	八戒、行者、虎威魔王、獅吼魔王、鸞簫夫人、鳳管娘子
法術	小妖變金鞍白馬。虎威魔變白面郎君。獅吼魔變龍陽漢子。	陸地仙變唐僧。行者毫毛變經櫃、變童子、變芒刺、變蛀蟲。虎威魔變一真隱士。靈虛子變蒼蠅。
寶器		
奇境		

回數	25	26
人物	三藏、靈虛子、比丘僧	三藏、比丘僧、道者
動物	豬、猴、虎、獅、鸞、鳳、馬	豬、猴、虎、獅、鸞、鳳、馬
植物		
神明		
魔怪	小妖、八戒、行者、虎威魔王、獅吼魔王、鸞簫夫人、鳳管娘子、沙僧、龍馬	八戒、行者、沙僧、小妖、虎威魔王、獅吼魔王、鸞簫夫人、鳳管娘子、白龍馬
法術	行者變隱士、變螢火蟲。鳳管娘子變隱士。靈虛子變陸地仙。	行者毫毛變三藏、變沙僧、變螢火蟲、使隱身法、變陸地仙、變童子。道者變陸地仙。
寶器	禪杖	
奇境		

回數	27	28
人物	靈虛子、比丘僧、三藏	三藏、老漢及其妻兒、嘍囉
動物	豬、猴、鳳、虎、鸞、獅	猴、鳳、豬、蟒
植物		
神明		
魔怪	行者、八戒、沙僧、虎威魔王、鳳管娘子、小妖、獅吼魔王、鸞簫夫人、陸地仙（為仙鸞所化，化身為一眞隱士）	行者、鳳管娘子、八戒、沙僧、七情大王、六慾大王、三屍魔王（為蟒精）
法術	行者變童子、有騰挪之法、變勇猛大將。靈虛子變婦人。鳳管娘子變美婦人。	行者變過嶺客人、於腰間假變出牌票、變蜻蜓兒。七情大王、六慾大王能飛沙走石，撒豆成兵。
寶器	禪杖	禪杖
奇境		蟒妖嶺駝羅莊，有蟒蛇作怪，能飛沙走石，把人家的牛馬豬羊雞犬吃盡，村人請法官道士來驅遣，亦將其囫圇吞去。

回數	29	30
人物	三藏	三藏、嘍囉、靈虛子、比丘僧
動物	猴、蟒、豬	蟒、猴、豬
植物		
神明		
魔怪	七情大王、六慾大王、行者、三屍魔王、八戒	三屍魔王、行者、八戒、沙僧、七情大王、六慾大王
法術	行者變公差、小校。三屍魔王使幻法。	行者變公差；吹氣，將七情大王變八戒。靈虛子變蒼鷹。靈虛子、比丘僧變白鬚眉道者。八戒變七情大王。

寶器		禪杖
奇境		

回數	31	32
人物	三藏、嘍囉、靈虛子、比丘僧	三藏、靈虛子、比丘僧、頭陀
動物	豬、猴、蟒	豬、猴、老牸牛
植物		
神明		
魔怪	沙僧、六慾大王、三屍魔王、八戒、行者、七情大王	八戒、行者、沙僧、六慾大王、七情大王、陰沉魔王（是深林密樹，陰氣幽氛，凝結不散聚怪而成）、巡林夜叉小鬼兒。
法術	行者於腰間取黃豆變魔王；變烏鴉；吹一口氣，將三藏及沙僧變成靈虛子、比丘僧所變的老道，再把老道變金甲神人。八戒將鬃毛變假八戒。靈虛子、比丘僧變老道。靈虛子假扮沙僧。比丘僧假扮三藏。	行者變行路人、變破布衣。
寶器	三屍魔王持鋼槍、八戒與行者有禪杖	
奇境		黯黮林，林連結八百里，有妖精盤據，神通廣大能囫圇吞人，即使牛馬，一口能吞三個。且此林前不巴村，後不巴店，伸手不見掌，對面不見人。

回數	33	34
人物	優婆塞、三藏、頭陀	三藏、靈虛子、比丘僧、店小二、店婆子、頭陀
動物	陰沉魔王的原型為老牸牛、猴、豬	猴、豬、馬、老牸牛
植物		
神明	靈山返照童子	靈山返照童子
魔怪	陰沉魔王、小妖、夜叉、行者、八戒	行者、八戒、沙僧、魔王之夜叉、陰沉魔王、龍馬
法術	行者變鸒貓	行者有天馬行空之術，神人縮地之能。
寶器		禪杖；菩提子可變燈籠火把照路。
奇境	黯黮林有十餘種妖魔倚草附木，凝結陰氣作五里雲，口噴千里霧，白晝瀰漫，不見天日。	

回數	35	36
人物	店婆子、三藏、老官兒	曹操、長老、三藏、老官兒

動物	豬、猴、馬	豬、猴
植物		
神明		閻王
魔怪	行者、八戒、小妖、陰沉魔王、沙僧、龍馬	獨角魔王、行者、八戒
法術	八戒變尼姑	長老唸咒捏訣，將一法食變如山。行者變鷂鷹；變漢子；使隱身術。
寶器		
奇境	餓鬼林，林中有許多妖精，飢餓時往往假變人形來吃人。	三國魏王曹操，因權奸篡漢，陷害忠良，死時遺命眾姬妾，朝夕在銅雀臺奏樂上食，如生前一般快樂，但閻王認為曹操應受些苦惱，遂令獄卒驅入惡鬼道中，飢食鐵丸，渴飲銅枝，遍體洞燒，焦灼糜碎，後來遇著關聖帝君監押酆都，曹操十分哀告，帝君想起他不害二嫂情由，動了憐念，命獄卒少寬他一時，曹操得空一靈飛走，無奈腹雖餒來到餓鬼林，此林原為快活林，都是賢良富貴居住，只因恃著快活，不做賢良，都變成飢餓鬼，因循漸漬，招來一個妖魔，名喚獨角魔王，神通廣大，招集飢餓鬼充為嘍寨，專在林間吃來往行人，成為餓鬼林。

回數	37	38
人物	三藏、曹操	三藏、靈虛子、比丘僧、婦人、客人、老和尚
動物	猴、豬	猴、豬
植物		
神明	神將、龍王	如來、神王
魔怪	行者、獨角魔王、八戒、沙僧、小妖、妖婦、巡海夜叉	行者、沙僧、八戒、小妖、獨角魔王
法術	行者變標致漢子、毫毛變沙僧。八戒剛鬣變鋼錐。	行者變蝙蝠。靈虛子變行路人、變婦人；用嘴向另一婦人吹一口氣，只見個個打盹睡起來。
寶器	神將執鋼鞭、禪杖	禪杖。魔王有明晃晃板斧。菩提珠子望空灑去，粒粒如堅鋼，可迎擊飛刀。
奇境	水晶宮	靈山

回數	39	40
人物	靈虛子、比丘僧、三藏、老婆子、小婦人、漢子	靈虛子、比丘僧、僧人、道者、三藏、老漢

動物	猴、豬、薰風林妖怪為斑斕猛虎	猴、馬、豬。小妖原型為獐、狐、兔、鹿
植物		
神明		靈吉菩薩
魔怪	行者、獨角魔王、八戒、小妖	行者、八戒、嘯風魔王、沙僧、小妖、龍馬
法術		
寶器	靈虛子的木魚梆子	行者當年自靈吉菩薩處得定風丹。小妖有盔甲兵器。嘯風魔王有丈八長槍。
奇境	薰風林，每年三春，花柳盛開，但因幾個縱酒少年生事惹禍，而惹來一個怪物，此怪在林中逞弄狂風，颳去飛禽走獸的羽毛，樹葉枯枝不存，遂被稱為狂風林。妖怪把老少漢子捉去，幫他弄風，使婆媳皆悲啼不已。	

回數	41	42
人物	老漢、婆子、三藏、比丘僧、道者	善信男子、三藏、漢子、老僧、道者、比丘僧、靈虛子
動物	猴、豬、狐、獐	豬、猴、狐、麞、獐、兔、龍
植物		
神明		
魔怪	行者、嘯風魔王、八戒、沙僧、獐妖、狐妖、小妖	興雲妖魔（原形為老龍，迺是當年涇河老龍因違了旨意，多降了雨澤，被魏徵斬了。恨唐王不曾解救，把唐王訴在冥司。後得唐王懺悔，一靈不散飛到時雨林）、八戒、沙僧、行者、狐妖、麞妖、獐妖、兔妖。
法術	行者使隱身術；變地方漢子、毫毛變假小妖。	行者變巡林小妖、使隱身術、變嘯風魔王。
寶器		禪杖
奇境		霾雨林，原稱時雨林，只因老龍一靈至此，逐日興雲佈雨，陰靄生出許多蝦鰻蟹鯉水族，無日不淋淋漓漓，遂稱霾雨林。

回數	43	44
人物	三藏	三藏、靈虛子、比丘僧
動物	豬、狐、猴	蝦、鰻、馬
植物		
神明		
魔怪	八戒、小妖、狐妖、行者、興雲魔王	沙僧、狐妖、小妖、蝦妖、鰻妖、興雲魔王、玉龍馬

法術	行者毫毛變蝦鱉蟲妖、變金睛赤髮似狐妖。狐妖變假魔王。	狐妖變行者。小妖變八戒。蝦妖變沙僧。鰻妖變八戒。玉龍馬口噴出逼水珠，雨半點兒逼牠不著。玉龍馬回復玉龍太子模樣。
寶器	禪杖	禪杖
奇境		

回數	45	46
人物	三藏	三藏、老漢、靈虛子、比丘僧、店小二
動物	猴、豬、馬	彌猴、豬
植物		
神明		
魔怪	行者、八戒、沙僧、小妖、興雲魔王、玉龍馬	行者、八戒、沙僧、六耳魔王（原形為六耳獼猴）、小妖
法術	行者使隱身法、變金甲神人、變假行者、變狐妖	靈虛子、比丘僧變客商。
寶器		
奇境		蒸僧林，乃當出唐僧師徒過八百里火焰山，聞說熄了火焰，滅了妖精，誰知火焰熄了，卻變成許多雨水陰霾，深林妖怪盤據在內，此林遂稱蒸僧林。

回數	47	48
人物	店小二、比丘僧、靈虛子、三藏	靈虛子、三藏、比丘僧、漢子、婆子
動物	猴、豬、狐、彌猴	彌猴、麞、獐、兔、鹿、狐
植物		
神明		
魔怪	小妖、八戒、行者、沙僧、六耳魔王、狐妖	行者、六耳魔王、麞妖、獐妖、兔妖、鹿妖、狐妖、狐婆
法術	靈虛子使迷魂法、變客人。六耳魔王變行者。行者使隱身術、變狐婆。狐妖變婆子及漢子。	靈虛子變沙僧。
寶器		菩提數珠可將大樹收束起來
奇境		臭穢林，因當年火焰焚山有幾條千尺大蟒，焚死未盡，此莽骸遺穢積臭在林，因而命名為臭穢林。

回數	49	50
人物	孩子、三藏、漢子、比丘僧、靈虛子、婦人	三藏、孩子、漢子、比丘僧、靈虛子、士人

動物	狐。豬、猴	狐、猴、金龍、豬、蟒
植物		
神明		
魔怪	狐妖、狐婆、八戒、行者、小妖	狐妖、狐婆、沙僧、行者、八戒、小妖、千年蟒妖
法術	狐妖變出一把刀。比丘僧、靈虛子變一龍一虎。	行者變小妖。菩提數珠變青鋒慧劍。魔王變三頭六臂、七手八腳模樣。
寶器		魔王有狼牙棒、比丘僧有菩提數珠。
奇境		

回數	51	52
人物	三藏、士人、靈虛子、比丘僧	靈虛子、比丘僧、三藏、道人
動物	豬、猴	豬、猴
植物		
神明		大仙、如來
魔怪	八戒、沙僧、行者、小妖、迷識魔王	八戒、沙僧、行者、三林魔（消陽魔、鑠陰魔、耗氣魔）、小妖
法術	八戒使脫殼金蟬法	比丘僧變碧眼胡僧。道人變西番模樣
寶器	禪杖。迷識魔王有盔貫甲、狼牙棒	
奇境		靈山

回數	53	54
人物	三藏	三藏、尼僧、坡老道、家僕
動物	豬、猴	豬、猴
植物		
神明		
魔怪	八戒、行者、小妖、迷識魔王、消陽魔、鑠陰魔、耗氣魔	消陽魔、鑠陰魔、耗氣魔、八戒、行者、沙僧
法術	行者將樹葉變八戒	行者毫毛變假經包
寶器	迷識魔王有盔貫甲、狼牙棒、禪杖	禪杖
奇境		

回數	55	56
人物	靈虛子、比丘僧、老尼、三藏	三藏、胡僧、陳員外、丫鬟、寶珍、店小二
動物	豬、猴	豬、猴、魚
植物		

神明		
魔怪	消陽魔、鑠陰魔、耗氣魔、八戒、行者、沙僧	八戒、行者、沙僧、消陽魔、鑠陰魔、耗氣魔、黑魚精
法術	消陽魔變賣酒客人。鑠陰魔變老婆子。靈虛子變醜陋兇惡貌。行者變小尼、毫毛變唐僧。消陽魔、鑠陰魔、耗氣魔變一個老婆子，兩個小婦人。靈虛子、比丘僧變唐僧、行者。	胡僧把菩提子變瓜錘
寶器		
奇境		平妖里寂空山，山下有一洞，環繞著一石洞，澗水潺潺，人莫能到，洞內有一妖能作風浪迷害村人，此怪積年已久，能攝人家諸般物件。

回數	57	58
人物	三藏、陳員外、陳寶珍、女道姑	三藏、比丘僧、靈虛子、老婆子、僧人漢子
動物	魚、猴、豬	猴、豬
植物		
神明		
魔怪	黑魚精、行者、八戒、小妖	行者、八戒、女古怪
法術	行者變小蛇。八戒變陳寶珍。黑魚精使金蟬脫殼之計，假變一個烏魚精形體，牠的金身鑽入水中，假變八戒。	靈虛子變雀兒、變老尼。行者變鷂鷹。比丘僧變女僧。
寶器		
奇境		

回數	59	60
人物	比丘僧、靈虛子、三藏、水賊與山賊（孫員外的九個兒子）、孫員外	三藏、頭領、小賊、比丘僧、靈虛子、巫人
動物	豬、猴、馬	猴、豬、黿
植物		
神明		
魔怪	女古怪、行者、八戒、龍馬	行者、八戒、老黿
法術	比丘僧變蒼蠅。靈虛子變八十老尼。比丘僧、靈虛子變舟人。行者毫毛變樵夫獵戶。	行者毫毛變孫員外、三個賊兄弟。行者變三頭六臂的金甲神人。巫人能呼風喚噢，灑豆成兵，變化多般。比丘僧的菩提數珠變船兒。靈虛子把金鯉變金龍，自己變今甲神將，把寶劍變大刀。比丘僧、靈虛子變老僧、沙彌。

寶器	比丘僧有菩提數珠	禪杖、菩提數珠、木魚兒
奇境		

回數	61	62
人物	三藏、孫員外兒子（三賊）、巫人	三藏、老和尚
動物	猴、豬、黿	猴、豬、黿
植物		
神明		
魔怪	行者、八戒、山精、老黿精、沙僧	行者、八戒、沙僧、老黿精、小黿精、妖魔
法術	行者毫毛變小賊、變蜈蚣、變水鴉、變魚鷂子。巫人念咒，黑霧瀰漫；又能使幻法。	行者念避水訣；變水老鼠；變小妖；變老和尚。妖魔變人形。
寶器	禪杖	小妖執照妖鏡。老黿有菩提子
奇境		

回數	63	64
人物	三藏、比丘僧、靈虛子、老和尚、老蒼頭	陳員外、三藏、村人、漢子、善人丁炎、
動物	黿、豬、猴	豬、猴
植物		
神明	真仙	
魔怪	黿精、妖魔、行者、沙僧、八戒、小妖、龍馬	八戒、行者、沙僧。鍋鐺銅鐵鋼錫等器物都成為精怪，吵鬧不休。
法術	比丘僧變老和尚。靈虛子變小沙彌；把木魚變鰲魚。沙僧變三頭六臂威猛大將。行者念避水訣。	
寶器	木魚、照妖鏡、菩提子	禪杖
奇境		

回數	65	66
人物	甘餘、三藏、丁炎、漢子、差人、比丘僧、靈虛子	三藏、僧人、元會縣官長、衙役、差人、卞益、卞學莊、賢姑、漢子
動物	猴、豬	猴、蜜蜂
植物		
神明		
魔怪	行者、牆壁精怪（牆壁能說人話）、八戒	行者、蜂精
法術	比丘僧、靈虛子將破屋變廟堂	行者變老道、使隱身術、變蜜蜂、毫毛變小和尚。

寶器		
奇境		

回數	67	68
人物	三藏、僧人、比丘僧、靈虛子、老叟	三藏、卜益、卜學莊、老叟、差役
動物	蜂、猴、鵲、豬、馬	鵲、蜂
植物		
神明		
魔怪	蜂妖、行者、鵲妖、八戒、沙僧、龍馬	鵲妖、蜂妖
法術	鵲妖變小和尚	鵲妖變小和尚、變僧道。行者變小乳雀
寶器		
奇境		

回數	69	70
人物	老叟、三藏、比丘僧到彼、靈虛子、長老、四大比丘僧	比丘僧到彼、靈虛子、長老、四大比丘僧、兩個和尚、三藏
動物	鵲、豬、猴	豬、猴
植物		
神明	白雄尊者	
魔怪	鵲妖、行者、八戒、沙僧	行者、八戒、沙僧
法術	鵲妖變盜賊。行者毫毛變經擔空櫃、無數假行者。靈虛子變孫行者樣貌。	
寶器	禪杖	
奇境		

回數	71	72
人物	兩個和尚、三藏、四大比丘僧、店小二、長老、比丘僧到彼、靈虛子	三藏、老和尚、漢子、長老
動物	豬、猴	豬、猴、馬、龜
植物		
神明		
魔怪	行者、八戒、沙僧	行者、八戒、沙僧、龜妖、小妖、龍馬
法術	比丘僧到彼、靈虛子變舟子。	行者使隱身術，將毫毛變假行者，自己隱著身；又變蜈蜂、小赤蛇、變長老。龜妖變長老。
寶器		
奇境		

回數	73	74
人物	比丘僧、靈虛子	比丘僧、靈虛子、三藏、四比丘僧、優婆塞五眾、住持
動物	龜、猴	豬、猴、龜
植物		
神明		古佛
魔怪	龜妖、行者、小妖	行者、三藏、八戒、龜妖、精靈
法術	龜妖變長老、使移山之法。比丘僧、靈虛子變漢子。行者毫毛變小妖、變彎石、飛蛾、啄木蟲。	比丘僧、靈虛子變舟子
寶器	龜妖有鐵槓子	
奇境		

回數	75	76
人物	比丘僧、靈虛子、住持、王員外及其十個兒子、眾優婆塞、三藏、眾漢子、和尚	比丘僧、靈虛子、村眾、通玄住持、三藏、王甲、老婦人、丫鬟、村漢
動物	豬、猴	猴、豬
植物		
神明		
魔怪	行者、八戒、沙僧	行者、八戒
法術		比丘僧、靈虛子變舟子；變守山門神將。行者毫毛變假行者；使隱身術；變蒼蠅。
寶器		
奇境		

回數	77	78
人物	通玄住持、三藏、王甲、比丘僧、靈虛子	三藏、兩個貧漢、比丘僧、靈虛子、山童
動物	猴、豬	獼猴、豬、鵲
植物		
神明		古佛、白雄尊者、四位神王、報事使者
魔怪	行者、八戒。福緣君、善慶君、美蔚君（皆為妖魔，化身為三個隱士）	行者、八戒、福緣君（原型為獼猴）、善慶君（原型為仙鵲）、美蔚君
法術	比丘僧、靈虛子變神將；變漢子。靈虛子把桃子變毒蝎；比丘僧把桃子變白花蛇。	行者變標致小和尚、使障眼法；毫毛變許多猴子。仙鵲變善慶君。
寶器		
奇境		

回數	79	80
人物	三藏、山童	三藏、山童、比丘僧、靈虛子
動物	豬、猴、麞、獐、狐、兔、鶴、馬、鰻	猴、豬
植物		
神明		
魔怪	行者、八戒、麞妖、獐妖、狐妖、兔妖、善慶君（鶴妖）、福緣君、美蔚君、黑鰻小妖、玉龍馬	行者、沙僧、小妖、八戒、善慶君、福緣君
法術	鶴妖變善慶君隱士。小妖把毒物變熱饃饃。	比丘僧、靈虛子變漢子、樵子；假變八戒、沙僧靈魂。
寶器		
奇境		

回數	81	82
人物	山童、三藏、比丘僧、靈虛子	三藏、比丘僧、靈虛子、長老
動物	猿猴、猩猩、鶴、豬	豬、鰻
植物		
神明		
魔怪	行者、善慶君（原型為白鶴）、福緣君（原型為猿猴）、美蔚君（原型為猩猩）、八戒、慌張魔王、沙僧。	福緣君、美蔚君、善慶君變隱士。小妖、八戒、沙僧、慌張魔王、孟浪魔王（原型為白鰻妖）
法術	行者變小妖、變福緣君。比丘僧、靈虛子變樵子。比丘僧舉菩提子，唸一聲梵語，將長槍折成三段。八戒、沙僧變兩個小妖。	比丘僧、靈虛子變樵子；變金甲神人。美蔚君變兔子。八戒變小蛇。善慶君變賣酒漢子。孟浪魔王變婦女。
寶器	菩提數珠	
奇境		

回數	83	84
人物	三藏、漢子、婦女	三藏、比丘僧、靈虛子
動物	猴、豬、鶴、鰻	猴、豬、鶴、鰻
植物		
神明		
魔怪	行者、八戒、沙僧、慌張妖魔、孟浪妖魔、善慶君	行者、慌張妖魔、孟浪妖魔、善慶君、小妖、八戒、沙僧
法術	慌張妖魔變凶惡大漢；取兩塊石頭變兩錠金寶。行者使隱身術、變女子。	行者毫毛變寶杖、獐子；變出一根金箍棒；變螢火蟲兒；變小妖。孟浪剝下身上的三片魚鱗，叫聲「變」，行者又吹了一口氣在他的鱗上，依舊變了三條小鰻兒。

寶器		靈虛子有三昧眞火。八戒的禪杖。
奇境		

回數	85	86
人物	靈虛子、比丘僧、三藏	靈虛子、比丘僧
動物	鶴、猴、獐、鰻、鯤	鯤、鰻、猴、豬
植物		
神明		
魔怪	善慶君鶴妖、慌張魔王（原型爲獐子妖精）、小妖、行者、孟浪妖魔（原型爲白鰻）、鯤妖、黑鰻小妖、六鯤魔	六鯤妖魔（司視魔、司廳魔、逐香魔、逐味魔、具體魔、馳神魔）、小妖、孟浪妖魔（原型爲白鰻）、行者、八戒
法術	白鶴變隱士。靈虛子、比丘僧變唐僧漢行者。慌張魔王把小妖變成自己；變五頭九臂大魔王。行者變小小孫行者。	靈虛子變全眞。司視魔變村莊男子
寶器		
奇境		

回數	87	88
人物	三藏、比丘僧	比丘僧、三藏、靈虛子、老叟
動物	豬、猴、馬、鯤	鯤、馬、猴、豬
植物		
神明		大力神王
魔怪	行者、八戒、孟浪魔、逐香魔、沙僧、司視魔、逐味魔、玉龍馬	六鯤妖魔（司視魔、司廳魔、逐香魔、逐味魔、具體魔、馳神魔）、行者、八戒、玉龍馬
法術	沙僧有瘦身法。行者毫毛變假行者、八戒、沙僧、索子；變三頭六臂，火眼金睛	具體魔變老村叟、老婆子，其他眾妖變行者、八戒、沙僧，牽著一匹馬。靈虛子把梆槌變降魔寶杵。比丘僧、靈虛子變遊方道士
寶器	行者、沙僧有禪杖	
奇境		

回數	89	90
人物	比丘僧、靈虛子、村人、三藏、老叟、長老寺僧、住持	三藏、僧人、司端甫、中平公、比丘僧、靈虛子
動物	獅、猴、豬	猴、獅、豬
植物		
神明		
魔怪	獅毛怪、行者、八戒	行者、獅毛怪、八戒

法術	靈虛子把魚槌變慧劍驅妖。獅毛怪變小蟲兒、假唐僧師徒。比丘僧、靈虛子變全眞。	行者使隱身術。比丘僧、靈虛子變全眞。
寶器		
奇境		

回數	91	92
人物	司端甫、三藏、婦女、比丘僧、靈虛子	比丘僧、靈虛子、三藏、獵人
動物	猴、獅、豬	獅、猴、豬
植物		
神明		
魔怪	行者、青毛獅怪、八戒、沙僧	青毛獅怪、行者、八戒、神王、沙僧
法術	行者毫毛變自身。青毛獅怪的虬毛變假唐僧、假行者。獅毛怪使隱身術、變侍兒、變大漢。比丘僧、靈虛子變全眞。行者毫毛變八戒。	行者變蟻芒蟲
寶器		禪杖
奇境		

回數	93	94
人物	比丘僧、靈虛子、三藏、獵人、漢子、尼僧	強梁惡少、三藏、樵子、溪人、老婆子、老漢子、尼僧
動物	豬、猴	豬、猴
植物		
神明		
魔怪	八戒、沙僧、行者	八戒、行者
法術	靈虛子變兔子。行者變金晴白額虎。八戒、沙僧、行者變尼僧。	行者變尼僧
寶器		禪杖
奇境		

回數	95	96
人物	三藏、比丘僧、靈虛子	三藏、婆子、店小二、客官、比丘僧、靈虛子
動物	猴、豬、鼺鼠	猴、豬、鼺鼠
植物		
神明		

魔怪	行者、八戒、病魔、鼴鼠精	行者、八戒、病魔、鼴鼠精、沙僧
法術	比丘僧、靈虛子摘樹葉變兔子；二人變老僧、士人、後生。靈虛子將空屋變小廟兒。病魔變客人。鼴鼠精變漢子、婦人	鼴鼠精變行客。行者使隱身術。比丘僧、靈虛子變士人、後生。
寶器		禪杖
奇境		

回數	97	98
人物	比丘僧、三藏、童兒、丹元老道	三藏、丹元老道、童兒
動物	豬、猴、鼴鼠	豬、猴、鼴鼠、蝙蝠
植物		
神明		
魔怪	八戒、沙僧、行者、鼴鼠精	八戒、行者、鼴鼠精、蝠妖、沙僧
法術	比丘僧變士人。鼴鼠精使隱身術；變兩堵牆；變烏鴉。行者變黃鼠狼。	行者變鷂鷹、白練蛇；把樹葉變小葫蘆。鼴鼠精變小花蛇、凶狠漢子。三個妖魔變惡人。
寶器	禪杖	丹元老道有小葫蘆可收妖
奇境		

回數	99	100
人物	三藏、比丘僧、靈虛子、老和尚、童兒、僧道、劉員外	三藏、老叟、老和尚、道童、比丘僧、唐太宗、靈虛子
動物	鼴鼠、蝙蝠、豬、猴	鼴鼠、蝙蝠、馬、豬、猴
植物		
神明		如來
魔怪	鼴鼠精、蝠妖、八戒、行者	鼴鼠精、蝠妖、八戒、行者、沙僧、玉龍馬
法術	鼴鼠精變老漢、後生、丹元老道；使隱身術。鼴鼠精、蝠妖變美婦、漢子。	鼴鼠經變後生。蝠妖變劉員外、白象、老和尚。行者使隱身術，隱著身。
寶器	小葫蘆可收妖	
奇境		

表五、《西遊補》角色、法術、寶器與奇境分類表

回數	1	2
人物	唐僧、樹下紅女、孩童	大唐天子、守邊將士、宮人
動物	猴、豬	猴
植物		
神明		土地神
魔怪	行者、八戒、沙僧	行者
法術		行者念動真言喚來土地；又變粉蝶兒飛進殿中（於殿中聽見宮人言語，說大唐風流天子曾拿「高唐鏡」，叫傾國夫人立左邊，徐夫人立右邊，三人並肩照鏡。曾有一個松蘿道士進一幅「驪山圖」，原來驪山是那用驅山鐸的秦始皇墳墓，行者遂欲向秦始皇取「驅山鐸」來除妖）。
寶器	金箍棒	
奇境		孫悟空入大唐境界，於空中見一城池，城頭一「綠錦旗」上寫「大唐新天子太宗三十八代孫中興皇帝」，驚訝萬分，遂上天界欲向玉帝問明白。

回數	3	4
人物	新唐天子、尚書僕射李曠、踏空兒	劉伯欽、老婆婆
動物	猴	猴
植物		
神明		
魔怪	行者	行者
法術	行者飛一個「梅花落」出城，現原身。踏空兒皆有踏空法，村中男女俱會書符說咒，駕斗翔雲，無一處不踏空。	
寶器		
奇境	行者見踏空村有四五百個「踏空兒」在天上鑿天	行者進入青青世界，見四壁由寶鏡砌，一百萬面不能細數，概有：天皇獸紐鏡、白玉心鏡、自疑鏡、花鏡、風鏡、雌雄鏡、紫錦荷花鏡、水鏡、冰臺鏡、鐵面芙蓉鏡、我鏡、人鏡、月鏡、海南鏡、漢武悲夫人鏡、青鎖鏡、靜鏡、無有鏡、秦李斯銅篆鏡、鸚鵡鏡、不語鏡、留容鏡、軒轅正妃鏡、一笑鏡、枕鏡、不留景鏡、飛鏡。行者先看「天下第一號」，鏡中有一群秀才看榜單，展現百態樣貌，而榜文中，第一名廷對秀才名柳春；，第二名廷對秀才名烏有；，第一名廷對秀才名高未明。

回數	5	6
人物	綠珠女子、西施夫人、絲絲小姐、丫頭、侍女	黑衣人、項羽、侍女、真虞美人、假虞美人、道士
動物	猴	猴
植物		
神明		
魔怪	行者	行者
法術	行者變銅裏蛀蟲，蛀穿鏡子進入古人世界。行者於古人世界中變丫頭，再變原身。	行者變身虞美人模樣，致項羽殺了真虞美人。
寶器	金箍棒	
奇境	行者入鏡中看「天下第二號」，鏡中刊「古人世界原是頭風世界隔壁」。行者入「古人世界」，來到「女媧門前」。	行者進古人世界中，見閣下插一飛白旗，旗上寫「先漢名士漢羽」，欲向項羽詢問秦始皇，以借驅山鐸子。

回數	7	8
人物	項羽、假虞美人、侍女蘋香、六賊	六賊、青衣童子。秦檜、曹判使、徐顯（三人出現在陰間）
動物		猴
植物		
神明		
魔怪	行者	行者。鬼門關中有赤髮鬼、青牙鬼、剮秦精鬼、除秦厲鬼、羞秦精鬼、誅秦小鬼、撻秦佳鬼、解送鬼、送書傳帖鬼使、陰陽生、蓬首鬼、一班無主無歸昏淪鬼等，共八千萬四千八百個。鬼門關中有許多鬼判官，包括主簿曹判使、判官徐顯、七尺判官、花身判官、總巡判官、主命判官、日判官、月判官、芙蓉判官、水判官、鐵面判官、白面判官、緩生判官、陷奸判官、助正判官、女判官、綠袍判官、黃金判官、紅鬚判官、白肚判官、玄面判官等，共五百萬零十六人。
法術	行者變身虞美人	
寶器		
奇境	行者撞入玉門關，落進「未來世界」，遇見六賊並將其殺害。	行者於未來世界中遇見青衣童子，因閻羅王病亡，童子遂將行者推進「鬼門關」，充當閻羅王。

回數	9	10
人物	秦檜、曹判使、岳飛	岳飛、新居士（又名新古人）、老人

動物	猴	猴
植物		
神明	太上老君	
魔怪	行者、鐵面鬼、赤心赤髮鬼、白面精靈鬼、擬雷公鬼使、金爪精鬼、變動判官、蓬頭鬼、青面獠牙鬼、赤身鬼使、無目無口血面朱紅鬼、魚衣小鬼、牛頭鬼、虎角鬼	行者、赤心鬼、蓬頭鬼、黃牙鬼
法術	行者叫變動判官把勤快變成一匹花蛟馬，讓數百惡鬼騎的騎，打的打。又把片紙頭變作祥雲，命牛頭鬼送幽冥文書到天門兜率宮給玉帝。	行者拿太上老君給的紫金葫蘆，將秦檜裝入，秦檜頓時化爲膿水。行者跌回萬鏡樓中，冰紋欄杆變作幾百條紅線，把行者圍住，行者就變作蛛子，紅線便是蛛網；行者登時又變作青鋒劍，紅現便是劍匣。
寶器		紫金葫蘆、金箍棒
奇境	行者在陰間當閻羅王審秦檜，命青面獠牙鬼將秦檜剮一個「魚麟樣」；再命赤心鬼使將秦檜剮一個「冰紋樣」；再命無目無口血面朱紅鬼將秦檜剮一個「雪花樣」	鬼門關、萬鏡樓（行者又跌回萬鏡樓）、青青世界小月王宮（行者被紅線圍住，忽出現一位老人，老人告訴行者，此處是青青世界小月王宮，因行者一時昏亂才會受困其中；行者又問老人姓名，老人竟告知其名爲孫悟空，令行者驚訝不已）。

回數	11	12
人物	小童	小月王、唐僧、唐天子、三個無目女郎（名爲隔牆花、摸檀郎、背轉蜻蜓）
動物	猴	猴
植物		
神明		
魔怪	行者、行者變的毫毛行者	行者、龍王
法術	行者拔毫毛變作無數個孫行者	
寶器		
奇境	行者來到愁峰頂，見一小童，小童見了行者後，忽然七竅紅流，驚仆不醒。	唐天紫入夢，夢見龍王向他求救。

回數	13	14
人物	三個彈詞女子、小月王、唐僧、道童、老翁	唐僧（殺清大將軍）、翠娘、小月王
動物	猴	猴、豬
植物		
神明		
魔怪	行者	行者、八戒、沙僧

法術		
寶器		
奇境	行者在石洞中遇見一老翁，告訴老翁其欲向秦始皇借驪山鐸子給唐天子，然老翁卻向行者說，他昨日已將驪山鐸子借給漢高祖了。	

回數	15	16
人物	唐僧（殺清大將軍）、白旗小將（又叫親身小將）、波羅蜜王、小月王	唐僧
動物	六耳獼猴、豬	猴、鯖魚、豬
植物		
神明		虛空主人尊者、木叉使者
魔怪	行者（孫悟空）、豬悟能（八戒）	行者、八戒、沙僧
法術		鯖魚幻化成悟青，即唐僧第四個徒弟，後被行者打死
寶器		
奇境	唐僧被殺，四軍紛亂，白旗、玄旗、紫旗、青旗及黃旗，五旗色亂。	唐僧師徒從夢中醒來

表六、《後西遊記》角色、法術、寶器與奇境分類表

回數	1	2
人物		悟真祖師、老婆子、少女、小道童
動物	猿猴	猴
植物		
神明		
魔怪	通臂仙（花果山中的通臂猿）、小石猴（自稱孫履真、齊天小聖）	通臂仙、齊天小聖
法術		
寶器		齊天小聖有「金箍棒」
奇境	花果山	北俱蘆洲（此地苦寒、人少、獸多，就是極貴的人王帝主，也似禽形獸狀，與魑魅魍魎相同）。「無漏洞」，是花果山的靈竅，上只一小洞口，下黑漆漆深不見底。

回數	3	4
人物	唐太宗李世民、判官崔珏、唐憲宗、寇洪	
動物	猴、龍、鼇、山中惡虎	猴、馬
植物		
神明	十殿閻君、通臂仙、龍王	文昌君、二十八宿、北斗、增長天王、土地。龐、劉、苟、畢、鄧、辛、張、、陶等大力天丁。仙吏仙娥、王母娘娘、玉帝、五行星官、三界靈神、托塔李天王、哪吒三太子、九曜星官、太白金星、通臂仙、孫大聖（孫悟空已成佛）
魔怪	齊天小聖（孫小聖）；水晶宮的龍子龍孫、巡水夜叉、鼇丞相；幽冥夜叉	孫小聖（孫履真）、新弼馬溫（御馬監）、天馬
法術	齊天小聖有騰雲訣法。金箍棒可變大變小，小如繡花針。金箍棒變釣竿，毫毛變明珠，將明珠掛於釣竿的鈎上，引水晶宮的龍子龍孫。毫毛變鐵索。	孫小聖變黃驃馬、毫毛變小猴子、繡花針變金箍棒
寶器	金箍棒、觔斗雲	觔斗雲、金箍棒、金箍兒
奇境	水晶宮、幽冥帝府	花果山、九霄金闕瑤宮、南天門、齊天大聖府

回數	5	6
人物	唐憲宗、高崇文、裴度、李愬、禪寺知客、生有法師	唐憲宗、生有法師、韓愈、大顛法師

動物	猴	
植物		
神明	唐三藏（已成佛）、孫大聖（孫悟空已成佛）、如來、阿儺迦葉、金頂大仙	唐三藏、孫悟空已成佛
魔怪	孫小聖	
法術	唐三藏變身為大壯師父、孫悟空變身為吾心侍者兩個疥癩僧人和尚	唐三藏變身為大壯師父、孫悟空變身為吾心侍者兩個疥癩僧人和尚
寶器	金箍棒、金箍兒。如來賜予唐三藏一條木棒，遇邪魔野狐，只要一喝，變不敢現形。	
奇境	靈山	

回數	7	8
人物	大顛法師、孄雲法師、唐憲宗、生有法師、慧眼沙彌、聰耳沙彌、廣舌沙彌、傳虛和尚、了信和尚、玄言和尚	唐憲宗、大顛法師（唐憲宗賜號半偈法師，人稱唐半偈）、生有法師、守榜太監、孄雲法師
動物		猴
植物		
神明	孫悟空、唐三藏已成佛	孫悟空、唐三藏、通臂仙
魔怪		孫小聖
法術	孫悟空、唐三藏變身為兩個疥癩僧人和尚。孫悟空、唐三藏又現佛身騰空而去。	孫悟空、唐三藏變身為兩個疥癩僧人和尚。
寶器	唐三藏的木棒	唐三藏將木棒授給唐半偈。觔斗雲。金箍兒
奇境		

回數	9	10
人物	唐半偈	唐半偈、慧音法師、點石法師
動物	猴、馬、龍、蝦、蟹、鯿	猴、馬
植物		
神明	老龍王敖廣（為八河都總管司雨大龍神）、南海龍王敖欽、西海龍王敖閏、北海龍王敖順	
魔怪	孫小聖、蝦將、鯿大使、蟹帥、龍馬（伏羲負河圖出水的那匹龍馬）	孫小聖、龍馬
法術	金箍棒變大鐵索，再變繡花針	小行者耳內繡花針變二丈多長金箍鐵棒
寶器	孫小聖捻避水訣、持金箍棒	唐半偈的木棒、小行者金箍棒
奇境	東海水晶宮	五行餘氣山，山中出現一隻妖怪，長得長嘴豬形，醜惡異常。

回數	11	12
人物	唐半偈	香火道人、自利和尚及其徒弟
動物	猴、豬	猴、豬
植物		
神明	山神、土地	山神、土地、淨壇使者（豬八戒已修成佛）
魔怪	小行者、豬守拙（豬八戒之子，豬守拙的母親高翠蘭所生，在八戒西行取經十四年證得佛果後，母方破腹而生，生得豬形嘴臉，能神通變化，又名豬一戒）	小行者、豬守拙
法術		小行者變米蟲兒、變苦禪和尚。豬一戒變顎化道人。
寶器	小行者有金箍棒。豬守拙持鐵旛杆	
奇境		

回數	13	14
人物	唐半偈	唐半偈
動物	猴、豬、馬	猴、豬、小妖的原形爲獷狗、缺陷大王的原形爲獷子
植物		
神明	太白金星、兩個土地神（名葛根、滕本）	太白金星、兩個土地神（名葛根、滕本）
魔怪	小行者、豬一戒、龍馬、缺陷大王、眾小妖、虎頭豺口妖怪	小行者、缺陷大王、豬一戒、小妖
法術		
寶器	豬一戒從自利和尚那裏取的九齒釘靶。金箍棒。觔斗雲	九齒釘靶
奇境	西天門	不滿山地下的妖精被金氣侵凌，皮肉受傷都鑽出地面

回數	15	16
人物	唐半偈、沙彌（金身羅漢的徒弟）、沙羅漢	唐半偈、黑和尚（沙彌，金身羅漢的徒弟，被金身羅漢遣來隨侍唐半偈以護河，名沙致和）
動物	豬、猴	豬、猴、馬
植物		
神明	兩個土地神（名葛根、滕本）、河神（流沙河之神）	河神
魔怪	豬一戒、小行者、九個骷髏作怪形成「媚陰和尚」	媚陰和尚、豬一戒、小行者、龍馬、解脫大王、小妖

法術	沙彌使「御風行水之法」。媚陰和尚原是骷髏，因沾佛法修煉成形，然骨枯已久，沒有陽血不能生肉，而唐半偈爲聖僧，有純陽之血，能使媚陰和尚著骨生肉。	沙彌會御風行水。媚陰和尚被金身羅漢的小像一照，幾乎身體俱裂，一陣風仍變九個骷髏，唐僧瀝出手指的血灑在媚陰和尚的頂門中間，霎時通身血色，滿面陽和。
寶器	沙彌有「蒲團」。九齒釘靶	九齒釘靶
奇境		解脫山有三十六坑、七十二塹

回數	17	18
人物	唐半偈、沙致和（沙僧）	沙致和（沙僧、沙彌）、唐半偈
動物	豬、猴、馬、蛇	豬、猴、馬
植物		
神明		
魔怪	解脫大王、蛇丈八先鋒、小妖、小行者、豬一戒、龍馬。三十六坑、七十二塹眾妖將、閉不住先鋒（鉗口妖）。	解脫大王、閉不住先鋒（鉗口妖）、小行者、豬一戒、各坑將妖、龍馬、閉不住先鋒（鉗口妖）、小妖
法術		小行者將大石變自己，又將自己變蒼蠅兒
寶器	蛇丈八有長鎗。金箍棒。九齒釘靶。沙致和有禪杖	沙彌使禪杖
奇境	解脫山有三十六坑、七十二塹	

回數	19	20
人物	唐半偈、沙彌、兩道童（名明月、清風）	唐半偈、沙彌、老道婆、宮娥、國妃玉面娘娘
動物	猴、馬、豬、熊	猴、馬、豬
植物		
神明	鎮元大仙（地仙之祖）、西海龍王、東海龍王、戰鬥佛、黑熊大神	
魔怪	小行者、龍馬、豬一戒	小行者、龍馬、豬一戒、國王大力鬼王、黑孩兒太子
法術	小行者自耳內取繡花針變金箍鐵棒。鎮元大仙法力強大，其將性中三昧煉成火雲樓。觀音菩薩之柳枝上甘露水滴可息滅火雲樓上之火。	
寶器	小行者捻避火訣、又捻一個唵字訣，將西海龍王喚來。觀音菩薩之柳枝上甘露水。鎮元大仙有三昧眞火。	蒲團
奇境	西天佛宮	利女行宮爲幽冥眞修之地

回數	21	22
人物	黑孩兒太子、美婦人、唐半偈、沙彌、老道婆	唐半偈、和尚、老院公、學堂的學生及先生
動物	猴、豬、馬	猴、豬
植物		
神明	羅刹（已成女仙）、昴星、十殿閻君、地藏王菩薩	
魔怪	魔兵、精細魔、總魔、惡鬼、鬼兵、黃門鬼、小行者、國王大力鬼王（就是牛魔王）、黑孩兒太子、豬一戒、龍馬	小行者、豬一戒
法術		小行者毫毛變百千萬億個韋馱尊者、變四大金剛使。
寶器	黑孩兒太子之父有鬼兵符，可挑選魔兵。金箍棒、觔斗雲	小行者毫毛變的韋馱尊者使降魔杵
奇境	羅刹鬼國、幽冥地府	絃歌村

回數	23	24
人物	唐半偈、沙彌	唐半偈、沙彌、宮娥。紫薇垣中有天聾、地啞（兩個殘疾之人）
動物	猴、烏錐馬、馬、豬	馬、猴、豬、烏錐馬。文明天王的原形爲麒麟。
植物		
神明		梓潼帝君、魁星
魔怪	小行者、文明天王、石將軍、黑將軍、豬一戒、龍馬	小行者、豬一戒、文明天王（又稱麒麟兒）、龍馬
法術	小行者變兵將	小行者變蜜蜂；使幻法，現出三千諸佛菩薩及韋馱尊者
寶器	文明天王的「文筆」是文武器，可變長鎗；其身上的錢可作「金錢鈀」打人。金箍棒	文筆（孔子的春秋筆）、金錢鈀、金箍棒、小行者毫毛變的韋馱尊者使降魔杵
奇境		紫薇垣

回數	25	26
人物	唐半偈、沙彌	唐半偈、沙彌
動物	馬、猴、豬。美人與侍兒的原形爲麝鹿	豬、猴、馬
植物		
神明		土地

魔怪	小行者、豬一戒、麞妖化成美人與侍兒、龍馬	豬一戒、小行者、十惡大王（纂惡大王、逆惡大王、反惡大王、叛惡大王、劫惡大王、殺惡大王、殘惡大王、忍惡大王、暴惡大王、虐惡大王）、小妖、龍馬
法術	小行者毫毛變撲燈蛾兒、獵戶	
寶器		金箍棒、九齒釘靶
奇境	溫柔村，因每人出生後，四處皆聞異香，故又名生香村。	十惡山

回數	27	28
人物	唐半偈、驛官、沙彌、錦衣校尉、文武官、上善國王及皇后、宰相、九尾山美人峰中的婦女、佛女	唐半偈、樵子、沙彌
動物	猴、佛妖原形為九尾狐狸、豬	猴、豬、馬
植物		
神明	如來	
魔怪	小行者、佛妖、豬一戒	小行者、陽大王、陰大王、豬一戒、群妖、獨陽妖精、陰孤妖精、龍馬
法術	小行者用手指著綁唐半偈的麻繩，麻繩像刀割一般都脫下來；又用手指納二十四個錦衣校尉，其皆像泥塑一般，一動也不動。小行者又會騰雲、變麻蒼蠅兒。小行者將豬一戒變沒牙齒的病虎。	
寶器		陽大王使三刃火尖鎗、陰大王使梨花白雪鎗、豬一戒使九齒釘靶、小行者使金箍棒
奇境	九尾仙山千變佛洞	陰陽二氣山

回數	29	30
人物	唐半偈、沙彌	沙彌、造化小兒、道童、唐半偈
動物	豬、猴	猴、馬
植物		
神明	山神	李老君
魔怪	豬一戒、眾小妖、陰大王、陽大王、小行者、寒透骨妖精、老妖	小行者、陰大王、陽大王、龍馬
法術	小行者變黃蝴蝶兒、秋蒼蠅、蜈蚣、假寒透骨妖精；毫毛變寶劍、綵繩	
寶器	金箍棒、陽大王使三刃火尖鎗、陰大王使梨花白雪鎗、沙彌使禪杖	金箍棒。造化小而有許多圈兒，包括名圈、利圈、富圈、貴圈、貪圈、嗔圈、痴圈、愛圈、酒圈、色圈、財圈、氣圈、妄想圈、驕傲圈、好勝圈、昧心圈等
奇境		造化山

回數	31	32
人物	沙彌、老蒼頭、主母奶奶、唐半偈、劉仁、眾少年、趙氏	唐半偈、老和尚、不老婆婆（自稱長顏姐姐）、沙彌
動物	猴、豬	猴、猴、馬
植物		
神明		
魔怪	小行者、豬一戒、三屍大王（行屍大王、立屍大王、眠屍大王）、六妖賊（看得明、聽得細、臭得清、吮得出、立得注、想得到）	小行者、豬一戒、龍馬
法術	小行者呼一口氣，吹起狂風，將眾少年攝起到劉家堂內。	
寶器	金箍棒、九齒釘靶、立屍大王使「宣花鉞斧」、沙彌使「禪杖」、眠屍大王使「長鎗」	不老婆婆有「玉火鉗」。金箍棒、九齒釘靶
奇境	震村皮囊山	大剝山

回數	33	34
人物	不老婆婆、唐半偈、沙彌	不老婆婆、唐半偈、沙彌
動物	猴、豬、馬	猴、豬、馬
植物		
神明		土地、巡海夜叉、龍王
魔怪	小行者、女妖、豬一戒、龍馬	小行者、豬一戒、蜃妖、龍馬
法術		金箍棒變作金剛一般堅硬；並將金箍棒變做風快的屠刀
寶器	金箍棒、玉火鉗、蒲團、不老婆婆口中吐出一根青絲兒	玉火鉗、金箍棒、觔斗雲、禪杖。龍王有金肺珠可將蜃妖毒氣歛盡。
奇境		

回數	35	36
人物	唐半偈、沙彌（沙致和）、老和尚、小沙彌	唐半偈、老者、冥報和尚、沙彌
動物	猴、豬、馬	猴、豬、馬
植物		
神明	菩薩	
魔怪	小行者、豬一戒、龍馬	小行者、豬一戒、龍馬
法術		冥報和尚有些幻術，能咒人不醒，其有丈六佛光，即使刀劍如臨亦不能傷他。
寶器		
奇境	掛礙關	蓮花村

回數	37	38
人物	唐半偈、笑和尚、兩侍者、冥報和尚、沙彌、不惑老僧	唐半偈、牧童兒、沙彌
動物	猴、豬	猴、馬、豬
植物		
神明	十大閻王	
魔怪	小行者、豬一戒	小行者、豬一戒、龍馬
法術	小行者嚼毫毛望空一噴，空中起一陣香風，吹得人七竅皆馨，香風過處飄下花噢，十分可愛。	
寶器	九齒釘靶、禪杖	
奇境	森羅殿	雲渡山、通天河

回數	39	40
人物	唐半偈、蓮花西鄉的笑和尚、沙彌	唐半偈、沙彌、唐憲宗、方士柳泌、唐穆宗、嬾雲和尚、烏漆禪師、韓昌黎、王庭湊、不空和尚、笑和尚
動物	馬、猴、豬	馬、猴、豬
植物		
神明	玉眞觀大仙、金剛、阿難伽藍、如來、菩薩	笑和尚是陳玄奘旃檀功德佛顯化；火眼金睛的菩薩。如來、南無燃燈上古佛、南無藥師琉璃光王佛、南無釋迦牟尼佛、南無過去未來現在佛、南無智慧勝佛、南無毘婆尸佛、南無寶幢王佛、南無彌勒尊佛、南無阿彌陀佛、南無無量壽佛、南無接引歸眞佛、南無金剛不壞佛、南無寶光佛、南無龍尊王佛、南無精進喜佛、南無寶月光佛、南無現無愚佛、南無婆留那佛、南無那羅延佛、南無功德華佛、南無才功德佛、南無善游步佛、南無旃檀光佛、南無摩尼幢佛、南無慧炬照佛、南無海德光明佛、南無大慈光佛、南無慈力王佛、南無賢善首佛、南無廣莊嚴王佛、南無金華光佛、南無才光明佛、南無世淨光佛、南無日月光佛、南無慧幢勝王佛、南無妙音聲佛、南無常光幢佛、南無觀世燈佛、南無法勝王佛、南無須彌光佛、南無大慧力王佛、南無金海光佛、南無大通光佛、南無才光佛、南無旃檀功德佛、南無鬪戰勝佛、南無清淨喜佛、南無觀世音菩薩、南無大勢至菩薩、南無文殊菩薩、南無普賢菩薩、南無清淨大海眾菩薩、南無蓮池海會佛菩

		薩、南無西天極樂諸菩薩、南無三千揭諦大菩薩、南無五百阿羅大菩薩、南無比丘夷塞尼菩薩、南無無邊無量法菩薩、南無金剛大士聖菩薩、南無淨壇使者菩薩、南無八寶金身羅漢菩薩、南無八部天龍廣力菩薩。大顛陞爲清淨喜佛、孫履眞陞爲小戰鬬勝佛、豬守拙陞爲淨壇使者分壇使、沙致和證果金身、龍馬授職爲在天飛龍。
魔怪	小行者、豬一戒、龍馬	小行者、豬一戒、龍馬
法術	小行者毫毛變八菩薩、四金剛、五百羅漢、三千揭諦、十二大曜、十八伽藍，而自己變做如來世尊釋迦牟尼佛。	小行者變千百萬億個小行者
寶器		
奇境	靈山、大雄寶殿	靈山